열하일기

돋을새김 푸른책장 시리즈 010

열하일기 [개정2판]

초판 발행 2008년 3월 1일
개정 2판 1쇄 2025년 01월 05일

지은이 | 연암 박지원
엮은이 | 김문수
발행인 | 권오현

펴낸곳 | 돋을새김
주소 | 경기도 고양시 일산동구 하늘마을로 57-9 K씨티빌딩 301호
전화 | 031-977-1854 팩스 | 031-976-1856
홈페이지 | http://blog.naver.com/doduls 전자우편 | doduls@naver.com
등록 | 1997.12.15. 제300-1997-140호
인쇄 | 금강인쇄(주)(031-943-0082)

ISBN 978-89-6167-357-0 (03810)
Copyright ⓒ 2025, 돋을새김

값 14,000원

돈을새김
푸른책장
시 리 즈
010

열하일기

연암 박지원 지음 | **김문수** 엮음

돋을새김

천하를 위하여 일하는 자는
진실로 백성들에게 이롭고 나라에 도움이 되는 일이라면
그것을 본받아야 한다.

연암 박지원 1737~1805

정조 (재위 1776~1800)

조선의 22대 왕. 왕도를 바로 세우고 인재를 고루 등용하여 조
선 정가를 개혁하려 했다. 연암은 정조의 진하사절 일원으로 연
행에 따라갔다.

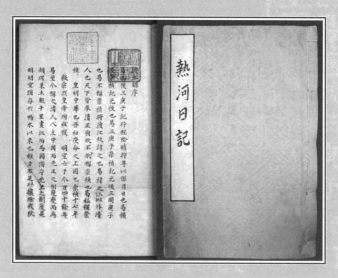

▲ 〈열하일기〉 한문본.

▼ 〈열하일기〉 한글 필사본. 2006년 도쿄대에서 발견되었다.

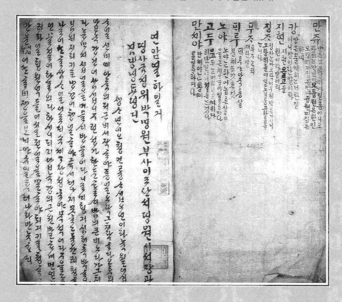

▶ 건륭제. 청나라 6대 황제. 연암의 〈열하일기〉는 건륭제의 70세 생일을 축하하는 진하사절 일행으로 연경과 열하를 다녀온 후 씌어진 것이다.

◀ 연행도(부분). 조선시대 연행(연경 방문) 사절의 모습을 담은 그림(1760년).

▼ 피서산장. 청나라 황제가 피서를 즐기고 정무를 보던 장소. 연암 일행은 피서를 떠난 건륭제를 찾아 피서산장이 있는 열하까지 가야 했다.

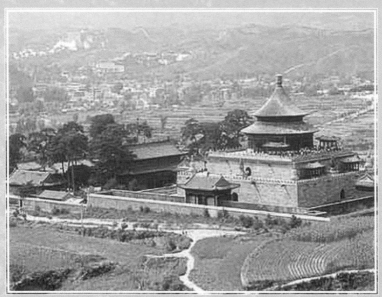

▲ 산해관도. 명나라 때 쌓은 성으로 연암은 이곳에 들러 상세한 기록을 남겼다. (198쪽)
▶ 경사생춘시의도(부분). 청나라 때 그려진 눈 내린 연경(북경) 자금성의 풍경이다. 연암은 피서간 황제를 찾아 열하로 떠나느라 자금성을 제대로 구경하지 못하는 것을 안타까워했다.

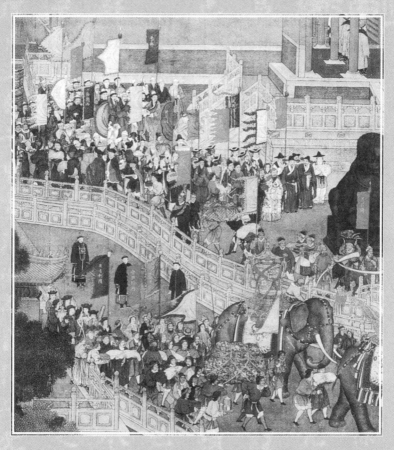

▲ 만국래조도(부분). 강희제 · 건륭제 때는 청의 전성기여서 동남아는 물론이고 서양의 각국 사절들이 다투어 청으로 들어왔다.

차례 |

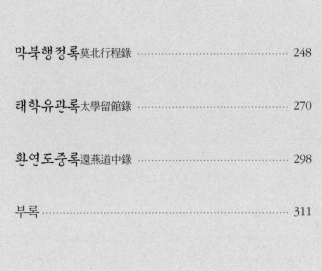

1. 이 책은 민족문화추진회에서 간행한 고전국역총서(18~19)를 저본으로 삼아 정리했다.

2. 〈열하일기〉는 26권 10책으로 된 방대한 분량이나, 이 책에는 연암 일행이 조선을 떠나 연경, 열하를 다녀오는 순수한 여정을 기록한, 권1 '도강록(渡江錄: 이 책에서는 '압록강을 건너서'로 풀어 썼다)', 권2 '성경잡지(盛京雜識)', 권3 '일신수필(馹汛隨筆)', 권4 '관내정사(關內程史)', 권5 '막북행정록(漠北行程錄)', 권6 '태학유관록(太學留館錄)', 권8 '환연도중록(還燕道中錄)'만 실었다.

3. 문장은 원뜻에서 벗어나지 않는 범위에서 현대적 문장으로 풀어 썼으나 한자로 표기해야 뜻이 보다 정확해지는 것들은 그대로 썼다.

4. 한글과 한자 표기는 한글을 먼저 쓰고 한문을 괄호( ) 안에 넣는 것을 원칙으로 하되, 한자를 먼저 써야 문맥이 더 살아날 경우에는 순서를 바꾸어 한자를 먼저 쓰고 한글을 괄호 안에 넣었다.

5. 책은 〈 〉로, 책 속의 단편 글을 ' '로 표기하였다.

열하일기
熱河日記

압록강을 건너서(도강록渡江錄)

6월 24일부터 7월 9일까지, 압록강에서 요양(遼陽)에
닿기까지 15일이나 걸렸다.

1780년 6월 24일, 온종일 보슬비가 뿌리다 말다 했다.

오후에 압록강을 건너 30리를 가 구련성(九連城)에서 한둔(한데서
밤을 지샘)했는데 밤에 소나기가 왔으며 이내 개었다.

돌이켜보니 의주(義州)에서 열흘 묵는 동안 선물용 지방 산물도
다 들어왔고 떠날 날짜가 촉박했으나 장마로 강물이 몹시 불었었
다. 날이 갠 지도 나흘이나 지났음에도 물살은 거칠고 나무와 돌들
이 함께 굴러 내려 강물은 몹시 혼탁했다. 이는 압록강의 발원지가
먼 까닭이다.

강물이 이렇게 넘쳐흐르는 것으로 보아 저 백두산의 장마를 짐
작할 수 있겠다.

이곳은 예사 나루터가 아님에도 나룻가에 배 대는 곳을 찾을 수가 없거니와 중류의 모래톱마저 흔적이 없어 사공이 조금만 실수한다면 사람의 힘으로는 도저히 걷잡을 수가 없게 된다. 그러므로 통역관들이 모두 한목소리로 날짜 늦추기를 청했다. 의주 부윤도 사신에게 시중드는 비장(裨將)을 보내 며칠만 더 묵도록 만류했다. 그럼에도 이번 사절단의 우두머리(정사: 正使)인 내 삼종형 박명원(朴明源)은 기어코 이날로 강을 건너기로 하고 장계(狀啓: 왕명을 받고 나가 있는 신하가 중요한 일을 왕에게 보고하는 문서)에다 날짜를 써 넣었다.

아침에 보니 짙은 구름이 덮여 있고 산에는 빗기운이 가득했다. 세수를 한 뒤 행장을 꾸리고 아침 죽을 먹었다. 그리고 관(館)에 이르자 정 진사와 노 참봉이

"오늘이야 정말 강을 건너게 되겠죠?"

"이제 곧 강을 건너게 되었답니다."

하며 주고받았다.

결코 좋아서 하는 말이 아니고 어쩔 수 없다는 뜻일 것이다.

조반을 먹은 후 나는 혼자 말에 올라 떠났다.

마부 창대(昌大) 앞에서 경마를 잡고 하인 장복(張福)이 뒤따랐다. 안장에 주머니 한 쌍을 달았는데 왼쪽에는 벼루 오른쪽에는 거울·붓·먹·공책·이정록(里程錄) 등을 넣었다.

성문 가까이에 닿았을 때 소나기 한 줄기가 몰려오므로 급히 말을 달려 성문턱에 내렸다.

문루(門樓)에 올라 내려보니 삿갓으로 비를 가리며 창대와 장복이 들어오는데 장복의 손에 오지병이 들려 있었다.

알고 보니 둘은 주머니를 털어 합친 돈 스물여섯 푼으로 술을 샀다는 것이다. 우리 돈을 지니고 국경을 넘지 못하는 법이어서 버리자니 아깝고 해서 술을 샀다는 것이다.

"너희들 술을 얼마나 하느냐?"

"입에다 대지도 못 하옵지요."

나는 술병을 받아 혼자 '먼 길 나그네에겐 도움이 되지' 하고 중얼거렸다. 그러고 나서 술을 따라 동쪽 의주·철산의 뭇 뫼를 바라보며 문루 첫 기둥에 뿌려 이번 길에 탈이 없기를 빌고, 다시금 다음 기둥에 뿌려 장복과 창대를 위해 빌었다. 그래도 술이 남아 창대에게 시켜 술을 땅에 뿌려 말을 위해 빌었다.

정사(正使)의 기치가 성을 출발하니 삼종제인 박래원(朴來源)과 주부 주명신(周命新)이 두 줄로 서서 간다.

조금 뒤에 부사(副使)의 행차가 성에서 나가기를 기다려 말고삐를 잡고 천천히 뒤떨어져 구룡정(九龍亭)에 이르렀다. 그곳이 곧 배 떠나는 곳이었다. 의주 부윤이 벌써 막을 치고 기다렸다.

이내 사람과 말을 사열했고 이어 금지된 물품을 수색했다. 주요 물품으로 황금·진주·인삼·수달 가죽과 사신들의 노자 이외의 한도를 넘는 은자(銀子)였다. 영세품으로는 새것과 헌것을 통틀어 수십 종에 달해 이루 말할 수 없다. 수색을 않으면 나쁜 짓을 막을 수 없고 수색을 하자니 번거롭다. 그러나 의주의 장사꾼들은 이런 수색에 앞서 몰래 강을 건너가므로 도저히 막을 도리가 없는 것이다.

만약 금지된 물품이 발견된 경우, 첫 번째 문에서 걸린 자는 아주 큰 곤장을 때리는 한편 그 물품을 몰수한다. 두 번째 문에서 걸리면 귀양을 보내고 마지막 문에서는 목을 베어 걸어 뭇사람들에게 경각심을 갖게 한다. 그렇듯 법은 엄하기 짝이 없었다. 이번 길에는 원포(原包)조차 반도 차지 못하고 빈 포가 많으니 정해진 수량 이외의 은자가 있고 없고는 따질 필요가 없었다.

음식상은 보잘것없었으며 그나마도 들어오자마자 곧 물렸다. 강 건너기에 바빠 젓가락을 드는 이가 없었기 때문이었다.

다섯 척뿐인 배는 한강의 나룻배와 비슷했으며 좀 컸다. 먼저 방물과 인마를 건네고 정사의 배에는 국서와 우두머리 역관(조선 통역관)을 비롯 그 하인들이 함께 탔다. 부사와 저장관, 그 하인들이 또한 배에 올랐다.

의주의 이교(吏校: 양반과 양민의 중간 신분) 등과 평양에서부터 수행해 온 영리(營吏) 등 모두들 뱃머리로 몰려와 차례로 하직 인사를 했다. 사공이 삿대를 들어 물에 넣었다. 물살은 아주 급했고 배따라기가 일제히 불리어졌다.

모랫벌에 선 배웅객들이 팥알만하게 보였다.

내가 우두머리 역관 홍명복(洪命福)과 이런저런 얘기를 하는 동안 배는 드디어 언덕에 닿았다.

앞서 건넌 사람과 말, 선물용 물품들이 어디 있는지 아는 사람이 없었다.

"우리 일행 인마가 아직 건너지 못하고 저기 개미처럼 옹기종기 모여 있는 듯합니다."

그 말에 아주 멀리 의주 쪽을 바라보니 성벽은 마치 한 필의 베를 펼쳐놓은 것 같고 성문은 마치 바늘구멍 같아 그곳으로 햇살이 들어 별빛 같았다.

그때 커다란 뗏목이 거센 물살에 떠내려온다. 성사의 마두 시대(時大)가 '웨이'하고 고함친다. 저들을 높여 부르는 말이다. 뗏목 위에서 소리쳤다.

"어찌 철 아닌 때에 조공을 바치러 가시오? 더위에 고생 많겠소!"

"너흰 어느 고을 사람이며 어디서 나무를 베어 오느냐?"

"봉황성(鳳凰城)에 살고 장백산 나무요!"

이 말이 채 끝나기도 전에 뗏목은 멀리 가버렸다.

이곳은 강물이 두 갈래로 나뉘고 그 가운데 섬 하나를 이루고 있다. 먼저 건너간 인마가 거기에 잘못 내렸다. 5리밖에 안 됐으나 배가 없어 다시 건너지 못하고 있었다.

사공에게 엄명으로 배 두 척을 불러 인마를 건너게 했다.

"거센 물살을 거슬러야 하니 하루 이틀에는 어려울 것 같습니다."

화가 난 사신들은 뱃일을 맡은 의주 군교(軍校)를 벌하려 했으나 죄인을 다루는 병졸(군뢰: 軍牢)이 없었다. 그 역시 중간 섬에 내렸

던 것이다. 군교 볼기를 말채찍으로 네댓 번 때리고 빨리 거행하라
고 호통친다.

정사가 먼저 떠나기로 했다. 말 탄 군뢰 한 쌍이 나팔 불며 길을
인도하고 다른 한 쌍은 보행으로 버스럭거리며 갈대숲을 헤치고
나갔다.

내가 말 위에서 칼을 뽑아 갈대 하나를 베었다. 껍질이 단단하고
속이 두꺼워 화살감은 되지 못하나 붓자루로는 안성맞춤이었다.
놀란 사슴 한 마리가 갈대밭을 새가 나는 듯 뛰었다.

10리쯤 가 삼강(三江)에 이르렀다. 물결이 비단결같이 잔잔했다.
애라하(愛刺河)였다. 발원지는 알 수 없었다. 압록강과는 10리밖에
떨어져 있지 않으나 거칠지 않은 것으로 미루어 근원이 다름을 알
수 있겠다.

배는 두 척이었다. 우리나라 놀잇배와 비슷했으나 길이와 너비
는 작았다. 그러나 튼튼하고 치밀한 짜임새였다. 배 부리는 이는
봉황성 사람으로, 기다리고 있느라 식량이 떨어져 굶주렸다고 했
다.

이 강은 대체로 너나없이 나다니지 못하는 곳이지만 중국 외교
문서가 불시에 교환되기도 해 봉황성에 주둔한 중국 측 장군이 배
를 준비해둔 것이라 했다.

배 닿는 데가 몹시도 질척거렸다.

"웨이."

나는 한 되놈을 불렀다. 그가 상앗대를 놓고 왔기에 나는 냉큼

그의 등에 업혔다. 그자는 히히 웃으며 나를 배 위에 내려놓고 말했다.

"흑선풍 어머니가 이렇게 무거웠다면 아마 기풍령에 오르지 못했을 겁니다."

흑선풍(黑旋風)이나 기풍령(沂風嶺)은 〈수호지〉에 나오는 인물이요, 고개였다.

주부 조명회(趙明會)가 듣고 껄껄대더니 말했다.

"이렇게 살집 좋은 분을 주린 호랑이한테 주었으면 오죽 좋겠는가 하는 의미이기도 합니다."

"저 따위 무식한 자가 어찌……."

"무식해도 패설(稗說)이나 기서(奇書)에 나오는 얘기는 입버릇처럼 쓴답니다."

이 애라하의 크기는 우리나라 임진강과 비슷했다. 홀로 높은 언덕에 올라 사방을 바라보니 산은 곱고 물은 맑은데 정경이 탁 트이고 나무는 하늘에 닿을 듯했다.

그리고 그 속에 큰 마을이 자리잡고 있어 개·닭 소리가 들리는 듯하며 땅이 기름져 개간해도 좋을 듯했다. 패강(浿江) 서쪽과 압록강 동쪽에는 이에 비할 만한 곳이 없으나 너·나가 모두 이를 버려두고 빈 땅이 되었다.

어떤 이는 '고구려 때 이곳에 도읍한 일이 있었다'고 하니 이는 이른바 국내성(國內城)이다.

노둔(露屯) 친 곳을 다니며 보았다. 역관은 세 사람씩 한 막에 또는 다섯 사람씩 장(帳) 하나를 쳤다. 역졸과 마부들은 다섯 혹은 열 명씩 어울려 시냇가에 나무를 얽어매고 그 속에 들어 있었다.

밥 짓는 연기가 자욱했고 닭 수십 마리를 잡아 씻고 다른 한편에 서는 그물로 고기를 잡아 국을 끓이며 나물을 볶고 밥은 기름기가 자르르하니 매우 푸짐했다.

이윽고 부사와 서장관(사신들 중에 기록을 맡아 하는 벼슬)이 이르렀다. 이미 황혼 무렵이었다. 30여 군데에 횃불 밝혀 동틀 때까지 꺼지지 않게 했다. 군뇌의 나팔 소리에 3백여 명이 소리를 맞춰 고함을 지른다. 호랑이를 경비할 목적이었다.

한밤중에 소나기가 억수로 퍼부어 장막이 새고 바닥에는 습기가 잔뜩 차 피할 곳이 없었다. 그러나 이내 비가 개이고 별들이 총총 드리워 손을 뻗으면 어루만질 수도 있을 것만 같았다.

6월 25일, 아침에 가랑비가 내렸으나 낮에 개었다.

역관 모두가 노둔한 곳에서 이곳저곳에다 옷가지며 이불 등을 내어 말렸다. 간밤 비에 젖었기 때문이다.

관용의 삯말 마부 중에 물을 가져온 자가 있어 관노인 대종(戴宗)이 한 병을 사 바쳤다. 드디어 서로 이끌고 시냇가로 가 잔을 기울인다.

강을 건넌 뒤로 조선 술은 아주 단념했었는데 느닷없이 술을 얻고 본즉, 몹시 입에 붙을 뿐만 아니라 더욱이 시냇가에 앉아서 마시니 그 멋스러움이 이루 말할 수 없었다.

마두들이 서로 다투어 낚시질을 하기에 나도 취한 김에 낚시 한 대를 빌어 던졌다. 이내 조그만 고기 두 마리가 걸렸다. 아마 이 시내 고기들이 낚시에 단련되지 못한 까닭일 것이리라.

선물용 물품들이 미처 대어 오지 못했으므로 또 구련성에서 노숙해야 할 판이었다.

6월 26일, 아침에 안개가 자욱했다가 늦게야 개었다.

구련성을 떠나 30리를 가 금석산(金石山)에서 점심을 먹었다. 그리고 다시 30리를 가 총유에서 노숙했다.

새벽 일찍 안개를 헤치며 길을 떠났다.

상판사(上判事: 사행 때 잡무 처리를 하는 임시직)의 마두 득룡(得龍)이 삯말 구종들과 함께 어울려 강세작(康世爵)의 옛일을 얘기했다.

"저기가 형주(荊州) 사람 강세작이 숨었던 곳이오."

안개 속 멀리에 보이는 금석산을 가리키며 말했다. 그 이야기가 퍽 재미있어 들을 만했다.

그들 얘기에 따르면 이런 것이었다.

세작의 조부 강임(康霖)이 우리나라를 구원하다 평산(平山) 싸움에서 죽었다. 또 아버지인 강국태(康國泰)는 청주통판(淸州通判) 벼슬을 하다가 죄를 지어 요양에 오게 됐는데 18세인 세작도 그때 따라 왔다.

명나라와 청나라 전쟁 때 그들 부자는 도독 유정(劉綎)의 진중에 있다가 청나라 복병에 의해 포로가 됐다. 유정은 스스로 불에 타 죽고 강국태는 화살에 쓰러지고 말았다.

세작은 날이 저물자 아버지의 시신을 산골에 묻었다. 그때 조선의 도원수 강홍립(姜弘立)의 진에 몸을 던지게 되었다. 그런데 청병(淸兵)이 조선의 좌영을 쳐서 한 사람도 살리지 않았다. 그때 강홍립은 싸움도 않고 항복했고 세작은 청병에 의해 명병임이 들통나 포박당해 바위 밑에 버려졌다.

세작은 바위 모서리에 오래 비비적거려 포승을 끊고 죽은 조선병의 옷으로 변장하여 죽음을 면하고 요양으로 돌아갔다. 그가 아버지의 원수를 갚을 양으로 군중에 들어갔는데 청병은 심양까지 함락했으므로 어쩔 수 없이 낮에는 숨고 밤에는 걸어 싸움터를 탈출해 금석산 속으로 들어가 숨어 지냈다. 두어 달 동안 목숨을 그렇게 부지하다가 압록강을 건너 관서(關西)의 여러 고을을 전전하던 끝에 회령(會寧)에서 조선 여자를 얻어 아들 둘을 낳고 살아 80이 넘어 죽었다.

득룡은 세작이 자기 조부와 친해 왕래가 잦았고 그런 연유로 중국말을 배워 숙달하게 됐다는 것이었다.

6월 27일, 자욱한 안개는 늦게서야 개었다.

이른 아침에 길을 나섰다. 조그만 당나귀를 탄 되놈 대여섯 명을 만났다. 벙거지나 옷이 남루하고 몹시 지친 얼굴이었다. 봉황성 갑군(甲軍)으로 애라하에 수자리(국경을 지키는 일) 살러 가는 자들인데 삯에 팔려 간다는 것이다. 중국의 변방 수비가 허술함을 느꼈다.

마두가 그들에게 나귀에서 내리라고 호통쳤다. 앞선 둘은 내렸으나 뒤따르는 자들이 내리지 않아 마두들이 다시 호통치자 대거리를 했다.

"당신네 상전이지 우리 상전이 아니잖소!"

"우리 상전께서 받들고 온 것이 어떤 물건이며 어떤 문서인 줄 아느냐? 저 노란 깃발에 청나라 황제 어전상용(御前上用)이라 써 있는 게 뵈지 않느냐? 눈깔이 성하다면 황제께서 친히 쓰실 방물인지 알 것이다!"

마두가 달려가 놈들의 채찍을 빼앗아 종아리를 치며 꾸짖었다. 그중 한 녀석이 마두의 허리를 끌어안더니 웃음 띤 얼굴로 말했다.

"죽을 죄를 지었소이다. 영감님, 제발 참아주십시오."

"모두들 머리를 조아려 사죄하라!"

그들이 진흙바닥에 꿇더니 머리를 조아렸다. 이마가 진흙투성이로 변했다.

"빨리들 물러가라!"

마두의 호통에 이어 내가 말했다.

"듣기에는 너희들이 중국에 들어갈 때마다 여러 가지로 말썽을 일으킨다더니, 오늘 직접 보니 그 말이 맞구나. 조금 전의 일은 실로 부질없는 짓이니 다음엘랑 아예 그런 말썽을 일으키지 말거라."

"이렇게라도 않으면 허구한 날 먼 길에 무엇으로 심심풀이를 하겠습니까?"

마두들이 말했다.

멀리 봉황산을 바라보니 전체가 돌로 깎아 세운 듯 평지에 우뚝했다. 그 형국이 마치 손바닥 위에 손가락을 세운 듯, 반쯤 피어난 연꽃인 듯, 하늘 가에 여름 구름의 변태나 아름다운 자태와 같아 형언키 어려웠다. 다만 윤택한 기운이 모자란 게 흠이라면 흠이었다.

나는 일찍이 서울의 도봉산과 삼각산이 금강산보다 낫다고 한 일이 있었다. 언젠가 두미강(頭尾江) 어귀에서 서쪽 한양을 바라보니 삼각산 모든 봉우리가 깎은 듯 파랗게 치솟았다. 엷은 내와 짙은 구름 속에 밝고 곱게 아름다운 자태가 나타났다. 또 일찍이 남한산성 남문에 앉아 북쪽 한양을 바라보니 마치 물 위의 꽃, 거울 속의 달 같았다. 어떤 사람은 이렇게 말하기도 했다.

'초목의 윤기 나는 기운이 중국에 어리는 것은 왕기(旺氣)라 했으니 그 왕기는 곧 왕기(王氣)인즉 이는 서울이 실로 억만 년을 누릴 용이 설레고 범이 걸터앉은 형세였으니, 그 신령스럽고 밝은 기운이야말로 의당 범상한 산세와는 다름이 있는 것이다. 이제 이 봉황산 형세의 기이하고 뾰족하고 높고 빼어남이 비록 도봉·삼각보다 지나침이 있건만 이전 빛깔은 한양의 모든 산에 미치지 못할 것이다.'

개간되지 않은 질펀한 들판에 나무 찍어낸 조각들이랑 소 발자국·수레바퀴 자국이 어지러웠다. 책문(柵門: 국경에 있는 도시 이름)

30

이 가깝고 사람들이 무시로 드나들었음을 알 수 있었다.

급히 말을 몰아 8리쯤 가 책문 밖에 닿았다. 양이랑 돼지가 산판에 가득했으며 이엉 덮인 책문 널판자 문은 굳게 닫혀 있었다.

목책에서 수십 보 떨어진 곳에 삼사(三使)의 막을 치고 나자 방물이 다 이르러 책문 밖에 쌓아 두었다. 숱한 되놈들이 목책 안에 늘어서서 구경하고 있었다. 검은 공단, 생포, 생모시, 야견사 옷차림이었다. 허리에는 주렁주렁 찬 것이 많았다. 수놓은 주머니, 참칼, 젓가락들이 꽂혀 있었고 담배쌈지는 호로병처럼 생겼다.

역관과 마두들이 목책 가로 다가가 그들의 손을 잡고 반가이 인사를 나누었다.

"언제쯤 한성을 떠났으며 길에서 비 피해는 겪지 않았소? 포은(包銀: 사신 일행이 지니고 갈 수 있는 한정된 은)과 돈은 넉넉히 갖고 오셨습니까?"

여럿이 이런 질문들을 했고 또 한 사람은 '한 상공과 안 상공도 오시나요?'하고 물었다. 상공(相公)은 장사꾼들끼리 서로 존대해 붙이는 칭호며 한·안 두 사람은 의주의 장사치로 매년 연경으로 장사를 다녀 이들과 익히 아는 사이라 했다.

사행이 갈 때 나라에서 정관(正官: 비장과 역관까지 30명)에게 8포(包)를 내린다. 8포는 나라에서 주는 인삼이다. 그러나 이제는 나라에서 주지 않고 각자 은을 갖고 가게 했는데 당상관은 3천 냥, 당하관은 2천 냥으로 제한했다. 연경에 가서 그 은으로 여러 가지 물건과 바꾸어 이문을 남기게 한 것이다. 가난해 스스로 갖고 갈 수 없으면 포의 권리를 팔기도 한다. 의주 장사치들이 포의 권리를 넘겨 받아 물건과 바꾸어 온다. 그 장사치들은 연경을 제집 드나들듯해 그쪽 장사치들과 짜 물건 값을 오르내리게 한다. 이즈음 중국 물건 값이 날로 오르는 것은 다 그런 무리들 때문인데 나라에서는 역관들만 나무란다. 그리고 요즘 의주 장사치가 숨은 듯 보이지 않는 것은 흥정하는 술책 중 하나라고 했다.

아침을 먹고 행장을 정돈하다가 양쪽 주머니 중 왼쪽 것의 열쇠가 없어졌다.

"네가 행장을 조심치 않고 늘 한눈을 팔더니 이제 겨우 책문에 이르렀을 뿐인데 이런 일이 생겼구나! 앞으로 2천 리를 가 연경에 이를 즈음이면 네 오장인들 남아나겠느냐? 구요동과 동악묘엔 특히 좀도둑이 득실거린다 하니 한눈팔다 또 무엇을 잃을지 모르겠구나!"

장복을 나무랐다.

"쇤네가 특히 조심하겠습니다. 그 두 곳을 구경할 적엔 제 두 손으로 눈깔을 꽉 붙잡고 있으면 어느 놈이 **빼어갈** 수가 있겠습니까?"

장복이 머리를 긁으며 하는 말에 어이가 없어 그냥 '옳다' 해버렸다. 녀석은 나이가 어린 데다 원래 좀 멍청해서 마두들이 장난으로 한 말도 참말 곧이듣는다.

책문 안을 바라보니 숱한 민가들은 모두 들보가 높이 솟아 있고 띠 이엉을 덮고 있었다. 등성마루가 훤칠했고 문호는 가지런했다.

네거리가 쭉 곧아 마치 먹줄을 친 것 같았다. 또 담은 모두 벽돌로 쌓았고 사람이 탄 수레와 화물 실은 수레가 길에 가득했다. 벌여 놓은 그릇들은 모두 그림을 그려 구운 도자기들이었다. 어느 구석을 보아도 시골티가 조금도 나지 않았다.

전에 친구인 홍덕보(洪德保)가 말하기를 '그 규모도 크지만 심법(心法)이 세밀하다'고 한 생각이 난다. 변두리가 이러하거늘 앞으로는 더욱 번화할 것이 아닌가 싶어 한풀 꺾이는 기분이었다.

'이런 기분이 시기심 때문일까. 내 본시 성미가 담박하여 남을 부러워하거나 시기심은 전혀 없었는데 이렇게 다른 나라에 발을 들여놓고 아직 그 만분의 일도 보지 못했는데 이런 망령된 마음이 일어남은 도대체 어인 까닭인가. 아마도 견문이 좁은 탓일 게야. 만일 여래(如來)의 밝은 눈으로 시방세계(十方世界)를 두루 살핀다면 어느 것이나 평등치 않은 것이 없을 것이요. 그러면 시기와 부러움도 없을 것이 아닌가.'

그때 한 소경이 어깨에 비단 주머니를 걸고 월금(月琴)을 뜯으면서 지나갔다.

'저야말로 평등의 눈을 가진 사람이 아니겠는가?'

나는 크게 깨달은 바 있어 이렇게 생각했다.

조금 지나자 책문이 활짝 열렸다. 봉성장군과 책문어사(柵門御使)가 방금 가게에 와 앉아 있다고 했다. 여러 되놈이 책문 밖으로 다투어 나오더니 방물과 개인 짐 보따리를 들어 무게를 가늠해보곤 했다.

이곳부터는 으레 되놈 수레를 세 내어 짐을 운반하게 돼 있다. 그들은 담뱃대를 물고 사신이 앉은 곳 가까이에서 저희들끼리 손가락으로 가리키며 말한다.

"저이가 왕자인가?"

왕자(王子)란 임금과 가까운 집안으로 정사가 된 사람을 뜻한다.

"아냐. 저 머리 희끗희끗한 이가 부마 어른인데 지난해에도 왔었다네."

"수염이 좋은 쌍학 무늬 놓인 관복을 입은 이가 얼대인이지."

"저이는 산대인 모두 문관이야."

부사와 서장관을 가리키며 차례로 말했다. 얼(乙)은 이(二) 즉 둘째요 산(山)은 삼(三) 즉 셋째라는 뜻이었다.

시냇가에서 시끄러운 소리가 나 급히 가 보았더니 득룡이 뭇 되놈들과 예물이 많고 적음을 다투고 있었다. 예단(禮單: 선물)을 나눠 줄 때면 관례에 따르는 법임에도, 저 봉황성의 교활한 청인들은 으레 명목을 덧붙여 그 가짓수를 채워달라고 떼를 쓴다. 이 일에 대한 처리는 순전히 상판사의 마두가 맡는다. 이 일이 서툰 풋내기거나 중국말이 신통찮으면 제대로 시비를 가리지 못해 요구하는 대로 주게 되는 것이었다.

상판사의 마두 상삼(象三)이 이제 곧 예단을 나눠 주려 하고 있었다. 되놈 1백여 명이 삥 둘러섰다. 청인 하나가 커다란 소리로 상삼을 욕했다. 그러자 득룡이 부릅뜬 눈으로 달려가 그 청인의 앙가슴을 움켜쥐고는 주먹을 휘둘러 때리는 시늉을 하며 청인들을 둘러 보며 야단쳤다.

"이 뻔뻔스럽고 무례한 놈아! 지난해에는 어른의 털목도리를 훔쳐가고 또 다음 해엔 어른께서 주무시는 틈을 타 내 허리에 찼던 칼을 뽑아 어른 칼집에 달린 술을 끊어가고 게다가 내가 차고 있는 주머니를 훔치다가 들켜 내 주먹에 톡톡히 경을 치지 않았더냐! 그때 목숨만 살려주면 부모 같은 은인으로 모시겠다고 해놓고 오늘은 왜 이렇게 함부로 떠들고 야단이냐? 당장 봉성장군에게 끌고 가야겠다!"

여러 되놈이 용서를 비는 중에 수염이 아름답고 옷차림이 깨끗한 한 노인이 나와 득룡의 허리를 껴안고 말했다.

"형님, 제발 참아주시오."

그제야 득룡이 노여움을 풀고는 을렀다.

"만일 동생의 안면을 보지 않는다면 이놈을 사정없이 갈겨 봉황산 밖에다 던졌을 것이오."

내가 조달동(趙達東) 판사에게 이 일을 얘기하자 그가 웃으며 말했다.

"그야말로 도둑의 덜미를 먼저 잡는 살위봉법(殺威棒法)이었군요."

조 판사는 득룡에게 재촉했다.

"사또께서 곧 책문으로 들어가실 테니 지체 말고 예단을 나눠 주렷다."

득룡이 서둘 때 나는 머물러 그 품목들을 보았다.

뭇 되놈들이 군말 없이 받아 갔다.

조 판사가 말했다.

"득룡의 수단이 정말 능란해요. 사실 지난해 잃어버린 물건이 없는데도 공연히 트집을 잡아 그중 한 놈을 꺾어 놓으면 다른 놈들은 저절로 수그러져 뒤로 물러서거든요. 만일 그렇게 하지 않으면 사흘이 지나도 끝나질 않아 좀처럼 책문 안으로 들어갈 가망이 없답니다."

이윽고 군뢰가 문상어사와 봉성장군이 수세청(收稅廳: 세관)에 나와 있다고 보고했다. 그에 따라 삼사(三使)가 차례로 책문으로 들어갔고 장계는 관례대로 의주의 창군에게 부쳤다.

이 문에 들어서면 중국이고 그때부터 고국으로부터의 소식은 끊어지게 된다. 서운한 마음으로 동녘을 바라보고 나서 책문 안으로 향했다.

길 오른편에 초가 삼 칸이 있는데 어사와 장군을 비롯하여 그 아랫사람들이 반열을 나누어 의자에 걸터앉고 역관 우두머리 이하는 그 앞에 팔짱을 낀 채 서 있었다.

책문 앞의 인가는 2, 30호에 지나지 않으나 모두 웅장하고 넓고 높았다. 짙은 버들 그늘 속에 푸른 주기(酒旗)가 하늘 높이서 펄럭였다. 변군(卞君)과 함께 들어가니 뜻밖에도 조선 사람이 그득했다. 걸상을 가로 타고 앉아 떠들던 그들이 우리를 보자 모두 밖으로 피해버렸다.

주인이 변군에게 투덜거렸다.

"눈치 없는 벼슬아치들이 남의 영업을 방해하는군."

대종(戴宗)이 주인 어깨를 두드리며 말했다.

"형님, 저 두 어른은 한두 잔만 자시면 곧 나가실 텐데 그 망나니들이 왜 멋대로 걸상을 타고 앉아 있겠소? 잠시 피한 것이니 곧 다시 돌아와 마신 술값도 치르고 덜 먹었으면 서로 흉금을 털어놓으며 즐거이 마실 것이오. 그러니 안심하고 넉 냥 술이나 부으시오."

"넉 냥 술을 누가 다 마신단 말이냐?"

변군이 나무라자 대종이 말했다.

"넉 냥이란 돈이 아니라 술의 무게입니다."

술은 백소로(白燒露)인데 맛이 좋지 못하고 취하자 이내 깨버렸다.

정사의 행차는 벌써 악(鄂)이라는 성씨를 가진 사람 집을 사처로 삼고 들었다.

점심 뒤에 내원·정 진사와 함께 구경을 나섰다. 봉황산은 6, 7리에 지나지 않았다. 산속에는 안시성(安市城) 옛터가 있다 하니 그것은 그릇된 말이다. 삼면이 다 깎아지른 듯해 나는 새라 할지라도 오를 수 없을 것 같고 남쪽만이 좀 편평했다. 주위가 수백 보에 불과해 큰 군사가 오래 머물 수가 없을 테니 아마 고구려 때의 조그만 보루(保壘: 적의 침입을 막기 위해 돌로 쌓은 구축물)가 있었던 모양이다.

셋이 버드나무 밑에서 땀을 들이고 있는데 옆에 벽돌로 쌓은 우물이 있었다. 위는 넓은 돌을 다듬어 덮고 양쪽에는 구멍을 뚫어 겨우 두레박만 드나들게 되었다. 사람이 빠지는 것과 먼지가 들어가지 못하게 한 것이다. 또 물의 본성이 음(陰)하기 때문에 태양을 가려서 물이 살아 있게 하는 것이다.

동행 둘이 새로 지은 불당(佛堂)을 구경한다며 나를 두고 갔다.

저녁 때가 되어가지만 더위는 한층 더 치열해졌다. 급히 사관으로 돌아와 북쪽 들창을 높이 떠괴고 옷을 벗고 누웠다.

창대가 술 한 그릇과 삶은 달걀 한 쟁반을 가져와 말했다.

"어딜 가셨었습니까? 저는 기다리느라고 죽을 뻔했습니다."

제 충성을 나타내려 함이 우습기도 하고 얄밉기도 했다. 어쨌든 술은 본시 내가 즐기는 것이요 달걀 또한 좋아하는 음식이 아닌가.

이날 30리를 갔다. 압록강에서 1백 20리다. 여기를 우리나라 사람들은 '책문'이라 하고 이곳 사람들은 '가자문(架子門)' 그리고 중국 사람은 '변문(邊門)'이라고 한다.

6월 28일, 안개가 늦게 개었다.

이른 아침 변군과 함께 먼저 길을 떠났다. 대종이 먼 곳의 큰 집을 가리키며 말했다.

"통관(통역관) 서종맹(徐宗孟)의 집입니다. 황성(皇城)에는 저보다 훨씬 큰 집이 있었는데, 그자는 탐관으로 불법 행위가 많고 조선 사람의 고혈을 빨아 큰 부자가 되더니 늘그막에 그런 사실들이 예부(禮部)에 밝혀져 황성의 집은 몰수당하고 이젠 저 집만 남았답니다."

마치 글을 읽어내리듯 말하는 그는 선천(宣川) 사람으로 이미 예 닐곱 차례나 연경에 드나들었다고 했다.

봉황성까지는 30리쯤 되었다. 옷이 푹 젖었고 사람들 수염은 볏 모[秧針(앙침): 옮겨 심기 위한 벼의 싹]에 구슬을 꿰놓은 듯 이슬이 맺 혔다.

자기 말로 군인이라는 강영태(康永太)의 집에서 점심을 먹었다. 그 집은 매우 깨끗하고도 화려했으며 여러 기구들이 처음 보는 것 들이었다.

뜰에는 시렁을 매고 촘촘한 삿자리(갈대를 엮어 만든 자리)로 햇볕 을 가리게 했다. 앞에 석류 대여섯 분(盆)이 놓여 있는데 그중에 흰 석류꽃이 활짝 피어 있었다. 또 못 보던 나무 한 분이 있었는데 잎 은 동백 같고 열매는 탱자 비슷했다. 물어보니 무화과(無花果)인데 꽃이 없이 열매가 맺기 때문에 이름 붙인 것이라 했다.

조정진(趙鼎鎭) 서장관이 찾아왔다. 서로 나이를 알고보니 나보다 다섯 살 위였다. 이어서 정원시(鄭元始) 부사와 김자인(金子仁)이 찾 아와 말했다.

"형이 이번 길에 동행인 것을 알면서도 우리나라 지경에서는 너 무나 분요(어지럽게 뒤얽힘)해서 미처 찾지 못했소."

부사는 나보다 두 살 위다. 내 조부와 부사의 조부는 일찍이 동 문에서 과거 공부를 하신 사이다.

서장관이 흰 석류를 가리키며 물었다.

"저런 꽃을 본 일이 있소?"

"아직 본 적이 없소."

"내가 어렸을 때 집안에 저런 석류가 있었으나 나라 안 다른 곳에는 없었는데, 저 석류는 꽃만 피고 열매는 맺히지 않는다고 하더군요."

그들은 이런 저런 한담 끝에 일어섰다.

점심이 아직 멀었다기에 배는 고팠으나 구경을 나섰다. 들어올 때 오른쪽 작은 문을 이용했기 때문에 앞문으로 향했다. 나가 보니 바깥 뜰이 수백 칸이나 됐다. 그러니 세 사신과 그 소속 수행원들이 다 함께 이 집에 들었건만 어디에들 있는지 알 수가 없을 지경인 것이다. 비단 우리 일행뿐만 아니라 오가는 장수·나그네들이 끊임없이 드나들지만 조금도 시끄럽지 않았다.

천천히 문밖을 거닐었다. 그 번화하고 사치스러움이 연경이라도 이보다 더할까 싶었다. 길 좌우로 즐비하게 늘어선 상점들, 한결같이 아로새긴 들창, 비단을 드리운 문들, 황금 빛깔의 현판들이 현란하기 그지없다. 변방의 하잘 나위 없는 땅이 이처럼 번영한 줄은 참으로 몰랐었다.

길에서 상품 당상역관 이혜적(李惠迪)을 만났다.

"궁벽한 시골 구석에서 뭐 볼 게 있겠습니까?"

"연경이라고 여기보다 더 나을라고?"

"그렇긴 합니다. 비록 크고 작음과 사치하고 검박한 차이는 있겠지만 그 규모는 거의 동일합니다."

살펴보니 대체 집을 지음에 있어 온통 벽돌만이 사용됐다. 벽돌의 길이는 한 자, 너비는 다섯 치여서 둘을 가지런히 놓으면 이가 꽉 물리고 두께는 두 치이다. 쌓는 법은 한 개는 세로, 한 개는 가로로 놓아 저절로 감(坎)·이(離) 괘(☵·☲)가 이룩된다.

기와를 이는 법은 더욱 본받을 만했다. 마치 대나무 통을 네 쪽으로 쪼갠 것과 같은 모양인데 그 크기는 두 손바닥만 했다. 서까래 위에 삿자리 몇 닢씩 펼 뿐이요 진흙을 두지 않고 그냥 기와를 이어 얹는다. 한 장은 엎고 한 장은 젖혀 자웅으로 서로 맞아 틈서리는 회로 발라 때웠다. 이러니까 쥐나 새가 뚫는다거나 위가 무겁고 아래가 허한 폐단이 없게 되는 것이다.

우리나라의 경우는 이와는 판이해서 지붕에다 진흙을 잔뜩 올리고보니 위가 무겁고 바람벽은 벽돌이 아니니 네 기둥이 의지할 데가 없어 집의 아래가 허하게 된다. 즉 지붕의 진흙이 내리누르니 기둥이 휘어지며 진흙이 기와 밑에서 마르면 기와 밑이 떠서 틈서리가 생겨 바람과 비를 막을 수 없을뿐더러 쥐가 숨으며 뱀이 서리고 고양이가 뒤적이는 걱정을 면치 못하는 것이다.

어쨌든 집을 짓는 데에 벽돌의 공이 지극하다. 높은 담 쌓기는 물론 집 안팎 어디에나 벽돌을 쌓는다. 그러니 집이 벽을 의지해 위는 가볍고 아래는 튼튼하며 기둥은 벽 속에 들어 있어 비바람에 상하지 않는다. 그러므로 불이 번질 위험과 도둑이 뚫을 염려도 없다. 가운데 문 하나만 닫으면 저절로 굳은 성벽을 이루게 되는 것이다.

때마침 봉황성을 새로 쌓는데 혹자는 '이 성이 곧 안시성(安市城)이다'라고 했다. 고구려의 옛 방언에 큰 새를 '안시(安市)'라 하니 지금도 우리 시골 말에 봉황을 '황새'라 하고 사(蛇)를 '배암(白巖)'이라 하는 걸로 보아 '수나라와 당나라 때 이 나라 말을 따라 봉황성을 안시성으로, 사성을 백암성으로 고쳤다'는 전설이 맞는 얘기 같기도 하다.

　또 옛날부터 전하는 말에 이런 것이 있다.

　'안시성 성주 양만춘이 당 태종의 눈을 쏘아 맞히매, 태종이 성 아래서 군사를 집결시켜 시위하고, 양만춘에게 비단 1백 필을 하사하여 그가 제 임금을 위해 성을 굳건히 지킴을 가상(嘉賞)하였다.'

　이 때문에 김창흡(金昌翕)이 그 아우 창업(昌業)을 시켜 연경으로 보낸 시에,

　천추에 크신 담략 우리 양만춘님 용 수염 범 눈동자 한 화살에 떨어졌네.

　라고 썼고 목은(牧隱)의 '정관음(貞觀吟)'에는

　주머니 속 미물이라 하잘 것 없다더니 검은 꽃이 흰 날개에 떨어질 줄 어이 알랴.

　라 했다. '검은 꽃'은 눈을 말함이요 '흰 날개'는 화살을 뜻함이

었다.

이 두 어른이 읊은 시는 반드시 우리나라에서 예로부터 전해지는 이야기에서 비롯된 것이리라.

당 태종이 온 천하의 군사를 징발하여 이 하찮은, 탄알만한 성을 떨어뜨리지 못하고 창황히 군사를 물렸다는 것은 그 사실이 의심스럽기는 하다.

김부식(金富軾)이 〈삼국사기〉를 저술함에 있어 중국의 역사서에서 한번 골라내어 베낀 모든 것을 그대로 인정했고, 또 유공권(柳公權: 당나라 학자)의 소설을 인용해 당 태종이 포위됐던 사실을 입증까지 했다.

다만 〈당서唐書〉와 〈통감通鑑〉에는 기록된 바가 없는데 이는 저들이 아마도 중국의 수치라고 다루지 않은 것이라고 볼 수 있다. 그러나 우리나라에서 옛날부터 전하는 사실을 단 한마디도 쓰지 않았으니 그 사실의 진위 여부가 어떻든 간에 애석한 일이다.

나는 다음과 같이 생각한다.

'안시성에서 당 태종이 눈을 잃었는지 아닌지는 상고할 길이 없지만 이 성을 '안시'라 함은 잘못이다. 〈당서〉에서 보면 '안시성은 평양에서 5백 리요 봉황성은 왕검성(王儉城)이라 한다'고 했으며 〈지지地志〉에는 '봉황성을 평양이라 하기도 한다' 했으니 이는 무엇을 이름인지 모르겠다. 또 〈지지〉에 '옛날 안시성은 개평현(蓋平縣: 봉천부에 속함) 동부 70리에 있다' 했으나, 개평현에서 동쪽으로 수암하(秀巖河)까지 3백 리이고 수암하에서 다시 동으로 2백 리를 가면

봉황성이다. 만일 이 성을 옛 평양이라 한다면 〈당서〉에 적인 '5백 리'란 말과 부합된다.'

그런데 우리 선비들은 오직 지금의 평양만 앞으로 기자(箕子: 전설상 기자조선의 시조)가 평양에 도읍했다 하면 믿지 않는다. 평양에 정전(井田)이 있다면 그렇게 믿으며 또 평양에 기자묘(箕子墓)가 있다면 그걸 믿는다. 그러나 봉황성이 바로 평양이라면 크게 놀랄 것이다. 더구나 요동에도 또 하나의 평양이 있었다고 하면 해괴한 말이라며 나무랄 게다. 그런 사람들은 요동이 원래 조선땅이며 숙신(肅慎)·예(穢)·맥(貊)·동이(東夷) 등 여러 나라가 다 위만조선(衛滿朝鮮: 위만 집권기의 고조선)에 예속됐던 것을 알지 못한다. 또 오라(烏剌)·영고탑(寧古塔)·후춘(後春) 등지가 원래 고구려의 옛 땅인 것을 알지 못한다.

후세 선비들이 이런 경계를 밝히지 못하고 그냥 한사군(漢四郡)을 모두 압록강 이쪽에 몰아 넣어 억지로 사실을 이끌어 짜맞추고 다시 패수(浿水)를 그 안에서 찾는데, 압록강을 패수, 청천강을 패수, 또는 대동강을 패수라 한다. 그렇게 되면 조선의 강토는 싸우지도 않고 저절로 줄어든 것이다. 이 무슨 까닭인가. 평양을 한 곳에 묶어 놓고 패수 위치를 앞으로 뒤로 물린 그때그때의 사정에 그 까닭이 있다.

나는 일찍이 한사군의 땅은 요동에만 있던 것이 아니라 여진(女眞)까지 들어간 것이라고 했다. 어떻게 그걸 아느냐 하면 〈한서지리지漢書地理志〉에 현도와 낙랑은 있으나 진번과 임둔은 보이지 않기 때문이다.

　대체로 한(漢)나라 소제(昭帝) 때(기원전 86~81) 한사군을 합해 2부 (府)로, 그 뒤 2부는 2군으로 고쳤다. 현도 세 고을 중에 고구려현, 낙랑 스물다섯 고을 중에 조선현, 요동 열여덟 고을 중에 안시현이 있다. 다만 진번은 장안(長安)에서 7천 리, 임둔은 6천 1백 리에 있 다. 이는 김윤(金崙: 조선 세조 때의 학자)의 이른바 '우리나라 지경 안 에서 이 고을들을 찾을 수 없은즉 마땅히 지금 영고탑 등지에 있었 을 것이다'라는 지적이 옳다고 본다. 그렇다면 한말에 진번·임둔 이 부여·읍루·옥저에 들어간 것이다. 부여는 다섯, 옥저는 넷이 던 것이 변하여 어떤 것은 물길(勿吉), 어떤 것은 말갈, 또 다른 것 들은 발해와 여진으로 된 것이다. 발해 무왕(武王: 대무예)이 일본 쇼 무[聖武] 왕에게 보낸 글 중에 '고구려 옛터를 회복하고 부여의 풍속 을 물려 받았다'는 내용이 있으니 이로 미루어 한사군의 절반은 요 동에, 또 나머지 절반은 여진에 걸쳐 있어 서로 끌어안고 달려온 형국이니 이는 본시 우리 강역 안에 있었음을 한층 명확하게 한다. 그러나 한나라 이후로 중국에서 말하는 패수가 어디라는 것은 일 정치 않았다. 또 우리나라 선비들은 으레 지금의 평양을 표준 삼아 이리저리 패수의 자리를 찾고 있다. 사정이 이러니 옛날 중국 사람 들은 무릇 요동 이쪽의 모든 강을 패수로 삼아 그 이수(里數)가 서 로 맞지 않아 사실과 크게 다르다.

　그런즉 고조선과 고구려의 지경을 알려면 우선 여진을 우리 국 경 안에 넣고 그 다음 요동에 가서 패수를 찾아야 옳다. 그래서 패수가 일정해진 연후에 강역이 밝혀지고 그에 따라 고금의 사실들이 부합되는 것이다. 그렇다면 봉황성은 평양이 틀림없을까, 만일 이곳이 기씨(箕氏)·위씨(衛氏)·고씨(高氏) 등이 도읍한 곳이라면 하나의 평양이라 할 수 있겠다.

29일, 맑게 개다.

배로 삼가하(三家河)를 건너는데 통나무를 파 말구유처럼 만든 것이다. 양 강언덕에 나무를 세우고 큰 밧줄을 매어 놓았다. 그 밧줄을 잡아당기면 배가 저절로 오가기 마련이다. 말들은 모두 물에 둥둥 떠 건넜다.

배로 다시 유가하(劉家河)를 건너 점심을 먹었다. 한낮에 심한 더위라 말을 탄 채로 금가하(金家河)를 건너가다보니 5~10리마다 마을이 즐비하고 뽕나무와 삼밭이 우거졌으며 올기장이 누렇게 익어 있었다. 옥수수 이삭도 한창 패었는데 잎은 모조리 베어져 있었다. 말과 노새의 먹이로 쓰기 위함이라고 한다.

이르는 곳마다 관제묘(關帝廟: 관우의 영을 모신 사당)가 있고 벽돌 굽는 곳도 많다. 그만치 벽돌이 일용에 요긴하게 쓰이는 까닭이다.

전당포에서 잠깐 쉬려 하자 주인이 중간방으로 안내하며 더운 차를 권한다.

집 안에 진귀한 물건들이 많았다. 들보 높이까지 닿은 시렁 위에 전당 잡은 물건이 가득하다. 모두 옷들이다. 보자기에 싼 것들도

있다. 이자는 10의 2를 넘는 법이 없지만 기한을 넘기고도 한 달이
지나면 팔아버릴 수 있다고 한다.

금 글자로 쓰여진 주련(柱聯)은 다음과 같은 글귀였다.

홍범구주(洪範九疇: 나라의 기본법)에는 우선 부(富)를 말했고
대학 십장(大學十章)에도 반은 재(財)를 논하였느니.

옥수숫대로 묘하게도 누각처럼 만들어 그 안에다 풀벌레를 키
우며 우는 소리를 듣고 처마 끝에 매단 조롱에 이상한 새를 기르고
있다.

그날은 50리를 가 통원보(通遠堡)에서 묵었다. 이곳이 곧 진이보
(鎭夷堡)였다.

7월 1일, 새벽부터 큰비가 와 떠나지 못했다.

정 진사, 주 주부, 변군…… 등과 함께 투전판을 벌여 소일 겸 술
값을 벌 작정이었다. 모두 나더러 투전 솜씨가 없으니 그냥 가만히
앉아서 술이나 마시란다. 굿이나 보고 떡이나 먹으라는 얘기니 슬
며시 분한 생각이 들었지만 어쩔 수 없었다. 구경하면서 남보다 먼
저 술을 마시게 됐으니 그것도 해롭지 않았다.

문득 벽을 통해 여인들의 말소리가 들려왔다. 제비나 꾀꼬리의
우짖는 소리 같았다.

'아마 주인집 아가씨겠지? 절세의 가인이리라.'

나는 이런 기대를 갖고, 그러나 담뱃불 댕기는 걸 핑계 삼아 부엌으로 가보았다. 쉰도 넘어 뵈는 부인이었고 생김새도 사납고 누추했다. 그 부인이 나를 보더니 안녕하시냐고 인사해 나도 부인 복많이 받으시오, 대답하고 짐짓 재를 파헤쳐 담뱃불 댕기는 체했다. 그러면서 다시 보니 머리에는 꽃장식, 분칠한 얼굴에는 귀고리, 옷에는 은단주 등 요란했다. 만주 여자인 듯싶다.

그때 주렴 속에서 한 처녀가 나왔다. 생김새는 역시 억세고 볼품없었으나 살결이 희고 깨끗했다. 그녀는 쇠양푼에 수수밥을 수북히 퍼담고 거기에 물을 붓더니 한쪽에 걸터앉아 젓가락으로만 밥을 먹었다. 반찬은 파를 잎사귀째 장에 찍어 먹는 것이었다. 밥을 다 먹고 나서 차를 마셨다. 도무지 수줍어하는 기색도 없다. 해마다 조선 사람들을 보아왔기 때문에 아무렇지도 않은 모양이었다.

뜰은 수백 칸이나 되는 넓이였다.

닭들은 죄다 꼬리와 깃이 뽑혀 있었는데 그것은 빨리 키우는 방법일 뿐만 아니라 이가 생기는 것을 예방하기 위해서라고 한다. 이 때문에 생기는 병이 계역(鷄疫)인데 꼬리와 깃을 뽑은 채 키우면 통풍이 잘 되어 그 병에 걸리지 않는다고 한다. 그러나 꼴은 추악하다 할 정도다.

2일, 새벽에 내린 큰비 늦게 개다.

냇물이 불어 건널 수 없다. 정사의 분부로 냇물을 살피러 가는 사람을 따라 나도 갔다. 깊이를 알려고 물에 들어간 사람이 열 발자국도 가지 않아 어깨가 잠긴다. 돌아와 형편을 알리자 정사가 각 방(各房) 비장들을 불러 모아 물 건널 계책을 말하게 했다.

참석한 부사가 문짝과 수레 밑바탕을 많이 세내어 뗏목처럼 매어 건너는 것이 어떠냐고 하자 주 주부가 찬성했다. 그러나 수역관이 근처에 집 지을 재목이 십여 간분 있으니 차라리 그걸 세내면 좋은데 얽어 맬 칡덩굴 구하기가 힘들 것 같다고 했다. 여러 의견이 분분했다. 내가 말했다.

"뗏목까지 맬 것 없소. 내게 마상이(거룻배)가 한두 척 있고 노도 상앗대도 갖추었으나 꼭 필요한 게 없소."

주 주부가 그게 뭐냐고 물어 내가 대답했다.

"그 마상이를 잘 저어 갈 사공이 없소."

모두 한바탕 크게 웃었다.

주인은 워낙 멍청해 눈을 부릅떠도 'ㅜ(정)'자를 모를 사람이었으나 책상 위에는 교양 서적 몇 권과 길이가 한 자 남짓한 자기병에 철여의(鐵如意: 쇠로 된 노리개)가 비스듬히 꽂혀 있었다. 그 외에도 고급스런 향료며 교의 · 탁자 · 병풍 등이 모두 아치(아담한 풍치)가 있어 궁벽한 촌티가 나지 않았다.

"주인, 살림살이는 넉넉하오?"

"1년 내내 부지런을 떨어야 먹을거리와 땔감을 얻을 수 있습니다. 귀국의 사신 행차가 없다면 살길이 막막할 지경입니다."

오후에 문밖에 나가 바람을 쐬었다. 그때 수수밭 가운데서 갑작스레 총소리가 났다. 주인도 그 소리에 급히 나왔다. 밭에서 한 사내가 양 손에 총과 돼지 뒷다리를 들고 나오더니 주인을 흘겨보며 외쳤다.

"왜 짐승을 내놓아 밭에 들여보냈어!"

사내는 피를 흘리는 돼지를 끌고 갔고 주인은 섭섭한지 우두커니 서 있기만 했다.

"뉘 집 돼지요?"

"우리가 기르는 돼지입니다."

"그렇다면 수숫대 하나 다친 게 없는데 왜 돼지를 죽이고 가져가지요? 주인은 마땅히 그 자에게 돼지값을 물려야 하잖소?"

"값을 물리다뇨, 돼지우리를 잘 단속치 못한 게 내 잘못입니다."

대체 강희제(康熙帝: 청나라 4대 황제)가 농사를 매우 소중히 여겨서, 그 법에 마소가 남의 곡식을 밟으면 갑절로 물어줘야 하고 마소 단속에 불찰이 있는 자는 곤장 60대, 양이나 돼지가 남의 밭에 들어가면 밭 임자가 잡아가도 감히 주인 행세를 할 수가 없다. 다만 수레의 경우, 자유롭게 다니는 것을 막지 못한다. 그러므로 밭 임자들은 수레가 밭으로 들어가지 않게 항상 길을 잘 닦아 밭을 지키려 노력한다.

몹시 지리하여 마치 하루가 1년인 듯싶다. 저녁 때가 될수록 더위가 한층 심해졌다.

졸려서 견딜 수 없는데 곁방에서 투전판이 벌어져 야단법석이었다.

나도 뛰어가 투전판에 끼었다. 다섯 번 이겨 백여 닢을 땄다. 그돈으로 술을 사 실컷 마시니 어제의 수치가 씻기는 듯했다.

내가 큰소리를 했다.

"이래도 내 투전 솜씨가 형편없는가?"

조 주부와 변 주부가 말했다.

"요행으로 이겼을 뿐이오."

우리는 서로 크게 웃었다.

변군과 내원은 직성이 풀리지 않는지 다시 한 판 더 하자고 졸랐다.

"뜻을 얻은 곳에 두 번 가지 말고, 만족을 알면 위태롭지 않느니라."

나는 그들의 조름을 외면하고 그 방에서 나왔다.

3일, 새벽에 내린 큰비는 아침과 낮에 개다.

밤이 되자 다시금 큰비가 내려 이튿날 새벽까지 이어졌다. 할 수 없이 또 묵어야만 했다.

아침에 일어나 들창을 열었다. 지리하던 비가 개고 상쾌한 바람이 불어들었다.

날씨가 청명한 것으로 보아 낮에는 더울 것 같았다. 땅바닥에 가득 떨어진 석류꽃이 진흙으로 변해 있었다. 수구화는 이슬에 함빡 젖고 옥잠화는 눈보다도 희게 얼굴을 쳐들고 있다.

밖에서 퉁소·피리·징 따위의 소리가 요란해 나가보니 신행 행렬이었다. 채색 그림으로 된 사초롱(紗燭籠) 여섯 쌍, 푸른 일산(日傘) 한 쌍, 붉은 일산이 한 쌍이었다. 한가운데서 푸른 가마 한 채를 교군 넷이 메고 있다. 그 가마 한 허리에 통나무를 받쳐 푸른 밧줄로 가로 묶어 양쪽에서 네 사람씩 메어 여덟의 발자국이 척척 맞아 흔들리거나 출렁거리지 않고 마치 허공에 둥둥 떠가는 형국이었다. 가마 뒤에는 수레 두 채가 나귀 한 마리로 끌려가고 있다. 한 수레에는 두 늙은이가 태워졌고 또 다른 한 수레에는 젊은 여인 세 사람이 타고 있었다. 모두 치마가 아닌 바지를 입고 그중의 한 소녀는 제법 아리땁다. 늙은이들은 유모요 소녀들은 몸종이라 했다.

말을 탄 30여 명의 군사들이 옹위하고 있는 속에 뚱뚱한 사내가 앉아 있었다. 입가나 턱 밑의 수염이 헝클어져 있으나 얼굴에는 웃음이 가득했다. 그는 청나라 관리들이 입는 구조망포(九爪蟒袍)를 걸치고 있다.

"이 동네에도 관청에서 보낸 선비나 훈장이 있겠지요?"

내 물음에 주인이 대답했다.

"워낙 두메인지라 그런 분들이 올 일이 없습니다만 마침 지난 가을 참으로 우연하게도 학문이 깊은 선생 한 분이 세관(稅官)을 따라 이곳에 오셨는데 이질이 걸려 남아 있게 됐습니다. 이곳 사람들의 극진한 병구완으로 겨울을 거쳐 봄에 이르는 동안 깨끗이 나았습죠. 그 선생은 문장이 뛰어날 뿐만 아니라 만주 글도 능통합니다. 그 선생님은 계속 여기에 머물러 계시며 글방을 차리고 이 두메 산골 아이들을 가르치는 것으로 병구완의 은혜를 갚는다고 합니다. 지금도 저 관제묘에 계실 것입니다."

"그대가 안내해줄 수 없소?"

"저 높다란 사당집이니 안내가 필요 없습죠."

"그 선생 성함이 무어요?"

"부(富) 선생이라 합니다."

"나이는?"

"나으리께서 직접 물어보십시오."

주인은 방 안으로 가더니 글씨가 빼곡하게 쓰인 붉은 종이 수십 장을 들고 나왔다. 그 종이 하나에 '아무 어른 존전(尊前)에 아룁니다. 모년·모월·모일 어른께옵서 제게 왕림해주시면 큰 광명이겠습니다'라고 쓰여 있었다.

주인이 말했다.

"이건 제 아우가 지난 봄에 사위를 볼 때 청첩을 그에게 써달란 것입니다."

나는 곧 시대를 앞세워 관제묘로 갔다. 한 아이를 시켜 부 선생을 찾았더니 한참 있다가 노인을 데리고 왔다. 그 노인은 전혀 단아한 빛이라고는 없었다. 내가 앞으로 나가 읍(揖: 맞잡은 두 손을 얼굴 앞으로 들어올리고 허리를 구부리는 인사법)하자 그는 별안간 달려들더니 내 허리를 껴안고 들었다 놓으며 웃음을 짓더니 손을 잡고 흔들어댄다.

"부공(富公)이신가요?"

"어찌 제 성을 알고 계십니까?"

"선생의 학문이 높음을 들었습니다."

"당신 성함은요?"

내 성명을 써 보이자 노인도 역시 써 보였다. 이름은 부도삼격(富圖三格) 호는 송재(松齋)였다.

"관향(貫鄕)은 어디신지요?"

"만주 양람기(만주족은 모두 군대 편제로 나누는데 그중 하나임)에 삽니다."

이번에는 노인이 물었다.

"황제께옵서 의당 영감을 불러 보시겠지요?"

"그렇게 되면 노인의 말씀을 잘 여쭈어 작은 벼슬이라도 내리게 할 테니 어떠시오?"

"만약 그리 된다면 박공(朴公)의 은혜 백골난망이겠소이다."

"우리는 물에 막혀 벌써 며칠째 여기에 묵고 있는데 노인께 책이 있으면 며칠만 빌려주실 수 있는지요?"

"별로 없습니다만 책 목록은 있는데 소일거리로 보시려면 빌려 드리겠습니다. 그러나 영감께서 지금 바로 돌아가셔서 진짜 청심환과 조선 부채 중에 잘 만든 것을 골라 초면의 정표로 주신다면 그때 책 목록을 빌려드리겠습니다."

그 생김새와 말뜻이 어찌나 비루하고 용렬한지 오래 앉아 있을 수가 없어 작별을 고하고 나왔다. 그러자 노인은 문에까지 따라나와 읍하며 말했다.

"귀국의 명주를 살 수 있겠습니까?"

나는 대답도 않고 돌아왔다. 그러자 정사가 물었다.

"볼 만한 책이 있던가? 더위 먹을까 조심스럽네."

"한 만주 늙은이를 만나긴 했는데 몹시 비루해 더불어 얘기를 나눌 위인이 못됩니다."

나는 청심환과 부채 얘기도 했다.

"그가 원한다면 어찌 청심환 한 알, 부채 한 자루를 아끼겠나. 책 목록을 빌려보는 것도 해롭지는 않겠군."

나는 시대를 시켜 청심환 한 알과 어두선(魚頭扇) 한 자루를 보냈다.

이내 시대가 손바닥만한 얇은 책을 가지고 왔다. 사실 형편없는 서목이었으나 베껴 놓고 돌려보내기로 했다.

4일, 어젯밤부터 밤새도록 비가 퍼부어 길을 떠나지 못했다.

책장을 넘기고 바둑을 두며 심심풀이를 했다. 부사·서장관 등이 상사 처소에 모여 다른 사람을 불러 물 건널 방도를 꾀하다 오랜 시간 뒤 모두 헤어졌다. 별 좋은 방책이 없는 모양이었다.

5일, 맑게 갠 날씨였으나 물이 막혀 또 묵게 됐다.

주인이 방고래를 열더니 긴 고무래로 재를 긁어낸다. 나는 이곳 구들을 살펴보았다. 한 자 남짓한 높이로 구들바닥을 쌓아 편평하게 만든 뒤, 마치 바둑돌을 놓듯 부서뜨린 벽돌로 굄돌을 늘어놓고는 그 위에다 벽돌을 깔 따름이다. 두께가 같은 벽돌이므로 굄돌을 하기 위해 깨뜨려도 절름발이가 될 리 없다. 그리고 또 벽돌은 가지런하므로 나란히 깔면 틈이 날 수도 없다. 고래 높이는 겨우 손이 드나들 정도이고 굄돌은 갈마들며 불목(아궁이 가까이 불길이 많이 가는 곳)이 된다. 그 불목에 불이 이르면 넘어가는 힘이 빨아들이듯 한다. 그리고 불꽃이 재를 휘몰아 불목이 메어지듯 세차게 들어간다. 그리되면 여러 불목이 함께 빨아당겨 도로 나올 새 없이 쏜살같이 굴뚝으로 빠져 나간다. 굴뚝 높이는 한 길이 넘는다. 이것은 우리나라에서 말하는 개자리다. 불꽃은 쉴 새 없이 재를 몰아다 고래 속에 가득 떨어지게 하므로 3년에 한 번씩 고랫목을 열고 재를 쳐내야 한다. 그리고 부뚜막은 한 길쯤 땅을 파 위에 아궁이를 내고 땔나무는 거꾸로 집어넣는다.

부뚜막 옆에는 큰 항아리를 묻을 만큼 땅을 파 그 위에다 돌로 덮개를 해 봉당바닥과 같게 한다. 때문에 그 빈 구멍에서 바람이 일어나 불길을 불목으로 몰아 넣는다. 그러니 연기가 조금도 새지 않는다. 또 굴뚝을 낼 때도 큰 항아리만큼 땅을 파 벽돌로 탑처럼 쌓아 지붕 높이로 한다. 그러니 연기가 그 항아리 속으로 들어가 서로 잡아당기고 빨아들이듯 한다. 아주 묘한 방법이다.

굴뚝에 틈이 생기면 약한 바람에도 아궁이 불이 꺼지게 된다. 우리나라 온돌이 항상 불을 내뿜고 방이 골고루 덥지 않은 것은 굴뚝이 잘못된 탓이다. 싸리로 엮은 농(籠: 바구니)에 종이를 바르거나 나무판자로 통을 만들어 세운다. 그 세운 곳의 흙에 틈이 생기거나, 종이가 떨어지거나, 나무판자 통이 벌어지거나 하면 새어 나오는 연기를 막을 수가 없을뿐더러 바람이라도 크게 불면 그 연통은 소용이 없게 된다.

우리나라에서는 비록 가난한 집이라도 글 읽기를 좋아해 겨울철이면 숱한 사람들이 코끝에다 고드름을 달고 지낼 지경이니, 이곳의 좋은 점들을 배워 가 삼동에 그 고생들을 덜어줬으면 좋겠다고 생각했다.

"이곳 온돌은 우리나라만 못한 것 같군요."

"아닐세. 우리나라 온돌에는 흠이 여섯 가지나 있는데도 아무도 그걸 말하는 사람이 없네. 내 얘기할 테니 조용히 들어보게나.

진흙을 이겨서 귓돌을 쌓고 그 위에다 돌을 얹어 구들을 만드는데 그 돌의 크기와 두꺼움이 고르지 못하니까 조약돌로 네 귀퉁이를 괴어 절름발이를 고치려 했으나 돌이 타고 흙이 마르면 괴인 것이 허물어지는 게 첫째 흠이지. 그리고 돌이 울룩불룩해 움푹한 데는 흙으로 메워 편평하게 하므로 불을 때도 고르게 데워지지 않는게 둘째 흠이야. 또 불고래가 높아 불길이 서로 마주 어울리지 못하게 되는 게 셋째 흠, 벽이 성기고 얇아 곧잘 틈이 생겨남으로 바람이 새어 들어오고 불이 내쳐서 연기가 방 안에 가득 차게 되니 그게 넷째 흠이네. 다섯째 흠은 불목이 목구멍처럼 되어 있질 않아 불길이 안으로 빨려 들지 않고 땔나무 끝에서만 남실거림이요, 여섯째는 방을 말리는 데 적어도 백 단은 되는 땔나무가 필요하고 뿐만 아니라 열흘 안으로 입주가 불가능하다는 것이야.

지금이라도 자네와 내가 벽돌 수십 개만 깔아 놓는다면 우리가 웃으며 얘기하는 동안에 몇 칸의 온돌이 이루어져 그 위에 편히 누워 잘 수가 있다네. 내 말이 어떤가?"

나는 이런 얘기를 나누고 여럿이 모여 술을 몇 잔씩 한 뒤 이슥한 밤에 거처로 돌아와 자리에 누웠다. 정사의 맞은편 방인데 그 방과 내 방 사이에 휘장이 쳐져 있어 가리고 있었다.

정사는 이미 곤하게 잠들었다. 나는 담배를 피워 물고 정신이 몽롱해져 있는데 돌연 머리맡에서 발자국 소리가 났다.

"게 누구냐?"

내가 깜짝 놀라 소리쳤다.

"도이노음이오."

말소리가 매우 수상해 다시 소리쳐 물었다.

"소인 도이노음이오."

큰 소리로 대답했다. 시대와 상방(上房) 하인들이 모두 일어났고 뺨을 치는 소리도 났다. 밖으로 끌려 나간 모양이다. 갑군이 매일 밤 우리 일행의 숙소를 순찰, 사신 이하 모든 사람들의 수를 파악해 가는 것인데 깊이 잠이 든 뒤여서 여태 그걸 모르고 지냈던 것이다.

갑군이 제 스스로 '도이노음'이라 한 것은 참으로 포복절도할 일이다. 우리나라 말로 오랑캐를 '되놈'이라 했는데 도이(島夷)의 준말이요, '노음(老音)'이란 낮고 천한 사람을 이르는 말이다. 그리고 '이오(伊吾)'란 높은 어른께 여쭈는 말인 것이다.

갑군이 오랫동안 사행을 치르는 사이 우리나라 사람들에게 말을 배우게 되었는데 그 과정에서 '되'란 말이 귀에 익었기 때문이다.

그 소란에 잠을 놓친 데 이어 벼룩에게까지 시달리게 되었다. 정사 역시 잠을 놓치어 촛불 켠 채로 밤을 새웠다.

6일, 날이 개다.

냇물이 약간 줄었기 때문에 길을 떠나기로 했다.

나는 정사와 함께 가마에 올랐다. 하인 30여 명이 알몸으로 가마를 메고 강 한가운데 물살 센 곳에 이르렀을 때 갑자기 가마가 왼쪽으로 기울어져 하마터면 떨어질 뻔했다. 위태롭기 그지없어 정사와 서로 부둥켜안고 물에 빠지는 것을 면했다.

강을 건너 언덕에 올라 건너는 자들을 바라보니 사람 목을 타기도 하고 좌우에서 서로 부축하기도 했다. 더러는 나무로 떼를 엮어 타고 넷이서 어깨에 메고 건너기도 했다. 말을 타고 건너는 이는 허리를 펴고 하늘만 쳐다보는가 하면 눈을 꼭 감기도 했고 또는 억지 웃음을 짓기도 했다. 하인들은 안장을 끌러 어깨에 메고 왔는데 그것은 안장이 물에 젖지 않게 하려는 것이었다. 건너왔다가 되건너는 사람은 또 무엇인가를 어깨에 메었는데 빈 몸은 가벼워 떠내려갈 염려가 있기 때문이라고 한다. 몇 번 왔다갔다 한 사람은 산속의 몹시 찬 물이라 벌벌 떨었다.

초하구(草河口)에서 점심을 먹었다. 우리나라 사람이 지은 이름은 답동(畓洞)이다. 항상 진창이므로 우리 아전들이 장부에 쓴 '水田(수전)' 두 글자를 합쳐 원래 없는 '답(畓)'이라 발음했다.

분수령(分水嶺)·고가령(高家嶺)·유가령(劉家嶺)을 넘어 연산관(連山關)에서 묵었다. 이날은 60리를 갔다. 밤이 돼 취하여 잠들었는데, 내가 홀연 심양 성중에 있었다. 또 눈 깜짝할 사이에 옛날에 살았던 집 창 밑에 앉아 있다. 문을 열고 밖으로 나가려 하나 문지도리가 어찌나 빡빡한지 열리지 않는다. 큰 소리로 장복을 부르려고 했으나 소리가 목에 걸려 나오질 않았다. 할 수 없이 힘껏 문을 밀다가 잠에서 깨어났다. 그때 정사가 불렀다.

"연암."

나는 어리둥절해 물었다.

"여기가 어디요?"

"아까부터 잠꼬대를 했네."

나는 일어나 앉아 이를 부딪치기도 하고 머리를 퉁기기도 하면서 정신을 가다듬었다. 한참 그러자 상쾌해졌다. 옛집의 꿈이 기껍기도 하고 한편 서운하기도 했다. 마음이 뒤숭숭해졌다.

다시 잠들지 못하고 자리 위에서 뒤척거리며 공상에 잠겨 있다 보니 날 새는 것도 깨닫지 못했다.

7일, 날씨 개다.

2리쯤 가다 물을 만나 말 탄 채 건넜다. 강폭은 넓지 않으나 물살은 어제 건넌 곳보다 훨씬 세다. 무릎을 잔뜩 오므려 발을 모아 안장 위에 옹송그리고 앉았다.

창대는 말 머리를 잔뜩 껴안고 장복은 내 엉덩이를 힘껏 부축했다. 서로 의지하여 무사하기만을 빌 따름이다.

강 한복판에 이르자 갑자기 왼쪽으로 쏠렸다.

물이 말 배에 닿게 되면 으레 네 발굽이 저절로 떠서 누워 건너는 꼴이 된다. 나도 모르는 사이에 내 몸이 오른쪽으로 기울어지며 물에 빠질 뻔했다. 마침 말꼬리가 떠 있는 걸 보고 재빨리 잡아 몸을 가누었다. 내가 생각해도 내가 그렇게 빠를 줄 몰랐다.

창대도 말 다리에 채여 하마터면 욕을 볼 뻔했다. 그러나 갑자기 말 머리가 들리더니 몸을 가눈다. 물이 얕아져 다리가 땅에 닿았던 것이다.

마운령(摩雲嶺)을 넘어 천수참(千水站)에서 점심을 먹었다. 청석령(靑石嶺)을 넘을 때 고갯마루에 관제묘가 있었다. 매우 영검하다 해 역부와 마부들이 앞다투어 탁자 앞으로 가 머리를 조아렸다. 또 참외를 사 바치기도 하고 역관 중에는 향을 피운 뒤 제비를 뽑아 자기의 평생 신수를 점치기도 했다.

한 도사가 바리때를 두드리며 돈을 구걸한다. 머리를 깎지 않고 상투를 뭉친 꼴이 우리나라의 환속한 중 같기도 했다. 머리에 쓴 등립(藤笠)과 몸에 걸친 야견사 도포는 우리나라 선비 차림과 비슷했으나 검정 방령(方領)은 달랐다. 또 어떤 도사는 참외와 달걀을 팔았다. 참외는 매우 단 데다 물이 많았고 달걀은 맛이 삼삼했다.

밤이 되어 낭자산(狼子山)에서 묵었다. 큰 재를 둘이나 넘은 데다 80리를 걸은 날이다. 마운령은 회령령(會寧嶺)이라고도 한다. 높이가 가파로워 우리나라 관북의 마천령(摩天嶺) 못지 않다고 한다.

8일, 날이 개다.

정사와 한 가마를 타고 삼류하(三流河) 건너 냉정(冷井)에서 아침을 먹었다.

10리 남짓 가서 산모롱이로 접어들 때 정 진사의 마두 태복이가 갑자기 말 앞으로 달려나와 엎드리더니 외쳤다.

"백탑(白塔)이 보임을 아뢰오."

그러나 산모롱이가 가려 아직 백탑은 보이지 않았다. 말을 채찍질하여 모롱이를 벗어나자 갑자기 눈앞이 어른거리고 검은 공 같은 게 오르내린다. 오늘 처음, 인생이란 본시 아무것도 의탁할 것이 없고 하늘을 이고 땅을 밟은 채 떠도는 존재임을 알게 됐다.

말을 세워 사방을 둘러보다 나도 모르게 손을 이마에 얹고 말했다.

"참으로 좋은 울음터로군. 한번 울만 해."

"이토록 천지간에 드넓은 시야를 얻게 되었는데 울고 싶다니 거뭔 말씀이오?"

"천고의 영웅이 잘 울었고 미인도 눈물이 많다 하오. 하지만 그들은 소리 없이 몇 줄기 눈물을 흘렸소. 소리가 천지에 가득 차서 마치 쇠와 돌에서 나오는 듯한 울음은 듣지 못했소. 사람은 다만 희(喜)·노(怒)·애(哀)·락(樂)·애(愛)·오(惡)·욕(欲) 칠정(七情) 중에서 슬플 때만 우는 줄로 알고 있지 칠정 모두가 울 수 있는 것임을 모르는 모양이오. 기쁨이 사무치면 울게 되고 노여움이 사무쳐도 울게 되고 즐거움과 사랑이 사무쳐도 울게 되오. 또 욕심이 사무쳐도 울게 되오. 불평과 억울함을 풀어버리는 데는 소리보다 더 빠른 게 없소. 울음이란 천지간에 있어 우레와도 같은 것이외다. 지극한 정이 우러나오는 곳에는, 이것이 저절로 이치에 맞는 것이거늘 울음이 웃음과 무엇이 다르겠소. 인생의 감정은 오히려 이런 극치를 겪지 못하고 교묘하게 칠정을 늘어놓고 슬픔에다 울음을 배치했으니 그 때문에 상사(喪事)를 당했을 때 억지로 '애고' '어이' 하고 부르짖는 것이오. 참된 칠정에서 우러나온 지극하고도 참된 소리란 참아 눌러서 저 천지 사이에 서리고 엉기어 감히 나타내지 못하는 것이오. 그러므로 저 한나라 선진 문학자 가생(賈生:賈誼)은 일찍이 그 울음터를 얻지 못하고 참다 못해 갑자기 선실(宣室: 한나라 궁궐의 정실)을 향해 한마디 길게 울부짖었으니 이 어찌 듣는 이들이 놀라고 해괴하게 여기지 않을 수가 있었겠소."

"그럼 그 울음터가 이토록 넓으니 나도 의당 그대와 함께 한번 크게 울어야 할 것인데 그 우는 까닭을 칠정 중에서 뭘로 골라야 하오?"

"갓난애에게 물어보오. 그 애가 첨으로 이 세상에 태어날 때 느낀 것이 무슨 정인지. 애는 먼저 해와 달을 보고 그 다음엔 부모와 친척들이 가득 모여 있으니 기쁘지 않았을 리 없소. 그 기쁨이 늙도록 변함없다면 슬프고 노여울 리 없고 의당 즐겁고 웃어야 할 정이 있어야 하련만 외려 자주 울부짖기만 하고 분노와 한스러움이 가슴에 가득 사무친 것 같이 합니다. 그러니 마침내는 죽어야만 하고 죽기 전에는 모든 근심 걱정을 골고루 겪어야 하므로, 그 애가 태어난 것을 후회하여 저절로 울음보를 터뜨려 스스로를 애도함인지 모르오. 그러나 갓난애의 본정이란 결코 그런 게 아닐 것이오. 무릇 그 애가 어머니 태속에 있을 때 캄캄하고 막혀서 갑갑하게 지내다가 갑자기 넓고 환한 곳으로 나와 팔과 다리를 펴니 그 마음이 어찌 시원하지 않을 것이며 그런즉 또 어찌 한마디 참된 소리를 내어 제멋대로 외치지 않겠소. 그러니 우리는 의당 갓난아기들의 꾸밈없는 소리를 본받아 저 비로봉 산마루에 올라 동해를 바라보며 한바탕 울어볼 만하고 황해도 장연 바닷가 금모래밭을 거닐면서도 울어볼 만하며 이제 요동 벌판에 와서 여기서부터 산해관(山海關)까지 1천 2백 리 사방에 전혀 한 점의 산도 없이 하늘과 땅끝이 맞닿아 창창할 뿐이니 이 역시 한바탕 울어볼 만한 곳이 아니겠소!"

무더운 한낮이었다. 말을 달려 고려총(高麗叢)·아미장(阿彌庄)을 지나 길을 나누었다.

나는 조 주부 달동·변군·내원·정 진사와 하인 이학령과 더불어 구요양(舊遼陽)으로 들어갔다. 구요양은 봉황성보다도 열 배가 더 번화하고 장려했다. 따로 '요동기(遼東記)'를 쓴다.

9일, 날이 개다. 몹시 덥다.

서늘한 새벽에 먼 길을 떠났다.

장가대(張家臺)·삼도파(三道巴)를 지나 난니보(爛泥堡)에 이르러 점심을 먹었다.

요동 땅에 들어서면서부터 마을이 끊이지 않았고 넓은 길폭은 수백 보나 되었다. 그런 길을 따라 양편에는 수양버들이 줄지어 심어져 있다.

집들이 늘어선 곳에는 마주한 문과 문 사이에 장마 때 괸 물이 가끔씩 못을 이루고 있었다. 그 못 위에 집에서 기르는 거위와 오리가 수없이 떠다니며 노닐었다. 양편의 촌집들은 모두가 마치 물가의 누대처럼 붉은 난간이 아름답다. 슬며시 강호(江湖) 생각이 난다.

군뢰가 세 번 나팔을 불고 나서 저만치 앞서 가면 전배(前排) 군관이 군뢰를 따라 먼저 떠난다. 나는 행지가 자유로워서 매양 변군과 함께 서늘할 때를 타 새벽에 떠난다. 그러나 10리도 못 가서 전배가 따라와 만나게 된다. 그들과 고삐를 나란히 하여 재미난 얘기와 농담을 하며 간다. 매일 그렇다.

마을이 가까워질 때마다 군뢰를 시켜 나팔을 불고, 넷은 모두 목청을 모아 권마성(勸馬聲)을 뽑는다. 높은 관리 행차 때 위엄을 부리고 일반 행인들을 물러서게 하는 그 소리에 집집마다 여인들이 문이 메도록 붙어 서서 구경한다. 늙은이나 젊은이나 차림은 거의 같다. 머리에 꽃을 꽂고 귀고리를 늘어뜨렸으며 엷은 화장을 했다. 입에는 모두 담뱃대를 물었으며 손에는 신바닥에 대는 베와 바늘이 들려 있다. 서로 어깨를 비비며 손가락질을 하기도 하고 깔깔대고 웃는다.

한족(漢族) 여자는 여기서 처음보는데 모두 발을 감고 궁혜(弓鞋)를 신었다. 그 자색은 만주 여자만 못했다. 만주 여자는 꽃다운 얼굴에 자태 또한 아름다웠다.

만보교(萬寶橋)·연대하(烟臺河)·산요포(山腰鋪)를 거쳐 십리하(十里河)에 이르러 묵었다. 오늘은 50리를 걸었다.

비장과 역관들이 말등에 앉아, 맞은편 쪽에서 오는 한족 여자나 만주 여자 중에서 각기 첩 하나씩 정하는데, 만약 남이 먼저 정한 여자면 겹으로 정할 수 없는 등 법이 몹시 엄격하다. 이를 일러 구첩(口妾)이라 하며 이로 인해 가끔 샘을 내기도 하고 화를 내며 욕설을 퍼붓기도 하는데 결국은 웃음으로 끝난다. 이 역시 먼 길을 가는 데에 심심풀이로 적당한 한 가지 방법이기도 하다.

내일은 곧장 심양(瀋陽)에 들어갈 예정이다.

구요동기舊遼東記

요동 옛 성은 한나라 양평·요양 두 현 어름에 있었다. 진(秦)나라는 요동이라 칭했고 그 위만의 조선에 편입되었다. 한 말년에 공손탁(公孫度)이 웅거한 바 되었으며 수·당 때에는 고구려에 속했다. 거란은 이곳을 남경(南京), 금나라는 동경(東京), 원나라는 지방 행정구역인 행성(行省)을 두었다. 그리고 명나라는 정요위(定遼衛)를 두었었으나 지금은 요양주(遼陽州)로 승격되었다.

20리쯤 떨어진 곳에 성을 옮겨 신요양이라 했으므로 이 성은 폐하여 구요동이라 부른다. 성의 둘레는 20리인데 어떤 사람은 이렇게 말한다.

"이 성은 웅정필(熊廷弼)이 쌓은 것이다. 옛날에는 몹시 낮고 비좁았는데 웅정필이 적기(敵騎)가 들어온다는 정보에 성을 헐었다. 그것은 본 청나라 사람들은 의심하여 가까이 가지 않다가 고쳐 쌓는다는 것을 정탐하여 알고는 군사를 이끌고 성 밑에 이른즉 하룻밤 사이에 새로 쌓은 성이 높다랗게 이루어져 있었다. 후에 웅정필이 이곳을 떠나자 요양이 함락되고 말았다. 청나라에서는 그 성이 하도 굳건해서 함락시키기 어려웠음을 분하게 여겨 성을 헐어버릴 적에 그 싸움을 승리로 이끈 열렬한 군사들에게 시켰음에도 열흘이 넘도록 다 허물지 못했다."

명나라 천계(天啓: 희종의 연호) 원년 3월, 한나라에서 이미 심양(瀋陽)을 빼앗고 그 군사를 이동해 요양으로 향했다. 이때 경략(經略) 원응태(袁應泰)가 세 갈래로 군사를 진격시켜 무순(撫順)을 회복하려던 차에 청나라가 이미 심양을 함락시키고 요양으로 진격한다는 말을 듣고 서둘러 태자하(太子河) 물을 끌어다 해자에 채우고 성 위에서는 군사를 빙 둘러서게 하여 지켰다.

청나라 군사는 심양을 함락한 지 닷새 만에 요양성 밑에 이르렀다. 누르하치, 이른바 청태조(淸太祖)다. 그가 스스로 좌익 군사를 이끌고 먼저 이르렀는데, 명나라 총병 이회신(李懷信)이 5만 군사를 거느리고 성 5리 지점에 나와 진을 쳤다.

그때 누르하치가 좌익 군대의 사기(四旗: 만주군의 편성 단위)로 왼쪽을 공격했다. 당시 청나라 왕은 우리나라에서 칸[汗]이라 부르는 자로 그 이름은 홍타시(洪台時)다. 그는 날쌘 군사력을 믿고 싸우기를 원했으나 누르하치가 허락하지 않았다. 그러나 홍타시는 끝내 가서 홍기(紅旗: 만주군 관제인 팔기 중 하나) 두 개를 세워 두고 성 옆에 매복시켜 그 형세를 살피게 했다. 그러자 누르하치는 정황기(正黃旗)·양황기(鑲黃旗) 두 부대를 보내 홍타시를 도와 명나라 왼쪽 군영을 치게 했다. 뒤이어 사기 군대를 보냈다. 명나라 군영은 전체적으로 어지러웠다.

결국 홍타시가 승리하여 60여 리를 추격 안산(鞍山)에 이르렀다.

이 싸움에 명나라 군사는 요양성 서문으로 나와 앞서 청나라 군이 성 옆에 세워 두었던 홍기를 뽑았다. 그러자 복병이 맞받아쳤다. 명나라 군사가 성안으로 도망쳐 들어갔는데 서로 적군으로 오해해 저희들끼리 짓밟는 사태가 벌어지게 됐다. 그때 총병 하세현(賀世賢)과 부장 척금(戚金) 등이 전사했다.

이튿날 아침, 누르하치가 패륵(貝勒: 만주군 벼슬 이름)의 왼편 사기 군사를 이끌고 성 서쪽 수문을 파 호수의 물을 뺐다. 그리고 오른쪽 사기 군사에게 성 동쪽 진수구(進水口)를 막도록 했다. 누르하치 자신은 직접 우익 군대를 성 밑에 배치하여 흙과 돌을 날라다 물길을 막았다.

명나라 군사는 보병과 기병 3만을 거느리고 동문을 나와 진을 치고 청나라 군대와 맞서 버렸다. 청나라 군사가 다리를 빼앗으려 할 때 수구(水口)가 막혀 물이 다 마를 지경이었다. 이에 사기의 선봉이 고함을 쳐대며 해자를 건너 동문 밖을 습격했다. 명나라 군사가 이에 맞서 힘껏 싸웠으나 청나라 홍갑(紅甲) 2백 명과 백기(白旗) 1천 명이 진격하는 바람에 명나라 군사의 시체가 해자를 가득 메웠다. 청나라 군사는 무정문(武靖門) 다리를 빼앗고 양쪽으로 나누어 명나라 군사를 쳤다. 명나라 군사는 성 위에서 끊임없이 화포를 터뜨렸다. 청나라 병사는 이에 맞서 서성(西城) 한쪽을 빼앗고 민간인들을 마구 죽였다. 성안의 명나라 병사들이 횃불을 들고 저항했으나 우유요(牛維曜) 등은 성을 타넘고 도망쳤다.

이튿날 아침, 명나라 병사들은 다시 방패를 세우고 힘껏 싸웠다. 청나라 군사는 성을 타고 올랐다. 경략 원응태는 성 북쪽 진원루(鎭遠樓) 싸움을 독려하다가 성이 함락됨을 보고 누각에 불을 질러 타 죽고 분수도(分守道) 하정괴(何廷魁)는 처자를 거느리고 우물에 빠져 죽었다. 또 감군도(監軍道) 최유수(崔儒秀)는 목매어 죽고 총병 주만량(朱萬良), 부장 양중선(梁仲善), 참장 왕치(王豸)·방승훈(房承勳), 유격 이상의(李尙義) · 장승무(張繩武), 도사 서국전(徐國全) · 왕종성(王宗盛), 수비 이정간(李廷幹) 등은 모두 전사했다.

어사 장전(張銓)은 사로잡혔으나 굴복하지 않으므로 누르하치가 죽음을 내려 그가 품은 순국의 뜻을 이루게 했다. 홍타시가 장전을 아껴 살리려고 여러 번 타일렀으나 결국은 뜻을 꺾을 수가 없어 부득이 목매어 죽인 뒤 장사를 치러 주었다.

청나라 고종 황제는 작년에 전운시(全韻詩)를 지어 이 성 함락 전말을 상세히 적고 이렇게 말했다.

"명나라 신하로서 항복 않는 자에게 우리 선왕께옵서 오히려 은혜를 베풀었는데 그때 연경에 있는 명나라 군신들은 도무지 아랑곳하지 않았다. 공과 죄를 밝히지 않았으니 그러고서야 망하지 않으려 해도 그게 되겠는가."

〈명사明史〉를 상고해보니 이러했다.

"웅정필이 광녕을 구출하지 않았을 때 삼사 왕기(王紀) · 추원표(鄒元標) · 주응추(周應秋) 등이 웅정필을 탄핵하기를 '정필의 재식(才識)과 기백이 일세를 우습게 볼 만하므로 지난해 요양을 지키자 요양이 보전되고 요양을 떠나자 요양이 망했으나 다만 그 교만하고 괴팍한 성격은 고칠 길이 없어 오늘에 한 소(疏)를 올리고 다음날에 한 방(榜)을 걸었으니 그는 양호(楊鎬: 청과의 싸움에서 패해 사형된 장수)에 비하면 도망친 죄 한 가지가 더하고 원응태처럼 죽지도 못했으므로 만일 왕화정(王化貞: 청에 패한 장수)을 죽이고 정필을 살려둔다면 죄는 같은데도 벌이 다른 것입니다'라 했다."

지금도 그 당시 토벽이 예와 같이 둘러 있고 벽돌이 외려 새로운 듯하여 그때 삼사가 탄핵한 글을 다시 외워본즉, 그의 사람됨을 능히 짐작할 수 있겠다. 아, 슬프도다. 명나라가 말운을 다해 인재를 쓰고 버림이 거꾸로 되고 공과 죄가 밝지 못했으므로, 웅정필·원숭환의 죽음을 보건대 가히 스스로 그 장성(長城)을 허물어뜨렸다 하겠으니 이 어찌 후세의 비웃음을 면하지 않겠는가.

태자하를 끌어다 해자를 만들었다. 해자 위로는 고기잡이 배가 서너 척 떠 있고 성 밑에는 낚시질하는 사람들이 수십 명이나 된다. 그들은 다 좋은 옷을 입었으며 생김새가 귀공자 같다. 모두 성 안의 장사치들이다.

내가 해자를 한바퀴 돌며 그 수문 여닫는 제도를 엿보려 할 때 낚시꾼들이 왁자하게 웃으며 내게 말을 걸었으므로 나는 땅바닥에 글자를 써 보였다. 그들은 그것을 들여다보고는 웃으며 가버렸다.

서문을 나와 백탑을 구경했다. 그 만든 솜씨가 공교하고도 화려했다. 또 그 웅장함은 가히 요동 넓은 벌판에 알맞았다. '백탑기(白塔記)'는 따로 쓰겠다.

관제묘기 關帝廟記

구요동성 문밖으로 나오면 돌다리 하나가 있다. 다리 가에 세운 돌 난간은 그 만든 솜씨가 매우 정교하다. 강희(康熙) 57년에 쌓은 것이다. 다리 건너편에서 1백 보쯤 되는 곳에 누각의 문이 있다.

구름 속 용과 수선(水仙)을 새겼다. 모두 파서 새긴 것이다. 패루(牌樓)에 올라보니 동쪽에 큰 다락 현판에 '적금루(摘錦樓)'라 써 있다. 그 왼편 종루는 '용음루(龍吟樓)' 오른편 고루(鼓樓)는 '호소루(虎嘯樓)'라 했다.

묘당이 웅장하고 화려해 복전(複殿)·중각(重閣)은 금빛·푸른빛으로 휘황찬란하다.

그 정전에 관공(關公: 관우)의 소상을 모셨고 동쪽에는 장비, 서쪽에는 조운(조자룡)을 배향했다. 또 촉의 장군 엄안(嚴顔)이 굴복하지 않는 모습도 설치해 놓았다.

뜰 한가운데에는 비석이 몇 서 있는데 모두 사당 창건과 중수의 시말을 새긴 것이다. 그중 새로 세운 한 비석은 산서 지방의 한 상인이 사당을 중수한 내용이다.

사당에는 건달패 수천 명이 왁자지껄 떠들어대 마치 놀이터와 같았다. 어떤 자들은 총과 곤봉을 연습하고 또 다른 패거리는 주먹질과 씨름을 연습하고 있었다. 소경말·애꾸말을 타는 장난도 했다. 그런가 하면 조용히 앉아 〈수호전〉을 읽고 있는데 여러 사람들이 삥 둘러앉아 듣고 있다. 그 사람은 머리를 흔들기도 하고 코를 벌름거리기도 했는데 자기 눈에는 사람들이 보이지 않는다는 투였다. 그가 읽는 장면은 '화소와관사(火燒瓦官寺)' 대목인 듯한데 잘 들어보니 외는 것은 뜻밖에도 〈서상기(西廂記: 희곡 작품)〉였다. 글자를 모르는 까막눈일망정 외기에 익숙해 입이 매끄럽다. 이것은 꼭 우리나라 네거리에서 〈임장군전(林將軍傳: 임경업 장군을 그린 소설)〉을 외는 경우와도 같다. 읽는 자가 잠깐 멈추자 두 사람이 비파를 타고 한 사람은 징을 쳤다.

요동 백탑기遼東白塔記

관제묘에서 나와 5마장도 채 못 갔는데 하얀 빛깔의 탑이 보인다. 이 탑은 여덟 모, 13층 짜린데 그 높이는 일흔 길이나 된다고 한다. 세상에 전해진 말로는 이렇다.

"당나라 울지경덕(蔚遲敬德: 태종 때의 명장)이 군사를 거느리고 고구려를 치러 왔을 때 쌓은 것이다."

또는 이렇게도 말한다.

"신선 정령위(丁令威)가 학을 타고 요동을 돌아보니 성곽과 인민이 바뀌었으므로 슬피 울며 노래 불렀다. 그곳이 그가 머물렀던 화표주(華表柱: 큰 길에 세우는 기둥)이다."

그러나 이 말은 그릇된 것이다. 요양성 밖에 있으니 성에서 10리도 안 되는 곳이며 그리 높고 크지도 않다. '백탑'이라 한 것은 우리나라 하정배들이 부르기 쉽게 아무렇게나 지은 것이다.

요동은 왼편에 푸른 바다를 끼고 앞으로는 아무 거칠 것 없는 벌판이라 천리가 아득하게 열려 있다. 백탑이 그 벌판의 3분의 1을 차지하였다. 탑 꼭대기에는 구리로 만든 북 셋이 놓여 있고 층마다 처마 네 귀퉁이에 달린 풍경은 물통만한 크기인데 바람이 일 때마다 그 소리가 요동벌을 울린다.

두 사람을 탑 아래에서 만났다. 모두 만주 사람으로 약 사려고 영고탑(寧古塔)에 가는 길이란다. 땅에 글자를 써 문답했는데 한 사람이 고본 〈상서尚書〉가 있느냐 물었고 다른 사람은

"안부자(顏夫子: 공자 제자 안희)가 지은 책과 자하(子夏: 공자 제자)가 지은 〈악경樂經〉이 있습니까?"

하고 물었다. 이는 내가 처음 듣는 책이므로 없다고만 했다. 둘 다 청년인데 처음 이곳을 지나게 되어 탑을 구경하는 것이다. 길이 바빠 이름은 묻지 못했으나 수재인 듯싶었다.

광우사기廣祐寺記

백탑 남쪽에 옛 절이 있다. 광우사이다. 아까 만난 수재들이 이렇게 말했다.

"한나라 때 지은 절인데 당태종이 요를 칠 때에 수산(首山)에 머물러 악공(鄂公) 울지경덕을 시켜 중수케 했다."

전해지는 말은 이렇다.

"옛날 촌사람이 광녕으로 가다가 길에서 한 동자를 만났다. 그 동자가 '나를 업고 광우사까지 가면 절 오른쪽 열 걸음쯤에 있는 고목 밑에 돈 10만 냥이 묻혀 있는데 그 돈을 품삯으로 주겠소'하였다. 그래 그 사람이 동자를 업고 수백 리나 되는 길을 한나절도 안 되는 시간에 가 닿았다. 내려놓고 보니 동자가 아니고 금부처였다. 그 절 중이 이상히 여겨 동자가 말했다는 고목 밑을 파보니 과연

10만 냥이 나왔고 그 돈으로 그가 중수했다."

절 비문을 읽어보니 이렇게 적혀 있다.

"강희 27년 태황태후(태종 홍타시의 비) 내탕고(內帑庫)의 돈으로 세웠고 강희제도 일찍이 이 절에 거둥해 중에게 비단 가사를 하사한 일이 있다."

지금은 절을 폐하여 중도 없었다.

요양성으로 돌아오자 말을 모는 소리와 수레 소리가 우렁찼다. 그리고 곳곳에 구경꾼이 떼 지어 있었다. 주루(酒樓) 붉은 난간이 한길 가에 높다랗게 솟아 있고 금글자로 쓴 주기(酒旗)가 나부꼈다. 그 깃발에는 다음과 같이 쓰여져 있었다.

聞名應駐馬(이명응주마)
이름 듣고 곧장 말을 세워
尋香且停車(심향차정차)
향내 찾아 잠깐 수레 멈추리

술 마실 기분이 들었다. 삥 둘러선 구경꾼은 더욱 늘어나 서로 어깨를 비빈다. 내 일찍이 이렇게 들었다.

"이곳에 좀도둑이 많아 낯선 사람이 정신이 나가 주의하지 않으면 반드시 무엇이건 잃어버리고 만다.

지난해 어느 사신 행차 때 많은 무뢰배를 가마 메는 하인으로 삼았다. 상하 수십 명이 모두 초행이라 의장·안구(鞍具) 등이 제법 호화로웠다. 그들이 이곳에 이르러 유람하는 동안 안장을 잃거나 등자를 잃게 돼 여간 낭패가 아니었다."

장복이 안장을 머리에 쓰고 등자를 쌍으로 허리에 두른 채 앞장섰지만 조금도 부끄러운 빛이 없어 내가 웃으며 꾸짖었다.

"왜 네 두 눈을 가리지는 않았지?"

내 말에 모두들 크게 웃었다.

다시 태자하에 이르렀다. 강물이 잔뜩 불었으므로 배가 없어 건널 방법도 막연했다.

강기슭을 따라 위아래로 바장일 때 갈대 우거진 속에 콩깍지 같은 작은 고기잡이 배가 노를 저어 나왔다. 그리고 다른 작은 배 한 척이 강기슭에 아련히 보였다. 장복과 태복을 시켜 큰 소리로 배를 부르게 했다.

어부들이 배 양머리에 앉아 낚시를 드리우고 있었다. 짙은 버드나무 그늘에 저녁놀이 금빛으로 아롱졌고 잠자리는 물 위에서 넘놀고 제비는 물을 차며 날아오른다.

아무리 불러도 어부들은 돌아보지도 않는다. 오랫동안 물가 모래밭에 서 있자니 찔 듯한 더위에 입술이 타고 이마에 땀이 번지며 현기증이 난다. 몸에 기운이 쪼옥 빠졌다. 평생 구경하기를 좋아했었는데 오늘에야 그 값을 톡톡히 치르게 되는 모양이다.

정군 등 여럿이 농담을 나눈다.

"해는 지고 갈 길은 멀며 상하 모두 배고프고 고달프니 우는 수밖에 달리 아무런 방도가 없구려. 선생은 어찌 울음을 참으시오?"

내가 한마디 했다.

"저 어부들이 남을 구원해주지 않는 것으로 미루어 인심을 능히 짐작할 수 있겠소. 제가 비록 육노망(陸魯望: 당나라 문장가) 선생처럼 점잖을지라도 한주먹에 때려눕히고 싶소."

태복이 조바심하면서 말했다.

"이제 곧 들에 해가 지려 하는 걸로 보아 다른 산기슭은 벌써 어둠이 깃들었으리다."

태복은 젊은 나이였지만 벌써 일곱 번이나 연경에 드나들었으므로 모든 일에 익숙했다.

얼마 뒤, 낚시를 끝마친 사공이 고기가 든 종다래끼를 건져 올리고 짧은 상앗대질로 저어 나왔다. 버드나무 그늘 속에서 갑자기 작은 배 대엿 척이 다투어 나왔다. 그들은 너도나도 서로 다투어 나와 비싼 삯을 받으려는 심산인 듯했다. 남의 급한 마음을 잔뜩 키워 놓은 연후에 비로소 건너주려 하니 그 소행이 참으로 얄밉다.

한 척에 셋씩 태우고 한 사람 몫의 삯이 일 초(一鈔: 은 석 돈쯤)다. 배는 모두 통나무를 파내어 만들었다. '돌배는 두세 사람이 넉넉히 탈 수 있네'라고 한 두보의 시구는 실로 이를 두고 쓴 것이다.

일행 상하가 모두 열일곱 명이고 말이 열여섯 필이다. 함께 강을 건넜다. 뱃머리에서 말굴레를 잡고 순한 물살을 따라 7, 8리를 내려가니 위험스럽기가 전날 통원보의 여러 강을 건널 때보다 더 했다.

신요양 영수사(映水寺)에서 묵었다. 이날, 70리를 갔다. 밤에 몹시
더워서 잠이 든 사이 홑이불이 벗겨져 약간 감기 기운이 일었다.

성경잡지盛京雜識

7월 10일에 시작하여 14일에 마쳤다. 모두 5일 동안이
다. 십리하(十里河)에서 소흑산(小黑山)에 이르기까지
모두 327리다.

7월 10일, 비오다 곧 개었다.

십리하에서 일찍 떠나 판교보(板橋堡), 장성점(長盛店), 사하보(沙河堡), 폭교와자(暴交蛙子), 전장보(氈匠堡), 화소교(火燒橋), 백탑보(白塔堡)까지 도합 40리를 가 백탑보에서 점심을 먹고, 거기서 다시 일소대(一所臺), 홍화포(紅火鋪), 혼하(渾河), 배로 혼하를 건너 심양까지 도합 20리이니 이날 60리를 갔다. 심양에서 묵었다.

몹시 더운 날이었다. 멀리 요양성 밖을 돌아보니 수풀이 울창했다. 새벽 까마귀 떼가 들판에 흩어져 날고 아침 연기는 하늘 가에 짙게 끼었다. 붉은 해가 솟으니 아롱진 안개가 곱게 피어 올랐다.

사방을 둘러보니 넓디 넓은 벌에는 아무런 거칠 것이 없었다. 아아, 이곳이 옛 영웅들의 수없는 싸움터로구나. '범이 달리고 용이 날 때 높고 낮음은 내 마음에 달렸다'는 옛말, 즉 큰 권세를 독점해 모든 조종이 자기 손에 달렸다는 뜻의 이 옛말도 있지만 그러나 천하의 안위는 늘 이 요양의 넓은 들에 달렸으니 이곳이 편안하면 천하의 풍진이 자고 이곳이 시끄러워지면 천하의 싸움북이 소란하게 울리는 것이다. 어찌된 까닭인가. 대체로 평평하고 넓은 들판 천리가 확 트인 이곳을, 지키자니 힘들고 버리자니 오랑캐가 침범해 방비할 아무런 계책이 없으므로 중국으로서는 반드시 지켜내야 할 터여서 수천의 병력을 투입해서라도 지킨 연후에야 천하가 편안하게 되는 것이다. 이제 천하가 1백 년 동안이나 무사했음이 어찌 그들의 덕화와 정치가 전대(前代)보다 훨씬 뛰어났기 때문이라 할 수 있겠는가.

단지 이 심양은 본시 청나라가 일어난 터전이어서 동쪽은 영고탑(寧古塔)과 붙어 있으며 북쪽은 열하(熱河)를 끌어당기고 남쪽은 조선을 어루만지며, 서쪽은 향하는 곳마다 온 천하가 감히 꼼짝하지 못하니 그 근본을 튼튼히 다짐이 역대에 비해 훨씬 낫기 때문인 것이다.

요양에 들어서면서부터 뽕나무 삼밭이 끊이지 않고 개·닭 소리들도 연달았다. 1백 년간 무사하긴 했으나 청나라 황제로서는 오히려 한낱 근심이 남아 있지 않을 수 없었을 것이다.

몽고 수레 수천 채가 벽돌을 싣고 심양으로 들어오는데 한 채를

소 세 마리가 끈다. 그 소는 흰 빛깔이 많지만 어쩌다 푸른 것도 있다. 찌는 듯한 더위에 무겁디 무거운 짐을 끄느라 코에서 피를 뿜는다.

몽고 사람들은 코가 우뚝하고 눈이 쑥 들어가 험상궂게 보인다. 또 날래고 사나워 인간 같지 않다. 게다가 옷과 벙거지가 헌털뱅이고 얼굴은 땟국이 흐른다. 그런 주제에 버선은 꼭 신고 있다. 우리 하인배들이 알정강이로 다니는 걸 외려 이상하게 여긴다. 우리 마부들은 매년 몽고 사람들을 봐온 터라 그들 성격을 잘 알기 때문에 서로 희롱하며 길을 간다. 채찍 끝으로 그들 벙거지를 쳐 길에 떨구기도 하고 공처럼 차기도 한다. 그래도 그들은 성내지 않고 웃으며 손을 내밀어 부드러운 말로 돌려달라고 한다. 어떤 하인은 슬며시 뒤로 가 벙거지를 벗겨 쥐고 밭으로 가며 쫓기는 체하다가 갑자기 몸을 돌려 딴지를 걸어 넘어뜨리기도 한다. 넘어진 자의 입에 풀을 뜯어 넣기라도 하면 뭇 되놈들은 수레를 멈추고 웃고 넘어졌던 자도 일어나 벙거지를 털어 쓰며 웃을 따름이다.

길에서 어떤 수레를 만났다. 일곱 명이 타고 있었다. 다 붉은 옷을 입었고 쇠사슬로 어깨와 등을 얽어 목덜미에다 채웠다. 또 한 끝은 손에 매고 다른 끝은 다리를 묶었다. 알고보니 금주위(錦州衛) 도둑들로 사형을 감해 흑룡강 수자리 터로 귀양 보내는 것이라 했다. 그들 눈이나 입매가 무서워 보인다. 그래도 그들은 수레 위에서 서로 웃고 떠들며 조금도 괴로운 빛을 보이지 않았다.

말 수백 필이 길을 휩쓸고 지나간다. 맨 뒤에서 한 사람이 아주 좋은 말을 타고 뒤따르는데 손에는 수숫대를 하나 들고 있다. 말들은 굴레도 없고 고삐도 없다. 다만 어쩌다 뒤를 돌아다보면서 걷는다.

탑포(塔鋪)에 이르렀다. 탑은 동네 한가운데 있는데 높이가 20여 길, 여덟 모에 13층 짜리다. 층마다 둥근 문 네 개씩 틔어져 있다. 그 속으로 말을 탄 채 들어가 우러러보니 어지럼증이 인다. 고삐를 돌려 나와보니 일행은 벌써 사관에 들었다.

뒤쫓아 후당으로 들어섰다. 주인의 수염 밑에서 갑자기 강아지 소리가 났다. 나는 깜짝 놀라 멈칫했다. 그러자 주인이 웃음 띤 얼굴로 앉기를 청했다. 긴 수염이 희끗희끗한 늙은 주인은 방 안 나직한 의자에 오똑하니 앉았고 창밖에는 마주 놓인 교의에 한 할멈이 앉아 있었다. 머리에 희붉은 촉규화(蜀葵花) 한 송이를 꽂았으며 옷은 군청색인데 치마는 복숭아꽃 무늬였다. 그 할멈의 품에서도 강아지가 사납게 짖는 소리가 났다. 그제서야 주인은 천천히 삽살강아지 한 마리를 끄집어냈다. 크기는 토끼만하고 털 길이는 한 치나 되는 것이 눈처럼 하얗다. 등은 엷은 청색, 눈은 노랗고 입 언저리가 붉다. 할멈도 옷자락을 헤치고 강아지를 꺼내 보인다. 털빛은 똑같았다. 할멈이 웃으며 말했다.

"손님, 괴이하게 생각지 마세요. 우리 영감과 할멈이 아무런 일이 없어 집 안에만 들어앉아 있으려니 긴 해가 지루해 이것들을 안고 놀리는데 그게 간혹 남들의 웃음가마리가 된다오."

"주인 댁엔 자손이 없으신가요?"

"아들 셋, 손자 하나를 뒀는데 맏아들은 올해 서른하나에 방금 성경장군을 모시는 장경(章京)으로 있으며 둘째놈은 열아홉 살, 막내는 열여섯 살인데 다 서당에 가 글을 읽는답니다. 아홉 살 된 손자 녀석은 저 버드나무에서 매미를 잡는다고 나가서 해가 지도록 코빼기도 보기가 어렵답니다."

얼마 뒤 주인의 손자가 들어왔다. 웬 나팔을 들고 후당으로 뛰어들더니 노인의 목을 끌어안고 나팔을 사달라고 조른다. 노인이 사랑스런 얼굴로 타이른다.

"이런 것은 쓸데없어."

아이는 미목이 희맑았다. 온갖 재롱과 어리광을 부리며 이리저리 뛴다. 살구빛 무늬의 비단 저고리가 어울린다.

노인이 손자더러 손님께 인사드리라고 시켰다. 그때 군뢰가 부릅뜬 눈으로 쫓아들어와 나팔을 빼앗으며 호통친다. 노인이 일어나 사과했다.

"미안합니다. 그놈이 장난감으로 생각하고 가져온 모양이오. 파손되지는 않았을 겁니다."

"찾았으면 됐지, 소란스럽게 굴어 무안을 줄 게 뭔가."

나는 군뢰를 나무라고 나서 노인에게 물었다.

"이 개는 어디 개요?"

"운남(雲南) 개입니다. 촉중(蜀中: 사천 지방)에도 이와 같은 강아지가 있습죠. 이놈 이름은 옥토아(玉兎兒), 저 녀석은 설사자(雪獅子)입니다. 둘 다 운남 산입니다."

주인이 이번에는 강아지더러 인사를 하라고 했다. 그러자 놈은 발딱 일어서서 앞발을 부비다가 절하는 시늉으로 땅에 머리를 조아린다.

장복이 와서 식사가 준비됐음을 알린다. 내가 일어나자 주인이 말했다.

"영감, 이 미물을 귀여워하시니 삼가 이놈을 드리고자 합니다. 방물을 바치고 돌아오는 길에 영감께서 가져가셔도 됩니다."

"고맙습니다만 어찌 함부로 받을 수 있겠습니까."

나는 급히 그곳에서 나왔다.

일행이 벌써 나팔을 불고 떠날 차비를 마쳤으나 내가 있는 곳을 몰라 장복을 시켜 두루 찾아다닌 것이다. 밥을 지은 지 오래여서 굳어지고 마음이 급해 먹히질 않아 창대와 장복에게 나눠 먹으라 했다. 나는 혼자 음식점에 가 국수 한 그릇, 소주 한 잔, 삶은 달걀 세 개, 참외 한 개를 사 먹고 마흔두 닢을 주고 나오려는데 상사 행차가 막 문 앞을 지나고 있었다. 나도 변군과 함께 고삐를 나란히 하여 길을 떠났다. 배가 불렀으므로 20리 길을 잘 가게 됐다.

해는 벌써 사시(巳時)가 가까워 볕이 따가웠다.

요양에서부터 길가에 버드나무가 많아 그 그늘로 더위를 잊을 만했다. 가끔 물웅덩이가 있어 그곳을 피하려고 그늘에서 나오면 찌는 듯한 햇볕과 후끈거리는 땅 기운이 치솟아 숨이 막힐 듯했다. 먼 버드나무 그늘을 보니 수레와 말들이 구름처럼 몰려 있다. 말을 재촉해 그곳에 이르러 잠깐 쉬기로 했다. 장사꾼 수백 명이 짐을 벗어 놓고 땀을 들이고 있었다. 어떤 사람은 버드나무에 올라 앉아 옷을 벗고 부채질을 했고 어떤 사람들은 찻잔이나 술잔을 기울이고 있었으며 또 어떤 사람은 머리를 감거나 깎기도 했다. 골패나 팔씨름을 하는 축도 있었다. 그들의 짐 속에는 그림이 그려진 도자기, 수숫대로 만든 작은 누각에 여러 우는 벌레나 매미를 잡아 넣은 것, 항아리 속의 물에 둥둥 떠 있는 빨간 벌레와 푸른 마름도 보인다. 빨간 벌레는 고기밥으로 쓰인다고 한다.

수레 30여 채에 모두 석탄이 가득 실려 있다. 술·차·떡·과일 등 여러 먹을거리를 파는 자들이 버드나무 그늘에 걸상을 죽 늘어놓고 앉아 있다.

나는 여섯 푼으로 양매차(楊梅茶: 소귀나무 열매를 볶아 만든 차) 반 사발을 사 목을 축였다. 시고도 단 맛이 제호탕 비슷했다.

태평거(太平車: 청나라 사람들의 탈것) 한 채에 두 여인이 탔는데 나귀가 끌고 간다. 물통을 본 나귀가 수레를 끄는 채로 달려들었다. 여인 중 하나는 늙었고 다른 하나는 젊었다. 발을 걷고 바람을 쐬고 있다. 둘 다 꾀꼬리 무늬의 파란 웃옷에 주황색 치마를 입었으며 머리에는 옥잠화·패랭이꽃·석류꽃 장식이 요란스럽다. 아마 한녀(漢女)인 듯했다.

변군이 술을 마시자고 해 각기 한 잔씩 기울이고 곧 떠났다. 몇 리 못갔는데 군데군데 불탑이 나타났다. 심양이 가까워진 모양이다.

어부가 손 들어 강성(江城)이 여기노라 하니
뱃머리에 솟은 탑이 볼수록 높아지네.

이런 옛시가 문득 떠오른다. 대체로 그림 모르는 이 치고 시를
아는 이가 없는 법이다. 그림에는 짙거나 옅게 하는 법이 있고 또
멀고 가까운 자세가 있다. 이제 이 탑 모양을 바라보니, 옛사람이
시를 지을 때 반드시 그림 그리는 법을 체득했으리라고 깨닫게 된
다. 대체로 성의 멀고 가까움을 탑의 길고 짧음으로 미루어 짐작할
수 있기 때문이다.

혼하는 아리강(阿利江) 또 소요수(小遼水)라 부른다. 장백산에서
시작, 사하(沙河)와 합치고 성경성(盛京城) 동남을 흘러 태자하와 합
치며, 또 서로 비끼어 요하와 합쳐 삼차하(三叉河)가 돼 바다로 들어
간다.

혼하 건너 몇 리에 토성이 있다. 별로 높지 않은 성 밖에 수백 마
리의 검은 소가 있다. 새까맣게 옻칠한 듯한 색깔이다. 또 1백 경
(頃)이나 되는 큰 연못에 붉은 연꽃이 한창이고 거위와 오리가 수없
이 떠 있다. 백양 1천여 마리가 못가에서 풀을 뜯는다.

성안은 인물의 번화함과 점포의 화려함이 요양의 10배나 된다.

관묘에 들러 잠깐 쉬는 사이, 삼사(三使)는 모두 관복을 갖추었다.

홑적삼에 뒷머리를 땋아 드리운 노인이 내게 읍을 하면서 인사
를 해 나도 손을 들어 답례했다. 그 노인은 내 가죽신을 자세히 들

여다보았다. 어떻게 만들어졌나 살피는 듯해 한 짝을 벗어 보였다. 노인은 자기 신을 벗고 내 신을 신어보며 무슨 가죽이냐고 물었다.

"나귀 가죽이고 밑창은 쇠가죽에 들기름을 먹여 만든 것이라 흙탕물을 밟아도 젖지 않습니다."

노인과 뒤늦게 사당에서 나온 도사(道士)가 입을 모아 참 좋다고 칭찬했다. 노인이 나를 사당 안으로 안내했고 도사는 주발에 차를 따라 권했다.

노인이 자기 성명을 복령(福寧)이라 써 보였다. 만주 사람으로 현재 성경의 병부낭중(兵部郎中) 벼슬에 있으며 나이는 63세라고 했다. 그리고 성 밖에 피서 와서 연꽃 구경을 하고 돌아가는 길이라고도 했다. 그가 내게 물었다.

"영감은 벼슬이 몇 품이며 연세는 몇입니까?"

내 성명은 아무개요 선비인데 중국에 관광하러 왔으며 정사생(丁巳生)이라고 대답했다. 그러자 노인은 월일과 생시를 묻는다.

"2월 초닷새 축시(丑時)입니다."

"저 가까이에 앉은 분은 지난해에도 오셨었습니다. 내 그때 서울서 막 내려오다가 옥전(玉田)에서 며칠 객사에 묵은 일이 있거든요. 저분은 한림(翰林) 출신인가요?"

"한림이 아니라 부마도위(임금의 사위)요. 나하고는 삼종 형제 사이입니다."

사행들이 옷을 갈아입고 떠나려 하기에 나는 하직하고 일어섰다.

복령이 앞으로 나와 손을 잡으며 말했다.

"행차 중 건강 조심하십시오. 막바지 더위 때니 냉한 음료수나 날오이 같은 건 조심하셔야 합니다. 내 집은 서문 안, 마장(馬場) 거리 남쪽인데 문 위에 변부낭중이란 패와 계유문과(癸酉文科)라고 써 붙였으니 찾기 쉽습니다. 언제쯤 오시게 되는지요?"

"성경에서 돌아오는 건 9월중에나 가능할 것 같습니다."

"이미 영감의 사주(四柱)를 알아놨으니 그동안 운수를 잘 봐두었다가 귀하신 행차가 돌아올 때를 기다리고 있겠습니다."

정중하게 말하며 작별을 못내 아쉬워했다.

삼사(三使)가 차례로 말을 타고 갔다. 문무관이 반을 짜서 성으로 들어가게 되었다.

성 둘레는 10리이고 벽돌로 여덟 문루를 쌓았다. 문루들은 모두 3층으로 옹성을 쌓아 보호케 했다.

심양(瀋陽)은 본시 우리나라 땅이다. 사람들은 이렇게 말한다.

"한나라가 4군 설치했을 때는 이곳이 낙랑의 군청이더니 남북조 시대의 후위와 수·당 때 고구려에 속했다."

지금은 성경이라 일컫는다. 봉천 부윤(府尹)이 백성을 다스리고 봉천장군 부도통(副都統)이 팔기(八旗)를 통활한다.

내원·계함과 함께 행궁(行宮: 임금이 나들이 때 묵었던 궁) 앞을 지나다가 한 관리를 만나게 됐다. 손에 짧은 채찍을 든 그는 매우 바쁘게 걸었다. 내원의 마두 광록이 관화(官話)를 잘했기 때문에 그를 쫓아가 무릎을 꿇고 머리를 조아렸다.

"큰형님, 왜 이러시오. 편히 하세요."

관리가 광록을 잡아 일으켰다. 광록이 절하며 여쭈었다.

"조선의 하인이온데 우리 상전께서 황제가 계신 궁궐을 구경하시길 마치 하늘같이 높이 바라오니 영감께서 승락해주시겠습니까?"

"그건 어렵지 않소. 날 따라오시구려."

관리가 웃으며 말했다. 나는 바로 그에게로 가서 인사할 생각이었으나 걸음이 어찌나 빠른지 따라갈 수가 없었다. 막다른 길에 이르니 앞에 붉은 목책(木柵)을 둘렀다. 관리는 그 안으로 들어가면서 돌아보더니 채찍으로 한 곳을 가리키면서 말했다.

"여기에 서서 좀 기다리시오."

그리고는 관리가 어딘가로 가버렸다.

"이왕 들어가보지 못할 바에는 여기 우두커니 서 있는 게 멋쩍고 따분하지. 그러니 이렇게 겉으로 봤으면 됐어."

이렇게 말한 내원은 계함과 함께 술집으로 가버렸다. 그러나 나는 광록과 함께 목책 안으로 들어가기로 했다.

이름이 태청문(太聽門)인 정문으로 들어갔다.

"아까 그 관리는 아마 수직장경(守直章京)일 것입니다. 지난해 하은군(河恩君: 이광)을 모시고 왔을 때도 행궁을 구경했으나 아무도 막는 사람이 없었습니다. 그러하오니 마음 편히 구경하시지요. 사람을 만나더라도 쫓겨나기밖에 더 하겠습니까?"

"네 말이 옳구나."

나는 걸어서 전전(前殿)으로 갔다. 숭정전(崇政殿), 정대광명전(正大光明殿) 두 현판이 붙어 있다. 그리고 이 왼편은 비룡각(飛龍閣), 오른편은 상봉각(翔鳳閣), 뒤의 3층 누각은 봉황루(鳳凰樓)이다. 이렇게 대충 겉으로만 궁궐 안 이곳저곳을 살펴본 뒤 나와서 내원을 찾아 한 술집으로 갔다.

붉은 난간에 파란 문인 그 술집에는 똑같은 놋술통을 즐비하게 늘어 놓고 있었다. 그 놋술통에는 붉은 종이에 술 이름을 적어 붙여 놓았다.

주부 조학동이 여럿이서 술을 마시다 나를 영접해 불수로(佛手露: 술 이름) 석 잔을 권했다.

계함 등이 어디로 갔느냐고 묻자 모르겠다고 대답해 자리에서 일어나 밖으로 나왔다. 밖에서 주부 조명회를 만났다. 그가 나더러 어디 가서 술을 실컷 마시자고 했다.

우리는 손을 맞잡고 어떤 술집으로 들어갔다. 그 집의 웅장·화려함은 먼저 들렀던 술집보다 한층 더했다. 우리는 달걀부침 한 쟁반에 사괵공이라는 술 한 병을 실컷 마시고 나왔다.

11일, 맑게 개인 날씨나 무척 더웠다. 심양에서 묵었다.

이른 아침 성안에서 우레 같은 대포 소리가 들려왔다.

대부분의 상점들에서는 아침에 문을 열 때 으레 종이딱총을 터뜨린다. 하나의 관행이라고 한다.

급히 일어나 가상루로 가자 여러 사람이 또 모였다. 이런저런 얘기를 나누다가 사관에 와서 아침을 먹은 뒤 여럿이서 거리 구경을 나섰다.

길에서 두 사람을 만났는데 서로 팔을 끼고 간다. 한눈에 보아도 생김새들이 모두 우아해 혹시 글하는 사람인가 싶어 앞으로 가 읍을 했다. 그들은 팔을 풀고 아주 공손히 답례를 하고 나서 곧 약방으로 들어갔다. 그들은 빈랑(소화제로 씹기도 하는 과일) 두 개를 사 칼로 반씩 자르더니 내게 한쪽을 권하고 자기네도 입에 넣고 씹는다.

그들에게 성명과 주소를 글로 써 보이며 묻자 들여다보며 멍한 표정을 짓는다. 아마 글을 모르는 사람들인 모양이었다. 다만 길게 읍을 하고는 가버릴 따름이었다.

해마다 연경에서 심양의 여러 아문과 팔기(八旗)의 봉급을 지급해주면 심양에서 다시 홍경(興京)·선창(船廠)·영고탑 등지로 나누어 보내는데 그 돈이 125만 냥이라고 한다.

달빛이 밝은 저녁이다. 변계함에게 가 상루에 가자고 했다. 그러자 변군이 수역(首譯: 관아나 사신에 속한 역관의 우두머리)에게 가도 좋으냐고 물었다.

수역이 놀란 눈으로 말했다.

"성경은 연경이나 다름없는데 어찌 함부로 밤에 나다닌단 말씀이오?"

변군이 한풀 꺾이고 말았다. 수역은 어젯밤의 우리 일을 까맣게 모르는 모양이었다. 만일 알게 되면 나도 붙잡히게 될지 몰라 일부러 아무 말도 않고 슬며시 혼자 나오면서 장복에게만 일러두었다.
혹시 나를 찾거든 뒷간에 간 것처럼 대답하라고.

속재필담粟齋筆談

　전사가(田仕可)의 자는 대경(代耕)·보정(輔廷), 호는 포관(抱關)이
다. 무종(無終) 사람인데 자기 말로 전주(田疇: 위나라 문학가)의 후손
으로 집은 산해관이다. 태원(太原) 사람 양등(楊登)과 함께 이곳에 점
포를 내었다. 나이는 29세, 키는 7척인데 이마가 넓고 코가 갸름하
며 날렵하다. 옛 그릇들의 내력에 밝고 남에게 아주 다정스럽다.
　이귀몽(李龜蒙)의 자는 동야(東野), 호가 인재(麟齋), 촉의 면죽(綿
竹) 사람이다. 나이는 39세, 키는 7척, 입은 모나고 넓은 턱에 분을
바른 듯 흰 얼굴이다. 글 읽는 소리가 낭랑해 마치 금석을 울리는
듯하다.
　목춘(穆春)의 자는 수환(繡寰), 호는 소정(韶亭), 촉 사람이다. 24세
며 눈매가 그린 듯하나 글을 모르는 것이 흠이다.
　온백고(溫伯高)의 자는 목헌(鶩軒), 촉의 성도(成都) 사람이며 31세
로 이 역시 까막눈이다.
　오복(吳復)의 자는 천근(天根), 항주(杭州) 사람으로 호는 일재(一齋)
다. 40세로 학문은 짧으나 사람은 온순하다.
　비치(費穉)의 자는 하탑(下榻), 호는 포월루(抱月樓)·지주(芝洲)·
가재(稼齋)로 대량(大梁) 사람이다. 35세로 아들이 여덟이다. 그림과

조각에 능하며 경서에도 밝다. 가난하지만 남을 잘 돕는데 여러 아들의 복을 기름이다. 그는 목수환 · 은목헌을 위해 회계를 보아줄 양으로 얼마 전 촉에서 돌아왔다고 한다.

배관(裵寬)의 자는 갈부(褐夫), 노룡현(盧龍縣) 사람이다. 47세로 키는 7척 남짓하며 아름다운 수염을 가꾸고 있다. 술을 잘하고 문장에 능하며 너그러운 품이 장자의 풍도다. 스스로 〈과정집〉 두 권을 새기고 〈청매시화青梅詩話〉 두 권을 지었다. 아내 두씨(杜氏)가 19세에 요절했다. 〈임상헌집臨湘軒集〉 한 권도 있는데 내게 서문을 부탁해 썼다.

그 다음 몇몇은 모두 녹록하여 적을 것이 없을 뿐 아니라, 목소정 · 은목헌 같은 풍골도 없고 그저 장사치에 불과하므로 이틀 밤이나 함께 놀았으나 그 이름들조차 잊고 말았다. 내가 목소정에게 물었다.

"저처럼 미목이 그림 같은 분으로서 젊어서 이렇듯 고향을 멀리 떠나 있음은 어인 까닭이오? 인재 · 온공(溫公)과는 모두 같은 촉 사람인즉 무슨 친척의 연은 닿지 않는지요?"

"그에게 묻지 마십시오. 그는 비록 잘생긴 얼굴이나 마치 아름답긴 하나 재덕이 없는 관옥(冠玉)과도 같아 속에 든 것이 아무것도 없습니다."

인재의 말에 한마디 했다.

"이건 억양이 너무 지나치지 않소."

인재가 답했다.

"온형과 수환과는 종모(從母) 형제 사이지만 나와는 아무 걸림이 없소이다. 우리 셋이 배에다 서촉(西蜀) 비단을 싣고 병신년 2월에 촉을 떠나 삼협(三峽)을 거쳐 오중(吳中: 강소성 오현)에 넘기고 장삿길을 좇아 구외(口外: 장성 밖)로 나와 이곳에 점포를 낸 지도 벌써 3년이 됐답니다."

나는 목수환이 그리워 그와 필담을 하려고 했으나 이귀몽이 손을 내저으며 이런 자기 생각을 표했다.

"온·목 저 두 분은 입으로 봉황새를 읊을 수 있으나 눈으로는 돌도 분간치 못하오이다."

내가 그럴 리가 있겠느냐고 하자 배관이 나섰다.

"틀린 소리가 아니오. 귀에는 대유산(大酉山)과 소유산(小酉山) 두 석굴에 비치돼 있다는 숱한 서적을 간직했으나 눈으로는 고무래 정(丁) 자도 식별치 못합니다. 하늘에 글 모르는 신선은 없어도 인간 속세엔 말 잘하는 앵무새가 있다오."

그러고 나서도 배관은 계속했다.

"구이지학(口耳之學) 즉 귀로 들어 입으로 새나오는 학문이라는 말이니 지금 향교나 서당에서도 단순히 글을 읽기에만 힘쓸 뿐 강의는 하지 않으므로 귀로는 똑똑히 들으나 눈으로 보는 건 아득하여 입으론 '제자백가'가 모두 술술 나오지만 직접 손으로 글을 쓰려 하면 단 한 글자도 쓸 수가 없는 것입니다."

이귀몽이 내게 질문했다.

"귀국에선 어떻습니까?"

"책을 펴놓고 읽는 법을 가르치되 소리와 뜻을 함께 익히도록 합니다."

배관이 찬동의 뜻을 표했다.

"그 법이 정말 옳습니다."

"비씨(費氏)의 여덟 용(龍: 형제를 추켜세운 말)이 모두 한 어머니입니까?"

비치가 빙그레 웃고만 있자 배관이 나섰다.

"아닙니다. 소실 두 분이 좌우에서 도와드렸답니다. 나는 저 사람의 여덟 아들이 부럽기보다 작은마누라나 하룻밤 빌렸으면 좋겠소."

한바탕 웃음이 터졌다.

내가 물었다.

"촉에서 오실 때 검각(劍閣)의 잔도(棧道: 깎아지른 듯한 절벽에 시렁처럼 놓은 다리)를 지나셨습니까?"

"그럼요. 좁디 좁은 조도(鳥道: 새나 다닐 수 있다는 뜻의 천야만야한 길) 천 리에, 하루 열두 시간 계속해 원숭이 울음소리만 들리더군요."

비치의 뒤를 배관이 이었다.

"정말이지 촉의 길은 배로 가나 뭍으로 가나 어렵긴 마찬가지입니다. 이태백 시구에도 있지만 '하늘에 오르기보다도 어려운 길'입니다. 내가 지난 신묘년에 강을 거슬러 촉으로 들어갈 때 74일 만에 가까스로 백제성(白帝城)에 닿았습니다. 마침 봄철이라 배에서 보니 양 언덕에 여러 꽃들이 한창이었고 쓸쓸한 창 속의 나그네 외로운 밤은 길기만 한데 소쩍새는 피를 토하고 우짖는 원숭이, 학의 울음, 매의 웃음, 이것들은 고요한 강물 위에 달 밝은 경치였고 낭떠러지의 큰 바위가 강으로 떨어지자 서로 부딪힌 돌이 번쩍 번갯불을 일으키고, 이게 여름 장마 때의 경치입니다. 이 길을 걸어 황금과 비단이 바리로 생긴다 해도 머리칼이 세고 가슴이 타들어가는 그 고생을 어떻게 하겠습니까?"

내가 "비록 그런 고생은 하셨다지만 저 육방옹(陸放翁: 송나라 육유)〈입촉기入蜀記〉를 읽고 어찌나 흥겨운지 덩실덩실 춤이라도 추고 싶어집디다" 한즉 배관이 반대했다.

"꼭 그렇지는 않소이다."

이날 밤은 달이 낮처럼 밝았다. 전사가가 술과 음식을 차리느라고 겨우 이경(二更)에야 돌아왔다. 뼈뼈(보리떡) 두 소반, 양곱창국 한 동이, 익힌 오리고기 한 소반, 닭찜 세 마리, 삶은 돼지 한 마리, 과일 두 쟁반, 임안주 세 병, 계주주 두 병, 잉어 한 마리, 쌀밥 두 냄비, 잡채 두 그릇 등인데 돈으로 치면 열두 냥어치나 된다.

전사가가 앞으로 나와 공손히

"이 변변치 못한 걸 장만하느라고 오늘 밤 선생님의 좋은 말씀을 듣지 했습니다."

했다. 나는 의자에서 내려서며

"이토록 수고하시니 꼿꼿이 앉아 받기가 황송하오이다."

했다. 그러자 여러 사람들도 일어서면서 "귀한 손님이 오셨는데 도리어 부끄럽습니다" 한다. 곧 일제히 일어나 다른 좌석으로 옮겨 앉았고 가게문을 닫았다.

들보 위에 부채 모양의 사초롱 한 쌍을 달았다. 겉에 모두 새와 꽃을 그렸으며 또 유명한 사람의 시구도 적혀 있었다. 그리고 네모 난 유리등 한 쌍이 낮처럼 밝게 했다.

모두 각기 한두 잔씩 권했다. 닭이나 오리는 부리도 발도 떼지 않았고 양고깃국은 몹시 비려 비위에 거슬렸다. 떡과 과일만 먹었다.

전치가 필담한 종이쪽을 두루두루 열람하고 연신 감탄한다.

"좋아, 좋았어!"

그는 또 이렇게 이었다.

"선생께서 저녁 전에 골동을 구했으면, 하셨는데 어떤 진품을 원합니까?"

"비단 골동만이 아니라 문방사우까지도 사고 싶습니다. 실로 희귀하고 고아한 것이라면 값은 개의치 않겠소."

"선생께서 이제 북경에 들르시면 유리창(琉璃廠: 서화와 골동 등 희귀한 물건을 많이 취급하는 상가들이 모여 있는 거리)에도 들르실 텐데 원하시는 걸 얻기는 어렵지 않을 것입니다. 다만 진짜와 가짜를 분간하기 어렵사오니 잘은 모르겠습니다만 선생의 감상력은 어떠신가요?"

"바다 구석 궁벽한 데서 살고 있는 이 사람의 감식으로 어찌 진위를 잘 구별할 수 있겠습니까."

"여긴 말만 도회지지 중국 한 구석이었기 때문에 모든 거래는 몽고 · 영고탑 · 선창 등지에 의뢰할 따름입니다. 게다가 변방 풍습이 매우 무디어 아담한 취미가 없었으므로 여러 신비스런 빛깔이나 고아한 그릇조차 이곳에서 나온 일이 드뭅니다. 그러니 은나라 때 그릇, 주나라 때의 솥 같은 것을 어디에서 볼 수 있겠어요. 보아하니 귀국에서 골동 다루는 식이 이곳과 또 달라 전에 그 장사하는 이들을 본즉, 비록 차와 약재 따위도 상품보다는 값싼 것만 따지더군요. 그러고서야 어찌 진위를 논할 수 있겠어요? 뿐만 아니라 기물이 무거우면 실어 가기 어려우니까 대개 국경 가까운 곳에서 사 가더군요. 그러니까 북경 장사꾼들은 내지(內地)에서 쓰지 못할 물건들을 이미 국경 지대로 보냅니다. 서로가 서로를 속여 이문을 취한단 말입니다. 이제 선생께서 구하시는 것이 속류에서 훨씬 벗어난 것들이고 또 우연히 이 타향에서 서로 만나 몇 마디 말을 나눠보다가 벌써 지기의 벗이 되었으니 비록 정성을 다해 물건을 구해드리지 못할망정 어찌 잠깐이라도 저버릴 수가 있겠습니까."

"선생 말씀은 진정으로 그야말로 '이미 술로 취하게 하고 덕으로 배부르게 했다'는 시경의 말을 떠올리게 합니다."

"과찬이십니다. 내일 아침 다시 오셔서 점포 물건들을 죄다 구경하십시오."

배관이

"내일 일을 미리 얘기할 게 뭐요. 선생을 모시고 이 밤의 즐거움을 다하면 그만이지."

하니까 여러 사람이 옳다고 했다. 전관이 또

"우리들이 먼 땅, 다른 하늘 밑에서 살았기 때문에 서로 마음을 다 풀지 못한 채 만나자 곧 헤어지게 됐으니 이를 어쩌면 좋으리까?"

하니 이귀몽이 그 대목에다 수없이 동그라미를 치면서

"그 애처로움이 꼭 내 마음과 같소."

하고 감탄했다. 다시 술이 두어 순배 돌고 나서 이귀몽이 묻는다.

"이 술맛은 귀국의 것과 비교해 어떻소?"

"이 임안주는 너무 싱겁고 계주주는 지나치게 향기가 짙어, 둘 다 애초부터 술이 지니고 있는 맑은 향기는 아닌 것 같소. 우리나라에는 법주(法酒)가 더러 있소이다."

전관이 물었다.

"그러면 소주도 있습니까?"

"예, 있지요."

전관이 곧 몸을 일으켜 벽장에서 비파를 꺼내 두어 곡조 뜯었다.

"옛날에도 '연나라와 조나라에는 노래를 슬피 부르는 이가 많았다'고 일컬었으니 여러분도 당연히 노래를 잘 하시겠지요. 원컨대 한 곡조 들려주십시오."

배관은 잘 부르는 이가 없다고 했고 이귀몽은

"옛날에 연·조의 슬픈 노래는 곧 궁벽한 작은 나라의 선비로서 뜻을 이루지 못한 자들에게서 나온 것입니다. 그러나 이제야 여러 이웃나라가 한집이 되고 성스런 천자께서 위에 계시므로 사민(四民)이 업을 즐기어서, 어진 이는 밝은 조정의 상서로운 인물이 되고 임금과 신하가 서로 노래를 주고 받으며 백성들은 여러 곳으로 통하는 큰길의 태평함 속에서 밭 갈고 우물 파며 노래 부르니 아무런 불평이 있을 리 없고, 그런데 어찌 슬픈 노래가 있을 수 있단 말이오."

한다. 나는

"성스런 천자가 위에 계시면 나아가 섬기는 것이 당연합니다. 여러분으로 말하면 모두 당세의 영걸이라 재주가 많고 학문이 높거늘 어찌 세상에 나아가 일하지 않고 이다지 녹록하게 이 시정에 잠겨 지내시는지요?"

하고 물었다. 배관은

"그런 일은 다만 전공(전사가)께서나 담당하실 수 있겠지요."

그것이 농담이라 모두들 웃었다. 이귀몽은

"이야말로 때와 운이 따르는 것인즉, 함부로 얻을 수는 없겠지오."

하며 곧 책꽂이 위에서 선문(選文) 한 권을 뽑아 내게 읽기를 청했다.

나는 곧 '후출사표(後出師表)'를 우리나라식 토를 달지 않고 높은 소리로 읽었다. 모두 둘러앉아 듣고는 무릎까지 치며 좋아했다. 내가 다 읽기를 기다려 이귀몽이 동진(東晉)의 유량(庾亮)이 명나라 황제에게 중서감(中書監)을 사퇴한 글 '사중서감표(辭中書監表)'를 골라 읽는데 음절의 높낮이가 분명해서 비록 글자를 따라 일일이 다 알 수는 없어도 지금 어느 구절을 읽는지는 능히 알 수 있었다. 그의 목청이 맑아 마치 관현을 듣는 듯했다. 그때 벌써 달은 지고 야심한데 문밖에는 인기척이 끊이질 않았다.

"성경에는 순라(야경꾼)가 없소?"

내가 물었더니 전관이 있다고 했다. 나는 또 물었다.

"그럼 길에 행인이 끊이지 않는 까닭은 뭐요?"

"다들 긴한 볼일이 있는 모양이죠."

"아무리 볼일이 있다 한들 어찌 이 밤중에 나다닐 수 있나요?"

"왜 못 다닙니까? 초롱이 없는 이야 못 다니겠지만, 거리마다 파수 보는 데가 있어 갑군이 지키고, 창과 곤봉으로 나쁜 놈들을 적발해 낮과 밤의 구별이 없는데 어찌 밤이라고 다니지 못하오리까."

나는 내 뜻을 밝혔다.

"밤도 깊었고 졸리니 초롱을 들고 사관으로 돌아가는 것이 어떨까요?"

배와 전이 함께

"아닙니다. 그렇지 않아요. 반드시 파수꾼에게 검문을 당합니다. 어째 깊고 깊은 밤에 혼자 쏘다니느냐며 오가면서 들르신 곳들을 밝히라 할 것인즉, 몹시 귀찮을 것입니다. 선생이 졸리신다면 이 누추한 곳에서나마 잠시 눈을 붙이시죠."

했다. 이내 목춘이 일어나 탑(榻: 긴 평상) 위의 털방석을 말끔히 털고 나를 위해 누울 자리를 마련했다. 내가

"이제 졸음이 갑자기 없어지는군요. 그런데 나 때문에 여러분이 하룻밤 새우실까 두려울 따름입니다."

하니 여럿이

"아니오. 조금도 졸리지 않아요. 이토록 고귀하신 손님을 모시고 아름다운 얘기로 하룻밤 새우는 것은 한평생 얻기 어려운 좋은 인연입니다. 이렇게 세월을 보낸다면 하룻밤이 아니라 석달이 넘도록 촛불을 돋우어 밤을 새워도 전혀 싫증이 나지 않겠습니다."

흥이 도도하여 다시 술을 더 데우고 안주를 다시 가져오게 했다. 내가

"술을 다시 데울 필요는 없습니다."

하니 그들은

"찬 술은 폐를 해칠 우려가 있을 뿐더러 독이 치아에 스밉니다."

했다.

닭이 우니 이웃들이 움직인다. 피곤한데 술까지 취해 의자에 걸터앉은 채 꾸벅꾸벅하다 곧장 잠이 들었다. 훤하게 밝을 무렵 놀라 깨니 모두들 걸상에 의지하여, 베고, 눕고 혹은 앉은 채 잠들어 있다.

나는 홀로 두어 잔 술을 마시고는 배관을 깨워 간다고 이르고 사관으로 돌아오니 해가 솟아올랐다.

장복은 곤하게 잠든 채였다. 일행 상하가 아무도 모르는 모양이다. 장복을 깨워 물었다.

"누가 날 찾았더냐?"

"아무도 없더이다."

곧 세숫물을 재촉해 씻은 뒤 서둘러 망건을 두르고 상방(上房)으

로 갔다. 여러 비장과 역관들이 아침 문안을 아뢰는 중이었다. 아무도 간밤의 일을 눈치채지 못한 듯해, 속으로 기뻐하며 다시 장복에게 당부했다.

"입 밖에 내지 말거라."

아침으로 죽을 조금 마시고 곧 예속재로 갔다. 모두 일어나 나가고 전사가와 이인재가 골동을 늘어놓다가 나를 보더니 놀라듯 반기며 말했다.

"선생은 밤새 고단치나 않았습니까?"

"밤낮 가리지 않고 게으름증은 나질 않습니다."

"그럼 차나 한잔 드시지요."

전사가가 말한 뒤 잠시 후 한 잘생긴 청년이 들어와 찻잔을 내게 권했다. 내가 그 청년의 성명을 물었다.

"저는 부우자입니다. 집은 산해관에 있고, 19세입니다."

전사가는 내게 늘어놓은 골동들을 감상하라고 권한다. 호(壺) · 고(彝) · 정(鼎) · 이(彝) 등 모두 열한 좌인데, 큰 것, 작은 것, 둥근 것, 모난 것 제각기 다르고 그 새김질과 빛깔이 하나하나 다 고아했다. 골동에 새겨진 것을 살펴보니 모두 주나라 · 한나라 시대의 물건들이다. 전사가는

"그 무늬는 고증할 것이 없습니다. 이것들은 모두 요새 금릉(金陵) · 하남(河南) 등지에서 새로 꽃무늬를 새긴 것이라 비록 옛날 식을 본떴다 하더라도, 그 꼴이 질박하지 못하고, 빛깔 또한 순하지 못합니다. 만일 이것들을 진짜 사이에 놓는다면 대번에 그 야비함

이 드러납니다. 내 비록 몸은 시전(市廛)에 묶여 있었지만 마음은 늘 배움터에 있었던지라 선생을 뵙게 되어서 마치 쌍 보배를 얻은 듯했습니다. 그러니 어찌 조금이라도 속여 한평생을 두고 후회하겠소이까."

했다. 나는 여러 그릇 중에 창 같은 귀가 달리고 석류 꼴의 발이 달린 화로를 들고 자세히 살펴보았다. 납다색(臘茶色) 빛깔로 제법 정미한 것이었다. 화로 밑바닥을 보니 대명선덕년제(大明宣德年製)라고 양각되어 있었다.

"이것이 제법 좋은 듯싶군요."

내 의견에 전사가가 대답했다.

"실상을 말씀드린다면 이는 선로(宣爐: 명나라 선종 때 화로)가 아닙니다. 그때 것은 납다색 수은으로 잘 문질러 속으로 잘 스미게 한 뒤 다시 금가루를 이겨 칠했으므로 불을 오래 담으면 저절로 붉은빛이 됩니다만 이거야 어찌 민간에서 함부로 흉내 낼 수 있습니까."

"그렇다면 골동 그릇에 청록색 주반(硃斑: 주사의 얼룩)이 생기는 것은 흙 속에 오래 파묻어야 그렇게 되므로, 그래서 무덤 속에서 나온 것이 좋다고 하지 않습니까? 이 그릇들이 갓 구어낸 것이라면 어찌 이런 빛깔을 낼 수가 있습니까?"

내 물음에 전사가가 답했다.

"참으로 그건 알아두어야 합니다. 대체로 골동기는 흙에 들어가면 청색이 나고 물에 넣어 두면 녹색, 무덤 속 것들은 흔히 수은빛을 내는데, 어떤 이들은 시체의 기가 스며들어 그렇다지만 그게 아닙니다. 아득한 옛날에는 흔히들 수은으로 염을 했기 때문에, 혹 제왕의 능묘에서 나온 그릇은 수은이 옮아 오래된 것일수록 속속들이 스며 배는 법입니다. 그러므로 대략 새로 구운 것인지 옛것인지 또는 진짜인지 가짜인지를 판별하기 쉽습니다.

옛 그릇들은 두껍고 질이 좋을 뿐만 아니라 본체에서 나는 빛이 대체로 맑고도 윤기 있고 수은색 역시 그릇 전체에 고루 퍼지는 게 아니라 어떤 것은 반쪽, 어떤 것은 귀 또는 다리에서만 납니다. 그런데 혹가다 번져나간 것도 있어요. 뿐만 아니라 청록의 얼룩도 전체가 아닌 반만이 짙게, 옅게 들며 밝기도 하고 탁하기도 합니다. 물론 탁하다고 더러울 정도가 아니라 머리카락 같은 무늬가 투명하게 뵈며 맑아도 메마르지는 않아 어른어른하는 게 마치 물오른 듯합니다. 가끔 주사의 알록알록한 속 깊이 스며든 게 있는데 그중에서도 갈색진 것이 가장 고귀한 것이어서 흙 속에 오래 파묻혀 있으면 청 · 녹 · 취 · 주의 점들이 알록달록, 어떤 건 버섯 무늬, 어떤 건 구름 속의 햇무리 또는 함박눈 조각 같기도 하답니다. 이렇게 되려면 흙에 천 년은 묻혀 있어야 될 테니 이런 것은 정말 최상품으로 치는 것입니다.

옛적 명나라 선종(宣宗)은 갈색을 너무 좋아해서 그 때문에 선로(宣爐)에는 갈색이 많은 겁니다. 근년에 섬서(陝西)에서 갓 지은 것도 애써 선덕(명나라 선종의 연호)의 것을 본뜨려 했으나 선로는 아예 꽃무늬가 없는 것을 알지 못하고 꽃무늬를 새겼으니 이는 모두 요즘에 만들어진 가짜랍니다.

　그들이 빛깔을 이렇게 잘 위조하는 것은, 대개 그릇을 주운 뒤에 칼로 무늬를 새기고 관지를 파넣은 다음 땅에 구덩이를 파 거기다가 소금물을 두어 동이 붓고 그게 마르면 그 속에 그릇을 묻어 뒀다가 몇 년 뒤에 꺼내면 제법 옛것처럼 보이지만 그런 것들은 최하품입니다. 이보다 더 교묘한 방법은, 붕사(鵬砂)·한수석(寒水石)·망사(蛔砂)·담반(膽礬)·금사반(金砂礬)으로 가루를 내어 소금물에 풀고 붓으로 그릇에 골고루 먹이어 말린 뒤 여러 번 씻은 다음 다시 붓질하고, 이러기를 하루에 서너 번씩 한 뒤 깊이 땅을 파서 그 속에다 숯불을 피워 구덩이가 화로처럼 달게 해 진한 초를 뿌리면 구덩이가 펄펄 끓으면서 곧 말라버립니다. 그때 그릇을 넣으면 초 찌꺼기로 두텁게 덮고 또 그 흙을 다져 빈틈없이 서너 달 지난 뒤 꺼내보면 여러가지 알록점이 나타나 있게 됩니다. 거기다 다시 댓잎 태운 연기를 쐬어 푸른빛을 더 짙게 해 납으로 문지르되 수은빛을 내려 한다면 바늘로 가루를 만들어 문지르고 그 위를 백납(白蠟)으로 닦으면 그럴싸한 고색(古色)이 납니다. 그러고도 일부러 한 쪽 귀를 떼기도 하고 또는 몸체에 흠을 내기도 해 상(商)·주(周)·진(秦)·한(漢) 시대의 유물이라고 속이는 것은 참으로 악랄한 짓입니다. 북경 유리창 거리에 가시면 대개는 먼 곳에서 온 장치들이니 물건 사실 때 진위를 분간치 못해 우물쭈물하다 웃음감이 되지 않도록 조심하셔야 합니다."

　내가,

"감사합니다. 선생이 이토록 진심을 보여주시니까요. 저는 내일 이른 아침, 북경으로 떠납니다. 바라건대 선생은 문방·서화·정이(鼎彛: 그릇과 병) 등 여러 가지에 대해 고금의 것인지 아닌지, 물품 이름의 진위를 기록하여 잘 모르는 제게 가르침이 되게끔 해주시면 어떻겠습니까."

하자 전사가 승락했다.

"선생께 소용된다면 그건 어렵지 않습니다. 곧 '서청고감(西淸古鑑)'과 '박고도(博古圖)' 중에서 제 소견을 덧붙여 깨끗이 써 드리겠습니다."

나는 달이 뜨면 다시 오기로 하고 사관으로 돌아왔다. 이미 아침밥을 올렸으므로 잠깐 상방에 다녀와 급히 조반을 먹고 다시 나왔다. 정 진사가 계함·내원과 함께 구경을 따라나서며 내게 나무라는 투로 말했다.

"혼자서 다녀야만 뭔 재미난 구경을 하시오?"

내원도 한마디 했다.

"실은 구경할 것이라고는 아무것도 없소. 옛날 광주 고을 생원이 처음 서울에 와서 이리저리 두리번거리며 인사 한마디도 똑똑히 못해 서울 사람들의 웃음거리가 되었다더니 이제 꼭 그 꼴이군요. 난 더구나 두 번째라 아무런 재미도 못 느끼겠소."

길에서 비치(費穉)를 만나자 나를 이끌고 담자리전으로 들어가더니, 오늘밤 가상루에서 모이자고 했다.

나는 이미 예속재에 가기로 약속이 돼 있고, 어제 저녁에 모였던 여러분이 다 모이기로 됐다고 말했다.

"아까 전공과도 얘기가 잘 되었습니다. 이제 선생이 외국 손님으로 천자를 뵈러 북경으로 가시는 길인데 어찌 우리들이 특별한 자리를 만들지 않겠습니까. 술과 음식을 장만했사오니 이 모임에 빠지시면 안 됩니다."

"어제 저녁엔 여러분께 너무 폐를 끼쳤는데, 모쪼록 오늘 밤은 그러시지 않았으면 좋겠습니다."

그때 내원 등이 나를 찾아 점방으로 들어왔다. 나는 급히 필담(筆談)을 나누던 종이쪽을 치우고 비치에게 고개를 끄덕여 응낙했다. 비치 역시 내 뜻을 알아채고 빙그레 웃으며 고개를 끄덕였다.

계함이 종이를 찾으며 말을 건네고 싶어 하기에 내가 먼저 일어나면서

"그와 더불어 얘기할 게 못 되네."

했다. 계함도 웃으며 일어섰다. 비치가 문까지 나와 내 손을 넌지시 잡고는 은근한 뜻을 보내므로 나는 그저 고개를 끄덕이고 와 버렸다.

상루필담商樓筆談

저녁, 외려 더위가 찌는 듯했고 붉은 햇무리가 끼었다.

나는 재촉해 저녁을 먹은 뒤 잠깐 상방에 가 앉았다가 나오며 혼잣말로 '더운 데다 기침까지 심하니 일찍 자야겠어' 하며 뜰에서 서

성거리다가 생각을 바꿔 나갈 궁리를 했다.

마침 내원·주 주부·노 참봉 등이 식후에 뜰에 나와 배를 문지르고, 트림을 했다. 달빛이 차츰 밝아지고 시끄럽던 주위도 고요해진 때였다. 주(周)가 달 그림자를 따라 거닐면서 요양에서 지은 부사의 칠언율시(七言律詩)를 외우는가 하면 자기가 차운(次韻: 남이 지은 시의 운자를 따서 시를 짓는 것)한 것도 읊조리고 있었다.

나는 바삐 마루에 올랐다가 되내려서며 노군에게 말했다.

"형님께서 매우 심심해 하시더군요."

"사또께서 너무 적적하실 것이오."

노군은 곧 마루로 향했다.

"병환이라도 나실까 두렵소."

주군도 근심스런 낯빛으로 마루 쪽을 향했다. 내원도 그들을 따라 들어갔다. 나는 그제서야 속히 문을 나서며 장복에게 일렀다.

"어제처럼 잘 꾸며대거라."

밖에서 들어오던 계함이 내게 물었다.

"어딜 가시오?"

"달이 좋으니 어디 가서 얘기나 하자꾸나."

내 조용한 소리에 '어디요?' 했다.

"아무 데나."

내 말에 계함이 걸음을 멈추고 망설일 때 마침 수역이 들어오자 물었다.

"달이 좋으니 좀 거닐다 와도 좋겠지요?"

수역이 깜짝 놀라 무어라고 말하자 계함은 그냥 웃었다.

수역과 계함이 마루에 올라서며 돌아보지 않는 틈을 타 나는 슬며시 빠져나왔다. 한길로 나오니 그제서야 가슴이 후련했다. 더위도 한층 가셨고 달빛이 땅에 가득했다.

먼저 예속재에 갔더니 벌써 문이 닫혔는데 전사가는 어딘지 나가고 이인재 혼자 있었다.

"잠깐 앉으셔서 차나 마시세요. 전공이 곧 올 겁니다."

"가상루의 여러분께서 몹시 기다릴 겁니다."

"가상루의 귀한 모임 약속은 이미 알고 있습니다. 제가 모시고 가겠습니다."

이인재가 대답했다. 그때 전사가가 손에 붉은 양각등(羊角燈)을 들고 들어와 길을 재촉했다. 이인재와 함께 담뱃대를 문 채 밖으로 나갔다.

한길은 하늘처럼 넓고 달빛은 물결처럼 흘러내렸다. 전사가가 들었던 초롱을 문 위에 걸기에 내가,

"초롱을 들지 않아도 무방한가요?"

하자 이인재가 아직은 밤이 되지 않았으니 괜찮다고 했다.

드디어 네거리에 이르러 천천히 거닐었다. 양쪽 상점들은 이미 문이 닫혔고 문밖엔 모두 양각등이 걸려 있었는데 어떤 것은 푸르고 붉은 빛깔도 섞여 있었다.

가상루 여러 사람들이 난간 밑에 늘어서 있다가 나를 보더니 반색을 하며 상점 안으로 맞아 들였다. 이중에는 백관 · 갈부 · 이귀

몽·동야·비치·하탑·전사가·온백고·목수환·오복 등 모두 모여 있었다.

"박공(朴公)은 정말 믿음 있는 선비요."

배관이 말했다.

방 가운데는 부채처럼 생긴 사초롱 한 쌍이 걸려 있었다. 또 탁상 위에는 촛불 두 자루가 밝혀졌는데 생선·고기·나물·과일 등이 이미 차려져 있었다. 또 북쪽 벽 옆에도 따로 식탁 하나가 마련돼 있었다.

여러 사람이 내게 음식을 권했다.

"저녁밥도 아직 내려가지 않았소."

그러자 비치가 손수 더운 차 한 잔을 따라 권했다. 자리에 처음 보는 사람이 눈에 띄어 나는 그의 성명을 물었다. 사람들이 소개했다.

"저이는 마영인데 자는 요여(耀如), 산해관에 사는데 장사하러 이곳에 왔으며 24세이고 글도 대충 압니다."

비치가 먼저 주역과 그 방면에 관한 것을 물어 그에 답하느라고 꽤 시간이 걸렸다. 그 끝에 나는 전사가에게 물었다.

"부탁드린 골동 목록은 시작하셨습니까?"

"점심 때 생각지 않은 일이 생겨 아직 반도 베끼지 못한 채 그대로 접어 두었답니다. 내일 아침, 떠나시는 길에 잠시 점포 앞에서 행차를 멈추시면 제 손수 수하 사람에게 전해 드릴 것입니다. 이번엔 결코 약속을 어기지 않겠습니다."

내가 수고를 끼쳐 미안하다고 하니까 전사가는

"이건 친구 간에 예사로운 일입니다. 오히려 진작 해드리지 못한 제가 부끄럽습니다."

했다.

"여러분께선 천산(千山)을 구경하신 적이 있습니까?"

하고 내가 물었더니 그들은 여기서 백여 리나 되기 때문에 아무도 가본 일이 없다고 했다.

"그럼 병부낭중(兵部郎中) 복녕(福寧)이란 이를 아십니까?"

전사가는

"아직 모릅니다. 우리 친구 모두 그럴 것입니다. 그는 벼슬하는 양반이요 우리는 장사치인데 어찌 서로 만날 수가 있겠습니까?"

했다.

"선생은 이번 길에 황제께 직접 뵈옵겠지요?"

동야가 이러기에 내가 답했다.

"사신은 때로 뵈올 수 있겠지만 나는 한갓 수행원이라 그 반열에 참가할 수 없을 듯합니다."

"지난해에 어가가 능에 거둥하셨을 때 귀국 종관(從官)들은 모두 천자의 존안을 가까이 뵙곤 하던데 우리네는 그게 무척 부럽더군요."

하기에 내가 물었다.

"여러분은 어째서 우러러 뵈옵지 않습니까?"

배갈부는

"어찌 감히 당돌한 짓을 할 수 있겠습니까? 문 닫은 채 잠자코 있을 따름입니다."

했다. 내가 다시

"황제께서 거둥하실 때면 애 어른 할 것 없이 들판에 앞다투어 모여들고 그 행차를 우러러보려 할 것이 아닙니까?"

하니 그는 '감히, 감히!' 했다.

"현재 조정 각로(閣老) 중 인망이 가장 높은 분은 누굽니까?"

내 물음에 동야는 그 이름은 모두 '만한진신영안(滿漢搢紳榮案: 만주·중국 관리 인명록)'에 수록돼 있으니 그걸 훑어보라고 했다.

"그걸 본다 한들 그들의 사업이야 알 수가 있겠습니까?"

"우리네야 모두 초야에 묻힌 몸이라 지금 조정에 누가 주공(周公)이고 누가 소공(召公)처럼 어진 재상인지 또 누가 꿈에서 또는 점쳐서, 재상과 스승을 살았는지 알 수 없습니다."

"심양성 중에 경술(經術)과 문장에 능통한 이가 몇이나 될까요?"

내가 또 물으니 배관은 들은 바가 없다고 했고 전사가는

"심양 서원(書院) 너덧 사람, 지방에서 치른 국가고시에 합격해 중앙고시를 볼 자격을 얻은 선비가 있는데 지금은 중앙고시에 응하기 위해 북경에 가고 없습니다."

하고 답했다.

"북경까지는 1천 5백 리 길인데 그 연로에 유명한 분과 학문이 높은 선비들이 아주 많겠지요. 하니 그중 몇 사람이라도 이름을 알고 있으면 찾아보기 편리할 듯합니다."

나의 뜻을 전하자 전사가는

"이름을 댈 만한 이도 없거니와 또 사람을 천거한다는 게 참으로 어려운 일이어서 기껏 제가 천거해도 그건 제가 좋아하는 이에 지나지 않고 그러니 내가 그에게 아첨하는 꼴밖에 되지 않는 일이기도 합니다. 그런 사람은 높으신 안목에 차지 않게 될 것이니 그 얼마나 부질없는 일입니까?

다행하게도 무슨 좋은 바람이 불어 고귀한 선생을 뵙게 되어, 덕망을 우러러 촛불을 밝혀 마음껏 토론하게 됐으니 이 어찌 꿈엔들 생각한 일이겠습니까? 이는 실로 하늘이 맺어준 연분이 아닐 수 없습니다. 세상에 태어나 한 사람 지기의 벗을 얻는다면 여한이 없는 것인데, 선생께서는 모쪼록 가시는 길에 스스로 좋은 사람을 만날 것인데, 어찌 제가 다른 사람을 소개하겠습니까?"

했다. 술이 몇 순배 돌았을 때 비치가 먹을 갈고 종이를 펴며

"목수환이 선생의 필적을 얻어 영원히 간직하고자 합니다."

하기에 나는 곧 반정균(潘庭筠)이 김양허(金養虛)를 보낼 때 지어준 7절(絶) 중 한 수를 써주었다.

"반정균은 귀국의 유명한 선비입니까?"

동야의 물음에 내가 답했다.

"아니오. 그는 전당(錢塘) 사람으로 지금 중서사인(中書舍人)으로 있소이다."

배관이 또 공첩(空帖)을 꺼내어 펼치며 글씨를 청했다. 짙은 먹 부드러운 붓끝에 자획이 썩 잘 되었다. 내 스스로도 의외였고 다른

사람들은 크게 감탄했다.

한 잔 기울이고 한 장 써내고 하니 글씨가 저절로 호방해졌다. 밑에 몇 쪽은 진한 먹으로 고송(古松)과 괴석(怪石)을 그렸더니 여럿이 앞을 다투어 종이와 붓을 내놓으며 조른다.

또 한 마리 용을 그리고 붓을 퉁겨 짙은 구름과 소낙비를 그렸다. 지느러미는 꼿꼿하고 등비늘은 순서 없이 붙었으며 발톱이 얼굴보다 크게 되었다. 또 코는 뿔보다 더 길게 되자 모두들 크게 웃으며 기이하다고 했다.

전사가와 마영이 먼저 가겠다고 초롱을 들었다.

이야기가 한창 재미있는데 왜 가느냐고 묻자 전사가는

"돌아가고 싶진 않으나 약속을 지켜야 하니 어쩔 수 없습니다. 내일 아침, 문에 나서서 작별을 드리오리다."

내가 아까 그린 용 그림을 촛불에 사르려 하자 온목현이 잽싸게 앗가다가 고이 접어 품속에 간직했다.

배관이 껄껄 웃으며

"관동(關東) 천 리에 큰 가뭄이 들까 두렵소."

했다. 내가 어째서 가문단 말이냐고 묻자 그가 답했다.

"만일 이제 화룡(火龍)이 되어 간다면 누구든지 괴로워 부르짖지 않을 수 없을 겁니다."

모두들 한바탕 웃었다. 배관은 다시

"용 중에도 어진 것 나쁜 것이 있는데 화룡이 가장 독하답니다. 건륭(乾隆) 8년 3월, 산해관 밖 여양(閭陽) 벌판에 용 한 마리가 떨어져 구름도 없이 우레쳤고 비도 내리지 않으면서 마른 번갯불이 번쩍번쩍, 해서관 밖 늦봄의 일기가 별안간 6월 더위로 변했답니다. 용이 있는 백 리 안쪽은 펄펄 끓는 도가니 속 같이 돼 사람과 짐승들이 수없이 목말라 죽었고 장사치와 나그네도 다니지 못했을 뿐 아니라 살아 있는 사람들은 밤낮없이 벌거숭이로 앉아 부채를 손에서 놓지 못했답니다. 황제께옵서 분부 내리시어 관내 얼음 창고에서 얼음 수천 수레를 내어 관 밖에 고루 나눠 주게 했답니다. 용 가까이에 있던 나무·흙·돌은 모두 콩볶듯 되었고 우물과 샘이 펄펄 끓었답니다. 열흘 동안 누워 있던 용은 갑자기 바람·천둥을 일게 했고 콩알 같은 비를 쏟게 했답니다. 집들은 빗속에서 저절로 불이 나곤 했으나 사람과 짐승들은 피해를 입지 않았답니다. 용이 떠날 때 사람들이 나가보니, 몸을 일으켜 하늘로 오르려 할 때 처음에는 무척 굼뜨게 머리를 쳐들고 꼬리를 끄는데 마치 낙타가 일어선 것과 같은 모양이었답니다. 몸은 겨우 서너 길밖에 안 되나 입으로 불을 뿜고 꼬리만 땅에 붙이고 한 번 꿈틀대니까 비늘마다 번갯불이 번쩍번쩍 일면서 우레 소리가 났다고 합니다. 이어 공중에서 비가 쏟아지더니 용이 몸을 고목인 버드나무에 걸치자 머리에서 꼬리까지 10여 길이나 되며 소나기가 강물을 뒤엎는 듯 퍼붓더니 이내 멎었다고 합니다. 그래서 하늘을 쳐다보니 동쪽 구름 사이로 뿔이 나타나고 서쪽 구름을 뚫고 발톱이 드러났는데 뿔과 발톱 사이가 몇 리나 되더랍니다. 용이 올라간 뒤에 날씨가 청명하여 다시 3월의 기후가 되고 용이 누워 있던 자리는 몇 길이나 되는 맑은 못이 돼 있더랍니다. 그 못가에 있던 나무와 돌은 모두 타버리고 마소들은 털과 뼈가 모두 타거나 녹아버리고 크고 작은 물고기들이 죽어 산더미처럼 쌓였고 그 고약한 냄새로 사람이 갈 수도 없었답니다. 특히 이상한 것은 용의 몸이 걸쳐 있던 버드나무에는 잎하나도 떨어진 것이 없었다고 합니다. 그해 관동 일대는 큰 가뭄이들어 9월이 되도록 비가 내리지 않았다고 합니다. 그렇기 때문에나는 이 용이 간다면 또 그런 괴변이 생길까 걱정하는 바입니다."

얘기가 끝나자 한바탕 웃음바다가 터졌다. 나는 술을 따라 죽 들이켜고 나서 말했다.

"그 이야기로 아주 술맛이 돕니다."

여럿이 말했다.

"옳습니다. 각기 술 한 사발씩 돌려 박공의 기쁨을 도웁시다."

내가 그 용의 이름이 뭐냐고 한즉 어떤 사람은 '응용(應龍)' 또 다른 사람은 '한발(旱魃)'이라고 했다.

내가,

"아니지오. 그 이름은 '강철(罡鐵)'입니다. 우리나라 속담에 '강철이 지난 곳엔 가을도 봄이 된다'는 것이 있습니다. 이는 가물어 흉년이 됨을 이른 것입니다. 때문에 가난한 사람들이 일하다 일이 잘 이루어지지 않은 것을 보고 '강철의 가을'이라고 하는 것입니다."

하자 배관이,

"그 용, 이름이 참 기이하군요. 내가 태어난 해가 바로 그 해이니, 이는 곧 강철의 가을인데 어찌 가난치 않고 살아갈 수가 있겠습니까!"

하여 모두 웃었다.

내가 말머리를 돌렸다.

"여러분은 모두 오(吳)·촉(蜀)에 살고 계시면서 이렇게 멀리 장사하러 와서 해를 거듭해 살고 계시는데 고향 생각이 간절하지 않으십니까?"

"간절타 뿐입니까."

오복의 뒤를 이어 동야가

"고향 생각이 날 때마다 심신이 산란해집니다. 하늘 끝, 땅 모서리와도 같은 이 먼 곳에 와서 사소한 이문을 다투다보니 연로하신 어머께서는 해 저문 동네 어귀에서 부질없이 나를 기다리고 젊은 아내는 여러 봄을 홀로 보내게 됩니다. 그러하다 편지조차 끊어지고 꾀꼬리 소리에는 꿈도 이르지 않으니 어찌 사람으로서 머리가 세지 않겠습니까? 더욱 달 밝고 바람 맑으며 잎 지고 꽃 피는 때면 하염없이 속만 태워야 하니, 이를 어쩌면 좋겠는지요?"

라고 했다. 내가,

"그렇다면 왜 진작 고향에 돌아가 몸소 밭을 갈아 어버이를 섬기고, 아래로는 처자식을 거느릴 궁리를 하시지 않습니까? 하찮은 이문 때문에 고향을 멀리 두고 사는 것이라면 거부가 될 수도 없고, 된다 하더라도 진정한 즐거움이 있겠습니까?"

동야는,

"반드시 그렇지만도 않습니다. 우리 고향 사람들도 더러는 글 공부를 위해 반딧불이 주머니로 책을 밝히고 졸음을 쫓으려고 송곳으로 정강이를 찌릅니다. 나물밥 소금 반찬으로 가난을 견디는 사람들도 많습니다. 그런 정성이 하늘에 닿았음인지 때로는 하찮은 벼슬을 얻는 이도 있으나 일자리가 만리타향이니 고향을 떠나 사는 것은 마찬가지입니다. 혹시 친상을 당하든지 파면을 당하면 그 고생은 말할 것도 없거니와 관직을 가진 자는 그 일터에서 죽어야 합니다.

저희들은 배운 것이 어설프니 벼슬길은 가망이 없고 그렇다고 피땀 흘려가며 공장이 노릇으로 일생을 보낼 기술도 없습니다. 또 쌀 한 톨이라도 신고해야 얻을 수 있는 농사로는 한평생을 지낸다 해도 이는 나서 늙고 병들어 죽을 때까지 좁은 고장을 한 걸음도 벗어나지 못한 채, 마치 여름 벌레가 겨울철에 나오지 못하듯이 이 세상을 마칠 테니, 그렇다면 차라리 하루 빨리 죽느니만 못할 것입니다. 이제 가게를 내어 물건을 사고팔아서 생활을 삼는 것은 비록 남들이 하류로 치지만 생각하기에 따라서는 나를 위해 하늘이 한 개의 극락세계를 열고, 땅이 이러한 쾌활림(快活林: 송나라 때의 유명한 유원지)을 점지하여 주신 것일 수도 있습니다. 그러므로 어버이께서는 위안되시고 처자들은 원망치 아니하여 나아가거나 물러서거나 피차간에 여유 있고 영욕을 모두 잊게 되었으니 농사와 관청 생활 둘을 비교하면 그 괴롭고 즐거운 것이 어떻겠습니까.

또 저희들은 특히 사귐에 있어서 모두 지성(至性)을 지녔습니다. 〈논어〉에도 세 사람이 함께 가면 그중에 반드시 내 스승될 사람이 있다고 했고 또 〈주역周易〉에는 두 사람의 마음이 합쳐진다면 굳은 쇠도 끊을 수 있다고 했습니다. 온 세상의 즐거움이 이보다 더한 것이 있겠습니까. 만일 사람 한평생에 친구가 없다면 아무런 재미도 없을 것입니다. 그저 입고 먹는 것밖에 모르는 위인들은 모두가 이런 취미를 모르는 법입니다. 세상에는 과연 정떨어지는 얼굴과 멋대가리 없는 말씨를 쓰는 자가 얼마나 많습니까. 그들 눈에는 단지 옷가지나 음식만 띄일 뿐 진정한 친구를 사귀는 즐거움이란 조금도 없습니다."

라고 했다. 내가,

"중국 백성들은 제각기 네 방향의 분업적인 생활을 하고 있고 거기엔 모두 귀천의 차별이 없을 것이며 그러니 혼인·관청 생활에 있어서도 아무런 구애가 없겠지요?"

물은 즉 동야는,

"우리나라에서는 벼슬아치들이 장사치나 장인바치와는 혼인을 금하며 관청의 기강을 깨끗하게, 아울러 도(道)를 높이고 이(利)를 낮게 봄으로써 근본을 숭상하고 지엽적인 것을 억누르려 하는 것입니다. 우리네는 대대로 장사하는 집안이므로 사대부의 집과는 혼인이 없어왔고 돈·쌀을 바쳐서 벼슬 자리를 사면 생원(生員)이라도 될 수는 있겠지만 그 역시 지방 장관이 처리하는 것만으로는 요직에 앉을 수 없습니다."

그 끝에 내가

"한번 제생(諸生: 생원)이 되기만 하면 선비로 행세할 수 있습니

120

까?"

하고 물었다.

"그렇습니다. 제생 중에도 늠생(廩生: 생원의 첫째 등급)과 감생(監生: 국자감 학생) 그리고 공생(貢生: 지방 추천의 선비) 등 여러 가지로 구분됩니다.

사류(士類)는 대체로 상·중·하 세 층으로 나뉩니다. 상등은 벼슬아치가 되어 관록을 받는 것이고 중등은 학관(學館)을 열어 생도를 모집하는 것이며 하등은 창피를 무릅쓰고 남에게 빌붙고 꾸러 다니는 축들입니다. 이 하등의 경우, 당장 살길이 막연하니 남에게 빌붙지 않을 수 없는 것입니다.

한때 고담준론만 힘쓰던 선비가 세상이 미워하는 대상이 되는 것은 생각지도 못했던 일입니다. 속담에 '남에게 구하는 것은 나에게 스스로 구함만 못하다'고 했는데 장사를 하게 되면 이런 지경에까지 이르진 않습니다."

내가 말머리를 돌려 물었다.

"중국에도 술자리에서 수수께끼 같은 문제를 내고 그에 맞는 답을 대지 못하면 벌주를 마시는 그런 놀이가 있을 터인데, 어제와 오늘 이틀밤을 여럿이 술자리를 했음에도 그런 것이 없었는데 무슨 연유입니까?"

"그것은 옛날에 주석에서 했던 일입니다만 요즘은 이제 운치 있는 일로 치질 않습니다."

배갈부의 답변이었다.

닭이 우는 소리를 듣고 조금 눈을 붙였다. 문밖에 사람 소리가 나는 바람에 깨어 사관에 돌아왔으나 그때도 날이 채 밝지 않았다. 옷 벗고 다시 잠이 들었는데 조반 시간을 알릴 때에야 겨우 깰 수 있었다.

12일, 보슬비가 왔으나 이내 멎었다.

심양에서 원당(願堂), 탑원(塔院), 방사촌(方士邨), 장원교(壯元橋), 영안교(永安橋)까지 갔고, 쌓은 길은 영안교에서 비롯해 쌍가자(雙家子), 대방신(大方身)까지 총 45리이다.

이곳에서 점심을 먹고 길을 떠났다. 대방신에서 마도교(磨刀橋), 변성(邊城), 흥륭점(興隆店), 고가자(孤家子)까지는 총 40리이다. 이날은 85리를 갔다. 고가자에서 머물기로 했다.

이른 아침, 심양을 떠날 때 가상루에 들렀더니 백관이 나와 맞았고 은백고는 곤한 잠에 빠져 있었다. 손을 들어 작별하고 예속재로 갔다. 전사가와 비치가 나와 맞았다. 전사가가 봉투 둘을 꺼내더니 하나를 내게 주었다. 내게 주는 고동(古董)의 명목을 기록한 것이다. 다른 하나는 겉에 붉은 쪽지를 붙여 '허 태사 태촌선생 수계(許太史台邨先生手啓)'라 쓰여 있었다.

전사가가 설명했다.

"제 성심에서 나온 것이오, 아무런 객기 없는 말씀입니다. 조선관(朝鮮館: 조선 사신의 객사)과 서길사관(庶吉士館: 한림원 문인들이 모인 곳) 문이 나란히 붙어 있으니 북경에 도착하시거든 이 편지를 전하십시오. 허 태사는 그 의표(儀表)가 속되지 않으려니와 그의 문장이 참 아름다우니 반드시 선생을 잘 대우할 것입니다. 편지에 선생의 존함과 자함(字啣)을 적었사오니 분명 헛걸음은 되지 않을 것이옵니다."

"여러분을 일일이 만나 하직지 못해 매우 서운합니다. 선생이 그런 내 뜻을 전해주시오."

내 말에 전사가는 고개를 끄덕였다. 내가 헤어지려는데 그가 목수환이 왔음을 알린다.

목수환이 한 청년을 데려왔다. 청년은 포도 한 광주리를 들고 있었다. 나를 만나기 위한 청년의 예물인 듯했다. 그는 내게 공손히 읍한 후 내 손을 잡는다. 구면처럼 익숙하다. 나는 길이 바빠 그에게 잡힌 손을 빼어 들고 작별한 뒤 점방에서 나와 말을 탔다. 그는 말 머리로 와 두 손으로 포도 광주리를 받쳐 들었다. 말에 앉은 채 포도 한 송이를 꺼내 들고는 손을 들어 치사하고서 떠났다. 얼마쯤 뒤에 돌아보니 점방 앞에 여럿이 모여 있다. 나는 바쁜 탓으로 청년의 성명조차 묻지 못한 것을 후회했다.

이틀 밤이나 잠을 설쳐 해 뜬 뒤에는 심하게 피곤했다. 창대에게 굴레를 놓고 장복과 함께 좌우에서 부축하게 하여 한숨 달게 잤더니 정신이 맑아지며 주변 경치가 한층 아름답게 보인다.

"아까 몽고 사람이 낙타 두 마리를 끌고 지나가더이다."

"왜 알리질 않았느냐!"

장복을 꾸짖자 창대가 말했다.

"깨웠사오나 코고는 소리가 천둥치듯 하고 아니 깨시는 걸 어찌 하오리까? 쇤네들도 생전 첨 보는지라 무엇인지 모르오나 낙타가 아닌가 싶습니다."

"그 꼴이 어떻게 생겼더냐?"

"형언키 어렵습니다. 말인가 하면 발굽이 두 쪽이며 꼬리는 소처럼 생겼습니다. 소인가 하면 뿔이 없고 얼굴은 양처럼 생겼습니다. 그러나 털이 꼬불꼬불하지 않으며 등에는 뫼봉우리가 솟았으며 머리를 쳐들면 거위 같기도 하려니와 뜬 눈은 청맹과니와 같습니다."

창대의 설명에 내가 말했다.

"바로 낙타인 모양이다. 크기는 얼마만 하더냐?"

"높이가 저만 하더이다."

창대가 한 길쯤 되는 허물어진 담을 가리켰다. 나는

"이제부턴 처음 보는 게 있으면 비록 졸 때라도, 식사할 때라도 꼭 알리렷다!"

하고 타일렀다.

지는 해가 말 머리에 감돈다. 강가에서 수백 마리나 되는 나귀 떼가 물을 먹는다. 수숫대를 들고 나귀를 모는 한 노파를 어린아이가 따라가고 있다. 시골 마나님인데 짧은 파랑 치마를 입었으며 검은 신을 신고 있었다. 모두 벗겨진 머리는 번들번들한 것이 바가지 같았다. 그런데 정수리 밑에는 용케도 조그만 낭자를 틀고 겨우 한 치 길이밖에 안 되는 별별 꽃을 수두룩하게 꽂고 있다.

장복을 보더니만 조선 담배를 달라고 했다.

"저 나귀가 모두 너의 한 집에서 기르는 것이냐?"

내가 물었다. 노파는 고개를 끄덕이며 가버렸다. 내 말이 무슨 말인지 알아듣기나 했는지 궁금하다.

13일, 맑지만 바람이 심하다.

고가자에서 새벽에 떠나 거류하(巨流河)까지 갔다. 거류하는 주류하(周流河)라고도 한다. 거기서 거류하보(堡), 필점자(泌店子), 오도하(五渡河), 사방대(四方臺), 곽가둔(郭家屯), 신민둔(新民屯)을 지나 소황기보(小黃旗堡)에 이르렀다.

이곳에서 점심을 먹었다. 모두 35리를 온 것이다. 소황기보에서 대황기보, 유하구(柳河溝), 석사자(石獅子), 영방(營房), 백기보(白旗堡), 총 47리이다. 그러니까 도합 82리를 와 백기보에서 묵었다.

새벽에 일어나 소세를 마치니 몹시 고단하다. 달이 지자 총총한 별들이 깜빡거렸고 닭이 다투어 홰를 친다.

몇 리를 못 가 보얗게 안개가 끼어 큰 들이 삽시에 수은 바다가 됐다. 떼를 이룬 의주(義州) 장사꾼들이 소란스레 떠들며 지나는데 그 소리가 몽롱하여 마치 꿈속에서 글을 읽는 것처럼 분명치 않았다. 그 영검스런 경지는 표현키 어려웠다.

조금 뒤에 하늘이 훤해지며 길가에 무수히 늘어선 버드나무에서 매미들이 일시에 울기 시작했다. 저 녀석들이 그렇게 알리지 않는다고 낮 더위가 기승을 부릴 줄 모르겠는가.

들에 가득했던 안개가 점차 걷히고 멀리 마을 사당 앞에 세운 깃발이 돛대처럼 보였다. 동쪽 하늘을 보니 불빛 구름이 용솟음치고 붉은 불덩이는 옥수수밭 저편에서 솟을 듯 말 듯 서서히 온 요동벌에 꽉 차오른다. 오가는 말과 수레, 집이며 나무들이 불덩이 속에 잠기기 시작했다.

신민둔의 시가지나 점포들이 요동에 못지않게 번화하다. 한 전당포에 들어가보았다. 시렁 위의 포도덩굴 그늘이 뜰에 가득했고 영롱했다. 그 한가운데에 괴석을 쌓아올린 것이 마치 산 같았는데 그 산 앞에 높이가 한 길이나 되는 항아리를 놓고 그 안에서 네댓 포기의 연줄기를 키우고 있었다. 그리고 또 땅을 파고 그 속에 뜸부기 한 쌍을 기르고 있었다. 괴석을 쌓은 산에는 종려, 추해당, 안석류(安石榴) 등의 화분이 여럿 놓여져 있다. 휘장 밑에다 의자를 나란히 놓고 건장한 사내 대여섯이 앉아 있다가 나를 보더니 일어나 읍하며 앉기를 권했다. 그리고 냉차를 주었다. 전당포 주인은 유금색(乳金色)으로 이룡 두 마리를 참하게 그린 붉은 종이 두 장을 가져와 주련(柱聯)을 써달라고 했다. 나는 곧 쓰기 시작했다.

鴛鴦對浴能飛繡(원앙대욕능비수)
목욕하는 원앙새는 날으는 비단이요
菡萏初開不語仙(함담초개불어선)
갓 피어나는 연꽃 말없는 신선이네.

다 쓰고 나자 모두가 아름다운 필법이라며 칭찬들이다.

"영감, 잠깐만 기다리세요. 제가 다시 좋은 종이를 가져오겠습니다."

주인이 일어나더니 잠시 후 왼손엔 종이, 오른손엔 진한 먹물 한 종지를 들고 왔다. 그리고는 칼로 백로지 한 장을 석 자 길이로 잘라, 문 위에 붙일 만한 좋은 액자를 써달라는 것이었다. 오늘 오다 보니 점포 문설주에 '欺霜賽雪(기상새설: 희기가 서리를 능가하여 눈을 걸고 내기한다)' 네 글자가 자주 눈에 띄었다. 그래서 마음속으로 '장사치들이 애초에 지닌 자기네 심지(心地)가 가을 서릿발처럼 깨끗하고 또 흰 눈보다도 더 밝음을 스스로 나타내려는 것이야' 했었다.

나는 그 생각이 나서 붓끝을 먹물에 담그었다. 그리고 붓을 낮추었다 높였다를 반복하니 먹빛은 붉은 기운이 돌 듯 짙고 연함이 골고루 붓에 퍼졌다. 그제서야 종이를 펴고 왼쪽에서 오른쪽으로 쓰기 시작해 첫글자 '雪'을 썼다. 잘된 셈이다. 구경하는 사람들이 점점 늘어났다. 그들이 감탄했다.

"참 기막힌 글씨입니다."

다음 '賽'자를 끝내자 더러는 잘되었다고 칭찬했으나 주인의 기색은 그렇지 않았다. 첫 자를 썼을 때처럼 절규하지 않았다. 나는 속으로 '자주 써본 글자가 아니라 윗부분은 빽빽하고 아래는 길어졌으며 먹물이 왼편에 잘못 떨어져 좀 번졌으니 언짢게 생각하는 모양이야' 하고는 단숨에 '霜' '欺' 두 자를 잇달아 쓰고 붓을 던졌다.

"이건 우리와 아무 상관이 없어요."

주인이 말했다.

"그저 두고 보시오." 그러고 나서 속으로 '이런 궁벽한 곳의 장사 치가 어찌 심양 사람만 하겠어. 제깐놈이 글이 잘되고 못된 걸 어찌 알아' 하며 나와버렸다.

해 뜬 뒤 온 세상을 날려버릴 듯하던 바람이 오후가 되자 멎고 무더웠다.

영안교(永安橋) 밑으로 푸른 물이 끝없이 흐르고 진흙 벌에 윤기가 난다. 만일 저기를 개간한다면 드넓은 논이 되어 해마다 몇만 섬의 벼를 거둘 수 있을 것이다.

말에 채찍질하며 참(站)으로 달리는데 날이 저물면서 밥 짓는 연기가 자욱했다. 그때 참외밭에서 한 늙은이가 나와 서너댓 간 되는 초가집을 가리키며

"이 늙은이가 길가에서 참외를 팔아 하루하루 먹고사는데, 아까 당신네 조선 사람 3, 40명이 지나가다가 처음엔 돈을 내고 사서 먹더니 떠날 땐 참외를 하나씩 들고 소리를 지르며 달아나버렸습니다."

라고 했다. 내가, 그렇다면 왜 우두머리에게 하소연하지 않았느냐고 하자 늙은이는 눈물을 흘리면서 말했다.

"그러려고 했더니만 그 어른이 귀먹은 벙어리인 체하시니 나 혼자 3, 40명이나 되는 장정들을 당할 수가 있습니까? 좀 전에도 쫓

아가니까 한 사람이 길을 막으며 참외로 냅다 제 얼굴을 갈깁디다. 눈에서 번갯불이 번쩍, 아직도 그 참윗물이 마르질 않았습니다."

늙은이는 결국 청심환을 달라고 졸랐다. 없다니까 창대의 허리를 껴안고 참외를 팔아달라고 떼를 쓰더니 참외 다섯 개를 앞에다 갖다 놓았다.

나는 마침 목이 마르던 차라 먹어보니 달고도 향기가 아주 좋았다. 밤에 먹을 요량으로 장복더러 남은 네 개를 가져가라고 했다. 창대와 장복도 두 개씩 먹었으니 모두 9개인데 늙은이는 80문을 내라고 떼를 썼다. 장복이 50문을 주자 화를 내며 받지 않았다. 창대와 둘이 주머니를 털었으나 71문밖에 되지 않았다. 내가 먼저 말에 오르고 장복을 시켜 71문을 주게 했더니 그제서야 조용했다.

늙은이는 눈물을 흘려 가련하게 보여 참외 9개를 1백 문 가까운 아주 비싼 값에 팔려고 했으니 참으로 통탄할 만한 일이 아닐 수 없다. 또 우리나라 하정배들이 늙은이를 상대로 못되게 군 것도 한심스런 일이었다.

참에 이른 것은 어두워진 뒤였다. 참외를 내원과 계함에게 주어 저녁 먹은 후 입가심하라 하고 길에서 그 늙은이에게 들은 얘기를 전했다. 여러 마두들이 부인했다.

"전혀 그런 일이 없었습니다. 그 외딴집 참외 파는 늙은이가 원래 간교하기 짝이 없어, 서방님께서 홀로 떨어져 오시니까 거짓으로 꾸며 짐짓 가엾은 몰골로 청심환을 얻어내려고 했던 것입니다."

나는 그제서야 감쪽같이 속은 것을 깨달았다. 참외 팔아준 것이

분했다. 도대체 그 가짜 눈물은 어디에서 솟아난 것인가.

창대가 이렇게 말했다.

"그놈은 바로 한족 놈일 것입니다. 사실 만주족 사람들은 그토록 요악한 짓을 못하거든요."

14일, 갠 날이다.

백기보에서 소백기보, 평방(平方), 일반랍문(一半拉門: 一板門이라고 도 함), 곡산둔(靠山屯), 이도정(二道井)까지 50리이다. 이곳에서 점심 을 먹었다.

이도정에서 은적사(隱寂寺), 고가포(古家鋪), 소흑산(小黑山)까지 50 리, 이날 총 1백 리를 간 뒤 소흑산에서 묵었다.

말복이라 더위 걱정도 되고 또 참(站)이 멀어 일행은 새벽에 떠났 다. 나는 정 비장·변 주부와 먼저 떠났다. 해뜰 무렵, 동녘에 구름 과 안개가 걷히지 않아 해돋이 광경이 어제보다 훨씬 못했다.

해가 한 길이나 솟자 그 밑의 구름이 여러 금빛 용이 되어 뛰고, 솟고, 꿈틀대며 잠시도 한 모양으로 가만히 있지를 못한다. 해는 서서히 높은 공중을 향해 오르고 있다.

요양에서부터 조그만 성과 못을 많이 보며 왔으나 그것을 다 기 록할 수가 없다.

일판문과 이도정의 땅은 웅덩이가 져서 적은 비에도 진창이 되 고 얼음이 풀릴 때 시궁창에라도 빠지면 사람이건 말이건 순식간에 보이질 않아 구출키 어렵다.

작년 봄, 산서(山西) 장사꾼 20여 명이 일판문에 와서 한꺼번에 빠졌는데 나귀도 사람도 모두 건강했었다고 한다. 우리나라 마부도 두 사람이나 빠졌었다고 한다. 〈당서〉에 의하면 '태종이 고구려를 치려다가 뜻을 이루지 못한 채 돌아오다가 발차수(渤錯水)에 이르러 80리 진펄을 수레가 갈 수 없었다'는 내용이 있다. 발차수가 어디인지는 알 수 없지만 요동 진펄 천 리에 흙이 떡가루처럼 보드라워 비가 오면 반죽이 되어 녹은 엿에 비할 바 아니다. 잘못 들어간 사람의 허리와 무릎까지 예사로 빠지고 겨우 한 다리를 빼면 다른 다리가 더 깊이 박히게 된다. 그리고 가만히 서 있으면 무엇에 빨려가듯 온몸이 묻혀 흔적도 없이 사라진다.

지금은 청(淸)에서 성경 거둥이 잦으므로 영안교에서부터 고가포까지 2백여 리에 통나무를 엮어 다리를 놓아 진펄을 막았다. 이 다리는 3년 만에 한 차례씩 고쳐진다고 한다.

이도정은 꽤 번화한 마을이다. 은적사도 여간 큰 절이 아니지만 많이 헐어져 있다. 비석에 조선 시주(施主) 성명이 새겨져 있었다. 모두 의주 상인인 듯하다. 이곳에서 산이 보였는데 의무려산(醫巫閭山)이라 했다. 멀리 서북쪽을 푸른 장막을 두른 것 같다. 산봉우리는 아직 보일락말락이다.

혼하(渾河)를 건넌 뒤에도 무려 다섯 번이나 강을 건넜는데 매번 배를 이용했다. 연대는 여기서부터 시작된다. 5리마다 대(臺)가 하나씩 있다. 둘레가 10여 길, 높이는 대여섯 발인데 쌓은 방법이 성과 다르지 않다. 그 위엔 총구멍이 뚫려 있고 여장(女墻)이라 하여 성 위에 또 담장을 쌓아 둘렀다. 계광(繼光: 명나라 군사가)이 만들었다는 '팔백망(八百望)'이라는 것이 곧 이것이다.

소흑산은 들 가운데 민 듯이 편평한데 주먹처럼 불룩하게 생긴 작은 산이어서 붙은 이름이라 한다. 즐비한 인가, 번화한 점포들이 신민둔에 못지않다. 푸른 들판에 말·노새·소·양 수천백 마리가 떼 지어 있으니 역시 큰 곳임에는 틀림없다.

일행 중 하인들이 이 소흑산에서 돼지를 잡아 삶아서 서로 위무한다고 했다. 장복과 창대가 밤에 그리로 가 얻어먹겠다며 허락을 받으러 왔다.

달이 낮같이 밝고 더위는 한풀 꺾여 있었다. 밖으로 나가 아득한 들판을 바라보니 푸른 냇물은 바닥에 깔려 흐르고 소·양들이 집을 찾아간다. 뜰 한가운데 높은 시렁을 마련해 삿자리로 뒤덮어 한낮에는 그늘을 만들고, 밤이 되면 밑에서 끈을 당겨 걷고 달빛을 누리게 했다. 달빛에 이상스런 화초들이 운치를 더한다.

길에서 놀던 사람들이 나를 따라 들어와 뜰을 가득 채운다. 다시 일각문에 들어서니 앞뜰과 같은 뜰이 있고 난간 아래 몇 그루 파초가 심어져 있다. 네 사람이 탁자에 삥 둘러 앉았다. 그중 한 사람이 방장 탁자를 차지하고서 '신추경상(新秋慶賞)' 넉 자를 쓴다. 붓놀림이 서툴러 겨우 글자 모양을 이루었다.

'필법이 옹졸하니 그렇다면 이제 내가 한번 뽐낼 만하군.'

나는 속으로 말하고, 탁자 위에 아직 종이가 남아 있기에 걸상에 앉아 남은 먹을 진하게 묻혀 커다랗게 '新秋慶賞'을 써 갈겼다. 한 사람이 여러 사람에게 소리쳐 모두 모이게 했다.

"조선 사람이 글씨를 참 잘 썼어."

"동이(東夷)도 우리랑 글씨가 같네."

"글자는 같지만 음은 다르지."

제각기 한마디씩 했다. 나는 붓을 던지고 일어섰다.

"영감, 잠깐 앉으세요. 존함은 뉘시오니까?"

여럿이 내 손을 잡으며 물었다. 성명을 써 뵈니 더욱 기뻐했다. 이곳에 들어왔을 때는 본체만체하더니 내 글씨를 보고는 지나치게 친절하다. 급히 차를 내오고 담배에 불까지 붙여 권한다.

그들은 모두 태원(太原) 분진(汾晉) 사람으로 지난해 와서 수식포(首飾鋪)를 열었다. 비녀·팔찌·가락지 등을 사들이고 가게 이름을 '만취당(晩翠堂)'이라 했다. 그중 셋은 성이 최(崔)요, 둘은 유(柳), 곽(霍)인데 문필(文筆)이 아주 짧아 별로 할 말도 없었다. 그러나 곽씨가 제일 나아 보인다. 다섯 다 서른 남짓하고 건강이 마치 노새 같았다. 얼굴은 모두 희멀겋고 서늘한 눈매임에도 아담한 기운은 전혀 없다. 요전 오·촉 사람들과는 매우 다르다. 서로 풍토가 다름인 것을 충분히 알 수 있었다. 그러니 산서에서 장수가 많이 난다는 말은 빈 말이 아닌 것 같다.

내가 곽씨에게 물었다.

"당신이 태원에 살고 있다니 그곳의 곽태봉(郭泰峰)을 아시오?"

그는 모른다고 대답한 뒤 말머리를 돌렸다.

"등주(登州)에서 뭍에 내리셨는데 왜 이리로 오셨습니까?"

"아니오, 그리로 오지 않았소. 육로 3천 리로 곧장 북경까지 대어 가는 길이오."

"조선은 곧 일본과 같습니까?"

그때 한 사람이 붉은 종이를 가지고 와 글씨를 써달라고 했다. 곧이어 그 사람과 아는 자들이 모여들었다.

"붉은 종이에는 글씨가 잘 되지 않으니 계란빛 종이를 가져오시오."

내 말에 한 사람이 서둘러 나가더니 분지(粉紙) 몇 장을 가져왔다. 나는 그것을 끊어 주련(柱聯)을 만들고 글을 썼다.

翁之樂者山林也(옹지락자산임야)
옹은 산과 숲을 즐기노니
客亦知夫水月乎(객역지부수월호)
객도 물과 달을 아시나요?*

그제서야 모두 환성을 지른다. 이내 분주해졌다. 다투어 먹을 갈고 종이를 들이댄다. 내게 글을 받기 위함이었다.

나는 쉴 새 없이 붓을 휘둘러댔다.

한 사람이 물었다.

_____

* 첫 구절은 구양수의 '취옹정기'에, 둘째 구절은 소식의 '적벽부'에 나온다.

"영감께선 술 자실 줄 아십니까?"

"한잔 술이야 어찌 사양하겠소."

모두들 크게 웃고는 따끈한 술 한 주전자를 가져와 연거푸 석 잔을 권했다.

내가 물었다.

"주인은 왜 안 드십니까?"

그들이 대답했다.

"먹을 줄 아는 사람이 하나도 없습니다."

구경하던 이들이 각자 능금·사과·포도 등을 가져와 내게 권한다.

"비록 달이 밝다고는 해도 글씨 쓰기에는 어려우니 촛불을 밝히는 게 좋겠소."

내 말을 곽씨가 받았다.

"하늘에 저 조각 거울은 이 세상 천만 개의 등불보다 낫지 않겠소?"

한 사람은 또 이렇게 물었다.

"영감, 눈이 좋지 못하십니까?"

"그렇소."

곧 네 개의 촛불이 밝혀졌다. 나는 문득 어제 일이 생각나서 '전당포에서 기상새설(欺霜賽雪) 넉자를 썼을 때 주인이 왜 좋아하지 않았는지 오늘 알아봐야겠군' 하고 주인에게 말했다.

"주인댁에선 점포 문 머리에 붙일 만한 액자가 어떻겠습니까?"

그들이 일제히 말했다.

"그거야말로 더없이 좋겠습니다."

내가 곧바로 '欺霜賽雪' 넉 자를 써놓자 여럿이 서로 쳐다보는 품이 어제 전당포에서처럼 수상쩍다. 나는 속으로 이상하다 생각하고 물었다.

"이건 이곳과 아무런 상관없는 것이오?"

"그렇습니다."

곽씨가 덧붙였다.

"제 집에선 오직 부인네들 수식(장식)을 매매하지 국숫집은 아니올시다."

나는 그제서야 부끄러웠다. 내 잘못이었음을 깨달은 것이다.

"나도 모르지는 않지만 그냥 심심풀이로 써본 것이오."

이렇게 얼버무리고 요양 점포에서 보았던 "鷄鳴副珈(계명부가: 닭이 울자 수식을 갖춤)" 금자 간판이 생각나 그와 같은 뜻이라 생각하고 '副珈堂(부가당)' 석 자를 써주었더니 그들은 소리쳐 좋아했다.

곽씨가 그게 무슨 뜻이냐고 묻는다.

"귀댁에서는 부인네들 수식을 전문으로 한다니 '시경'에 나오는 부계육가(副笄六珈: 비녀에 뒤이어 온갖 수식을 꽂는다)란 곧 이것이오."

"저의 집을 빛내주신 은덕을 무엇으로 갚아야 할지요?"

곽씨가 사례했다.

다음날 북진묘(北鎭廟)를 구경하기로 했으므로 일찍 돌아왔다. 일행에게 수식포에서 있었던 일을 얘기하자 허리를 잡지 않는 이가 없었다.

그런 일이 있은 뒤로는 점포에 '기상새설' 넉 자가 붙어 있으면 저곳은 국숫집이구나, 했다. 그 넉 자는 심지가 밝고 깨끗함을 뜻하는 것이 아니라 가루가 서릿발처럼 가늘고 눈보다 흰, 그것으로 만든 국수를 자랑하는 뜻이다.

여기서 가루란 곧 우리나라에서 이르는 '진말(眞末)'이다. 청여·계함·조 주부와 함께 다음날 함께 북진묘에 가자고 약속했다.

성경 가람기 盛京伽藍記

성자사(聖慈寺)는 숭덕(崇德: 청 태종 연호) 2년에 세웠다.

전각은 깊고 장엄하며 화려하다. 법당은 돈대 높이가 한 길, 두루 돌 난간을 세웠다. 전각 위 처마 밑을 부시(罘罳: 새들이 들지 못하게 친 철망)로 둘러쌌다. 세 그루 노송 가지가 서로 엉켜 뜰에 푸른 그림자가 가득하고 어둠침침한 빛이 고요 속에 어려 있다.

비석 둘 중 하나는 태학사 강림(剛林)이 지은 글이며 뒷면에는 만주 글이다. 다른 하나는 앞뒷면이 다 몽고 서번(西番: 중국·티베트를 비롯 아시아 등지 서역 국가)의 글자이다. 지키는 중들 중에는 라마교 중 몇 명이 있고 전(殿) 안에는 8백 나한이 있다. 몇 치밖에 안 되는 나한상들이지만 아주 정교하다. 또 강희제가 만들었다는 작은 탑 수백은 크기가 주사위만 하고 그 아로새긴 솜씨가 기묘해 신의 경지라 할 만하다.

탑 높이는 10여 길이나 되며 위는 둥글고 아래는 모났으며 사자를 새겼다. 만수사(萬壽寺)는 강희 55년에 중수했다. 절 앞에 패루 하나가 있다. 그 현판은 '만세무강(萬歲無疆)'이라 돼 있고 웅장하며 화려한 전각은 성자사를 능가한다. 다만 뜰에 소나무 그늘이 없는 점이 아쉽다. 비석 둘이 있는데 정전에는 강희제가 쓴 '요해자운(遼海慈雲)'이라는 액자가 붙어 있다. 향정(香鼎), 보로(寶爐) 등 숱한 보물을 일일이 다 기록할 수 없다. 라마 중 10여 명이 누런 옷, 누런 벙거지를 쓰고 있는데 흰칠하나 사납게 보인다.

실승사(實勝寺) 현판에 '연화정토(蓮花淨土)'라 되어 있고 숭덕 3년에 세웠다. 지붕은 모두 푸르고 누런 유리 기와로 이어 놓았다. 이는 청태종(清太宗)의 원당(願堂)이기도 하다.

산천기략山川記略

주필산(駐蹕山)은 요양 서남쪽이다. 원 이름은 수산(首山)인데 당태종이 고구려를 치러 왔을 때 이 산 위에 며칠 머물면서 그 공덕을 새기고는 주필산이라고 이름을 고쳤다.

개운산(開雲山)은 봉천부(奉天府) 서쪽에 있다. 여러 산봉우리가 둘러 있고 그곳은 여러 물의 근원이다. 곧 청(清)의 영릉(永陵: 청태조 부조(父祖) 4대의 능)이다.

철배산(鐵背山)은 봉천부 서북쪽에 있다. 그 위에 계(界), 번(蕃) 두 성이 있다고 한다.

천주산(天柱山)은 승덕현(承德縣) 동쪽에 있다. 곧 청의 복릉(福陵) 즉 청태조의 능이 있는 곳이다. 〈진사晉史〉에서 말하는 동모산(東牟 山)이 곧 이 산이다.

융업산(隆業山)은 승덕현 서북쪽에 있다. 여기에 청의 소릉(昭陵: 청태종의 능)이 있다고 한다.

십삼산(十三山)은 금주부(錦州府) 동쪽에 있다. 봉우리가 열셋이므 로 채규(蔡珪: 금나라 학자)의 시에,

여산(閭山)이 다한 곳에 다시 열세 봉우리
갯마을 집집마다 그림 사이 보이누나.

라는 것이 있다.

발해(渤海)는 봉천부 남쪽에 있다. '성경통지(盛京統志)'에 이르기 를 '바다 옆으로 나간 줄기를 발(渤)이라 한다' 하였다. 요동 2천 리 벌이 뻗쳤는데 그 남쪽이 곧 발해이다.

요하(遼河)는 승덕원 서쪽에 있다. 곧 구려하(句麗河)인데 구류하 (枸柳河)라고도 한다. 〈한서漢書〉 등에는 모두 대요수(大遼水)라 했다. 요수 좌우는 요동·요서의 경계이다. 당태종이 고구려를 칠 때 진 펄 2백여 리에 모래를 깔아 다리를 놓고 건너갔다.

혼하(渾河)는 승덕원 남쪽에 있다. 일명 소요수(小遼水)·아리강 (阿利江)이다. 또 헌우락수로도 불린다. 장백산에서 발원하여 태자 하와 합치고 다시 요수와 합쳐 바다로 들어간다.

태자하(太子河)는 요양 북쪽에 있다. 변문(邊門) 밖 영길주(永吉州)에서 발원, 변문 안으로 흘러들어 혼하·요하와 합치고 삼차하가 되었다. 세상에 전해진 것은 이렇다.

"연 태자(燕太子) 단(丹)이 도망해 이곳까지 온 것을 마침내 머리를 베어 진(晉)에 바쳤으므로 후세에 이를 가엾이 여겨 이 물 이름을 태자하라 했다."

소심수(小瀋水)는 숭덕현 남쪽에 있다. 동관(東關) 관음각(觀音閣)에서 발하여 혼하로 흘러든다. 물 북쪽을 양(陽)이라 했으므로 '심양(瀋陽)'이라는 이름이 생긴 것이다.

내가 여태 지나온 산하는 그 지방인들의 구전(口傳)과 또 행인들의 가르침에 의한 것이었다. 뿐만 아니라 자주 드나든 우리 하인들에게 물어본 것을 대략 생각나는 대로 적은 것이어서 정확성에 자신이 없다.

화표주(華表柱)는 요동의 고적인데 어떤 이는 성안에 있다고 하며 또 어떤 사람은 성 밖 10리에 있다 하니 다른 것들도 이것으로 미루어 짐작할 수가 있겠다.

일신수필馹迅隨筆

7월 15일에 시작하여 23일에 끝냈다. 아흐레 동안 신
광령에서부터 산해관에 이르기까지 총 562리이다.

한갓 말한 것과 들은 것을 빙자하면 그와 학문을 이야기할 수는
없을 것이다. 하물며 그의 평생에 생각이 미치지 못한 것에는 더
말할 것이 있겠는가. 만일 누가 '성인(聖人)이 태산에 올라가 천하
를 작게 생각했다'고 한다면 속으로는 '그렇지 않을 것이다' 하면서
도 입으로는 '그렇다'고 답할 것이다. 그러나 부처가 '시방세계(十方
世界: 이 세상 밖의 여러 세계)를 보살핀다'고 하면 그는 곧 황망한 일이
라고 배격할 것이다. 또 '태서(泰西: 서양) 사람이 큰 배를 타고 지구
밖을 돌아다녔다'고 하면 괴이하고 허탄한 얘기라고 꾸짖을 것이
다. 그러니 내가 누구에게 천지 사이의 크나 큰 구경을 했다고 얘
기할 수 있겠는가.

아, 성인(공자)이 240년 간의 역사를 필삭(筆削)하여 〈춘추春秋〉라 이름했으나 이 240년 간 옥백(玉帛)과 병거(兵車)의 일은 한 가지의 꽃 피고 잎 지는 삽시간 광경에 지나지 않을 것이다.

슬프구나. 내가 글을 빨리 써 여기에 이르러 생각하니 이 한 점 먹을 찍는 사이는 눈 한 번 감고 숨 한 번 쉬는 사이에 지나지 않건만 그 순식간이 벌써 소고(小古)·소금(小今)을 이룩한다. 그러면 하나의 '옛'과 '이제'라는 것도 역시 대순(大瞬), 대식(大息)이라 아니할 수 없다. 그럼에도 불구하고 그 사이에 온갖 명예와 사업을 이루고자 함이 어찌 슬프지 않겠는가.

내 일찍이 묘향산 상원암에 묵을 때 밤 내내 밝은 달이 낮과 다르지 않았다. 창으로 동쪽을 바라보니 절 앞에 안개가 자욱하여 거기에 달이 비치니 수은 바다가 되었다. 그리고 그 바다 밑에서는 은은히 코 고는 소리 같은 것이 들려왔다. 중들이 말했다.

"저 하계(下界)에는 방금 큰 천둥에다 소나기가 내리는 것이야."

며칠 뒤 산에서 안주(安州)로 내려오니 며칠 전 밤에 갑작스런 비·천둥·번개로 물이 평지에도 한 길이 넘게 고였으며 민가들 피해가 컸다. 이에 나는 서글퍼 중얼거렸다.

"지난 밤 나는 운(雲)·우(雨) 밖에서 밝은 달을 껴안고 누워 있었으니, 저 묘향산은 태산에 비한다면 겨우 둔덕에 불과했으나 그래도 이토록 높낮이가 심한 세계를 이룩했거늘 하물며 성인이 천하를 보는 것은 어떻겠는가!"

설산(雪山: 히말라야)에서 고행을 한 이가 공자의 집안을 말하며 3

대에 걸쳐 세 번이나 아내를 내쫓았으니 백어(伯魚: 공자 아들)가 일찍 죽었느니, 노나라와 위나라에서 공자가 무뢰배에게 봉변을 당했느니 하면서 조금 더 넓게 보지 못한다면 이는 실로 땅·물·바람·불 등이 별안간에 모두 빈 것이 된다는 것이니 정말 한심한 것이다.

또 성인과 부처의 관점도 오히려 땅에서 떠나질 못했다고 했다. 그렇다면 이 지구를 어루만지고 하늘을 날며 별을 따가지고 다니지 못하는 곳이 없다는 이들은 스스로 자기가 보는 것이 공자와 석가보다 낫다고 함도 무리가 아닐 것이다.

그들이 모두 이국에 와서 말을 배우며 머리칼이 희도록 남의 글을 익혀 썩지 않을 업적을 꾀함은 무슨 까닭인가. 대개 듣고 보았다는 것은 이미 지난 경지이다. 그 경지가 지나고 또 지나서 쉬지 않는다면 옛날에 이를 빙자하여 학문을 하던 이도 고증(考證)할 아무것도 없을 것이다. 그러므로 튼튼한 글을 지어서 반드시 남들이 그걸 믿게끔 하려는 것이다. 그리하여 그 서양 사람들은 우리 유가(儒家)에서 이단으로 치는 이론을 보고는 억지로 불교를 배격하고 또 그들은 석가의 천당·지옥설을 기뻐하며 찌꺼기를 취할 따름이다.

7월 15일, 날씨 개다.

나는 내원·태의(太醫) 변관해·주부 조달동과 함께 새벽에 소흑산을 떠났다. 중안포(中安浦)까지 30리를 가 점심을 먹었다.

다시 앞서 떠나 구광령(舊廣寧)을 지나 북진묘(北鎭廟)를 둘러본 뒤 달빛을 받으며 40리를 가 신광령(新廣寧)에서 묵었다.

북진묘를 구경하느라고 왕복 20리를 걸었으니까 모두 90리 길인 셈이다.

몹시 더운 날이었다.

우리나라 선비들이 북경에 다녀온 이를 만나면 묻는 말이 있다.

"자네 이번 길에 제일 장관이 무엇이었나? 장관 몇 가지 골라 얘기 좀 해주게."

그들은 제각기 보고 느낀 것을 생각나는 대로 말한다.

"넓디 넓은 요동 천리 들판이 장관이었지."

"구 요동 백탑이 볼만하더군요."

"계문(薊門)의 냇물 낀 숲들이 장관이었소이다."

노구교(蘆溝橋), 산해관, 망해정, 각산사(角山寺), 조가패루(祖家牌樓), 유리창, 동악묘, 북진묘…… 등 대답이 분분하여 이루 헤아릴 수조차 없다. 또 어떤 학식이 높은 선비는 도무지 볼 것이 없다고도 했다. 내가 물었다.

"어째 아무 볼 게 없단 말이오?"

"황제가 머리를 깎았고 장(將)·상(相)과 대신 모든 관원이 머리를 깎았으며 선비와 서인(庶人)까지도 모두 그렇습니다. 그러니 문장이 있고 박식해도 한 번 머리를 깎으면 곧 되놈이 되는 것이며 되놈이면 그게 짐승인데 우리가 그 짐승에게서 무얼 볼 것이 있단 말입니까?"

또 다른 선비는 이렇게 말했다.

"그 산천이 피비린내 나는 고장으로 변했고 성인(聖人)들이 끼친 자취가 묻혀버리자 언어조차 야만의 것을 따르게 되었으니 무엇을 보겠습니까? 사실 10만 대군을 얻을 수만 있다면 지금이라도 산해 관으로 쳐들어가 중원(中原)을 소탕한 다음에야 비로소 장관을 얘기할 수 있겠지요."

이런 말들은 〈춘추〉를 열심히 읽은 이들의 뜻이다. 〈춘추〉는 중화(中華)를 높이고 이족(夷族)을 낮추어 보는 사상으로 씌어진 글이다. 그러나 오랑캐의 문제는 오랑캐들에게만 국한시킬 일이다. 왜냐하면 중국의 성곽과 건물 그리고 인민들이 예전처럼 있어 정덕(正德)·이용(利用)·후생(厚生)의 도구도 예전과 다름없다. 송나라 성리학의 대가들 즉, 주돈이(朱敦頤)·장재(張載)·정호(程顥)·정이(程頤)·주희(朱熹) 등의 학문도 사라지지 않았으며 한·당·송·명의 좋은 법률과 제도도 변함없이 남아 있다. 그러니 비록 저들은 오랑캐일망정 중국이 자기네에게 이로워 길이 누려야 함을 알고 이를 빼앗아 원래 지녔던 것처럼 한다.

대개 천하를 위해 일하는 자는 진실로 백성들에게 이롭고 나라에 도움이 되는 일이라면 그것을 본받아야만 한다. 성인이 〈춘추〉를 지으실 때 물론 중화를 높이고 오랑캐를 물리쳤으나 그렇더라도 오랑캐가 중화를 어지럽힌 게 분해 숭배해야 할 중화의 진실을 배격한다는 것은 듣지 못했다.

그러므로 진실로 오랑캐를 물리치려면 중화가 끼친 법을 모두 배워 우리나라의 유치한 문화와 풍속을 고쳐야 한다. 밭갈기 · 누에치기 · 그릇 굽기 · 풀무질 등으로부터 공업 · 상업에 이르기까지도 배워야 한다. 남이 열을 한다면 우리는 백을 하여 먼저 우리 백성을 이롭게 한 뒤 그들로 하여금 회초리를 마련하게끔 하여 저들의 굳은 갑옷, 날카로운 무기에 매질할 수 있게 해야 한다. 그런 뒤에야 중국에는 아무런 볼 만한 장관이 없더라고 말해야 한다. 그러나 나 같은 보잘것없는 선비가 한마디 한다면 '그들의 장관은 기와 조각에 있고 똥 부스러기에도 있다'고 하겠다.

깨진 기와 조각은 사람들이 다 버리는 것이지만 민가에서 담을 쌓을 때 그 높이가 어깨를 넘는다면 그것들을 둘씩 둘씩 포개어 뒤집고 바로 놓고 하여 물결 무늬를 만들 수 있다. 또 넷을 모아 고리처럼, 넷을 등지게 해 엽전 모양으로 만들면 구멍 난 곳이 영롱하고 안팎이 서로 어리어 저절로 좋은 무늬를 이룬다. 깨진 기와를 버리지 않고 이렇게 쓰면 세상에 없는 무늬가 된다.

또 집집마다 뜰 앞에 벽돌을 깔지 못할 경우 여러 빛깔의 유리기와 조각과 냇가의 둥근 조약돌을 주워다 꽃 · 나무 · 새 · 짐승 등의 모양을 깔아 만들면 비 올 때 진구렁이 됨을 막을 수 있다. 그러니 부서진 것을 버리지 않고 천하의 도화(圖畵)를 그려놓은 것이다.

똥은 지극히 더러운 것이지만 이를 아껴 밭에 내면 거름이며, 말똥을 줍는 삼태기가 늘 뒤를 따르게 된다.

이렇듯 기와 조각이나 똥 무더기가 모두 장관이니 구태여 성지

(城池)·궁궐·누대·시포(市鋪)·사관(寺觀)·목축 저 광막한 원야
(原野)······ 이런 것들만 장관은 아닌 것이다.

구광녕성(舊廣寧城)은 의무려산 밑에 있는데 앞은 큰 강으로 열리
고 강물을 끌어 해자를 만들었다. 그리고 탑 둘이 하늘 높이 솟아
있다. 성 못 미쳐 몇 마장되는 곳에 있는 큰 사당은 단청을 새로 올
려 찬란하다.

광녕성 동문 밖 다리 머리에 새긴 조각이 매우 웅특하고 기묘하
다. 겹문으로 들어가 거리를 지나노라니 번화한 점포들이 요동에
못지않았다. 이성량(李成梁: 이여송 아버지)의 패루가 성 북쪽에 있다.

겹으로 돼 있는 성의 내성은 온전하지만 외성은 많이 헐었다. 성
안 남녀들이 집집에서 나와 구경한다. 거리에서 노닐던 사람들이
떼 지어 말 머리를 둘러쌌기 때문에 빠져나가기가 힘들었다.

성 밖 관제묘는 그 장려함이 요양의 그것과 비슷하다. 문밖에
는 희대(戲臺)가 있는데 높고 깊으며 화려하다. 마침 뭇사람이 모
여 있는 것으로 보아 연극을 하는 모양이다. 길이 바빠 구경하지
못했다.

천계(天啓) 연간에 왕화정(王化貞)이 이영방(李永芳: 명나라 유격대장)
에게 속아 적군을 성에 들이었으므로 광녕이 떨어지고 천하 대세
가 기울게 되었다.

북진묘기北鎭廟記

북진묘는 의무려산 밑에 있다. 뒤에는 여러 산봉우리가 병풍을 편 듯이 둘러 있다. 앞으로는 툭 트여 큰 벌이 펼쳐졌으며 오른편은 넘실대는 바다이다. 광녕성은 마치 슬하의 자식처럼 그 앞에 박혀 있다.

집집마다 피어 올리는 푸른 연기는 띠를 두른 듯했고 그 속에 보이는 탑은 유달리 희다.

지형을 살펴보니 편평한 벌판이 차츰 둥근 언덕을 이루었다. 굽어보나 쳐다보나 천지가 너무나 넓어 거리낌이 없다. 해가 지고 달이 뜨며 바람과 구름이 일었다가 사라졌다 함이 모두 그 가운데에 있다. 오(吳)와 제(齊) 두 나라는 손끝에 닿을 듯하나 내 시력이 미치지 못해 아쉽기만 하다.

사당의 모양은 웅숭깊고 괴걸하다. 그렇지 못하면 해(海)·악(嶽)·진사(鎭祠)가 될 수 없을 것이다. 이곳에 북방을 맡은 신 현명제군(玄明帝君)과 그 종신(從神)이 모셔져 있다. 신상(神像)은 모두 곤룡포에 면류관을 썼으며 옥홀(玉笏)을 받들고 서 있다. 그 모습이 어찌나 위풍 있고 늠름한지 보는 사람들로 하여금 옷깃을 여미게끔 한다. 향정(香鼎)은 높이 여섯 자가 넘고 괴상한 간물(姦物), 귀물(鬼物)을 새겼다. 그리고 그 앞에 놓인 항아리는 열 섬도 능히 들어갈 만하며 밤낮없이 횃불 네 개가 켜 있다.

순(舜) 임금이 이름난 산 열두 곳에 봉선(封禪: 산천에 제사함)할 때 일찍이 이 의무려산을 유주(幽州) 진산으로 삼았다.

예로부터 나라에 큰 의식이 행해질 때면 예관을 보내 제사했다. 지금은 청나라가 동북에서 일어났으므로 특히 이 산의 신을 받드는 일에는 더없이 융숭하다고 한다.

또 전해 오는 이야기로는

"옹정(雍正) 황제가 등극하기 전 칙명을 받고 향을 내리러 와 제삿날 밤을 제실에서 잤는데, 꿈에 신인이 그에게 큰 구슬 하나를 주었고 그 구슬은 해가 되었다. 꿈꾼 이튿날 돌아가 높은 자리에 앉게 되었으므로, 사당을 크게 중수하여 그 신인의 은덕을 갚았다."

고 한다. 사당 앞에는 다섯 문의 패루가 있다. 기둥·서까래·기와·추녀 모두가 돌로만 이루어졌다. 높이는 너덧 길이나 되고 그 구조나 조각의 공교·정미한 솜씨는 사람의 힘이라고 믿을 수 없다.

패루 좌우에는 높이가 무려 두 길이나 되는 돌사자가 있다. 묘문(廟門)에서부터 흰 돌로 층계를 놓았고 묘문 왼편에 있는 절에 빗돌이 둘 서 있다. 하나는 '만수선림(萬壽禪林)'이라 하였고 다른 하나는 '만고유방(萬古流芳)'이라 했다. 절에는 큰 금불 다섯 구가 모셔져 있다.

절 오른편에 문 하나가 있다. 그 왼쪽은 고루(鼓樓)요, 오른쪽은 종루(鐘樓)이다. 그 두 누 사이에 또 문이 셋 있고 비석 셋이 그 문들 앞에 서 있다. 비석 위는 누런 기와로 덮었다. 강희제의 글과 글씨가 둘, 옹정제의 글과 글씨가 하나다.

푸른 유리 기와로 이은 정전(正殿) 북벽 '울총가기(鬱葱佳氣)'라 쓴
것은 옹정제의 글씨다. 층계 위에는 동서로 돌화로가 마주 놓였고
그 높이는 한 길이 넘는다. 다시 동서로 낭무 수백 칸이 있다. 정전
뒤에는 비어 있는 전각이 있는데 그 짓고 꾸민 솜씨는 정전과 다름
이 없고 단청이 휘황찬란하다. 그 빈 전각 뒤에 또 다른 전각이 있
는데 면류관을 쓰고 옥홀을 가진 석상이 있다. 그것은 문창성군(文
昌星君), 봉관(鳳冠: 여자용 관)을 이고 구슬 띠를 두른 것은 옥비낭랑
(玉妃娘娘)이라 했다. 두 동자가 좌우에서 모시고 있다. '乾始靈區(건
시령구)'라는 현판 글씨는 지금 황제의 글씨다.

바깥 문에서부터 시작돼 층계마다 흰 돌로 난간을 둘렀는데 그
조촐하고 매끄러운 것이 마치 옥과도 같다.

동문 밖으로 수백 보 나오면 아주 커다란 둥근 돌이 놓여 있는데
거북등처럼 금이 갔으며 '여공석(呂公石)' 또는 '회선정(會仙亭)'이라
새겨져 있다. 그 위에 오르니 의무려산의 아름다움과 웅위한 산 기
운이 단박에 느껴진다.

바위에 의지해 서 있는 작은 정자가 눈에 띈다. 흙을 다져서 두
층으로 쌓은 섬돌이며 띠로 이은 이엉 끝을 가지런히 베어 담은 것
이 간결하고도 청결해 마음을 포근하게 한다. 거기 잠깐 앉아 쉴
때 변군이 말했다.

"비유하자면, 마치 감사가 군읍을 돌아다니느라면 아침저녁으
로 먹게 되는 것이 모두 산해진미라 속이 보깨고 구역질이 나게 되
는데 그때쯤 신선한 야채 한 접시를 보면 여간 입맛이 당기지 않지

요."

내가 웃으며 받았다.

"그야말로 의원다운 얘기로군."

조군도 한마디 했다.

"늘 기생과 놀아, 예쁘고 예쁘지 않은 것조차 분간할 수 없다가 들이나 촌 싸리문 언저리에서 베옷으로 수수하게 차린 여인을 보게 되면 눈이 환하게 트이는 법이잖습니까?"

"호색가다운 말이로군. 만일 그대들의 얘기처럼 된다면 이제 이 흙섬돌이랑 띠 이엉이 천자의 안목과 비위를 이끌 수 있겠지."

나는 말을 마치고 나무 밑에 앉았다. 사당을 지키는 도사가 세 명이기에 부채 석 자루, 종이 세 권, 청심환 세 알을 선물하자 모두 퍽 기뻐했다.

뜰 앞 복숭아나무에서 잘 익은 것을 골라, 도사가 한 쟁반 따왔다. 그러자 하인들이 앞다투어 마구 땄다. 내가 그러지 말라고 타일러도 막무가내였다. 도사가 말했다.

"애써 말리실 것 없습니다. 배가 부르게 되면 저절로 그만두게 됩니다."

도사는 하인들을 향해 말했다.

"마음대로 따 먹지만 가지는 다치게 하지 말게. 그대로 두었다가 명년 이맘때 다시 오게나."

그 도사의 성명은 이붕(李鵬), 호는 소요관(逍遙館) 또는 찬하도인 (餐霞道人)이라 했다.

뜰에 거의 다 썩어가는 노송 한 그루가 서 있었다. 황제가 건륭 19년 거둥 때 남겼다는 시와 그림은 바위 사이에 새겨져 있었다.

차제車制

태평차(太平車)는 사람이 타는 수레이다. 바퀴 높이가 팔꿈치에 이르는데 바퀴 하나에 살이 서른 개이다. 대추나무로 둥글게 태를 메우고 쇳조각과 쇠못을 온 바퀴에 입힌다. 그 위에 만든 둥근 방은 세 사람이 타 앉을 만하다.

방에는 푸른 베 또는 공단·우단으로 휘장을 치고 더러는 주렴을 드리워 은단추로 여닫게 한다. 좌우에는 파리(유리)를 붙여 창구멍을 낸다. 앞에다 널판을 가로놓아 마부가 앉도록 되었고 뒤에는 하인이 앉게 되었다. 나귀 한 마리가 끌 수 있지만 먼 길에는 말이나 노새를 늘인다.

짐 싣는 수레는 대차(大車)이다. 바퀴 높이는 태평차보다 조금 낮다. 바퀴 살은 '입(卄)'자 모양이고 싣는 무게는 8백 근으로 정해 말두 필이 끈다. 8백 근이 넘을 경우 짐을 보아 말을 늘린다. 짐 위에는 삿자리로 방을 배 안같이 꾸며 그 속에서 자거나 눕게 되었다. 대개 말 여섯 필이 끄는데 수레 밑에 왕방울을 달고 말 목에도 수백 개의 작은 방울을 둘러 그 소리로 밤을 경계한다.

태평차는 겉바퀴로 돌며 대차는 속바퀴로 돈다. 그리고 쌍바퀴가 똑같이 회전하므로 고루 돌고 빨리 달릴 수 있다. 멍에 밑에 매는 말은 제일 튼튼한 말, 건장한 나귀를 부리며, 수레 멍에를 쓰지 않고 조그만 나무 안장을 만들어 가죽 끈이나 튼튼한 밧줄로 멍에 머리에 얽어매어 말을 달았다. 멍에 밑에 들지 않는 말들은 모두 쇠가죽 끈으로 배띠를 하고 바를 매어 끌게 되었다.

짐이 많으면 바퀴채보다 훨씬 더 밖으로 튀어나온다. 또 어떤 경우는 짐 높이가 몇 길이나 된다. 끄는 말도 많을 때는 10여 필이나 된다.

말 모는 사람은 '칸쳐더[看車的: 간차적]'라 부른다. 그는 짐 위에 높이 앉아 긴 채찍을 쥐고 길이가 두 발이나 되는 끈 두 가닥을 그 끝에 매어 휘둘러 때린다. 힘을 내지 않는 놈은 귀며 옆구리며 가리지 않고 때린다. 그 채찍질 소리가 우레처럼 요란하다.

독륜차(獨輪車)는 한 사람이 칫대를 잡고 미는 수레다. 한가운데 바퀴 하나를 달았다. 그 바퀴는 수레바닥 위로 반이나 솟았다. 때문에 그 양쪽이 상자처럼 되어 싣는 물건의 균형이 맞아야 한다. 바퀴가 닿는 곳에 북을 반으로 자른 것같이 보인다. 바퀴와 짐이 서로 닿지 않게끔 했다. 칫대 밑에는 짧은 막대를 양쪽으로 드리워서, 갈 때는 칫대와 함께 들리고 멈출 때는 바퀴와 함께 멈춘다. 그리고 그것의 버팀 나무가 되어 수레가 쓰러지지 않는 것이다.

엿·능금·오이 등의 장사들은 모두 이 독륜차를 이용한다. 밭둑길에 거름을 내는 데도 아주 편리하다. 한번은 시골 여자 둘이 이 독륜차의 양쪽 상자에 앉아 각기 어린애를 안고 가는 것도 보았다. 물을 길을 때는 양쪽에 각기 물통 대여섯 개가 실린다. 짐이 무겁고 많을 때는 끈을 달아 한 사람이 끌고 간다. 때로는 두 사람 또는 세 사람이 마치 배를 끌 듯 하기도 한다.

　대개 수레는 땅 위를 굴러가게 만든 것이나 물 위를 다니는 배이기도 하고 굴러다니는 방이기도 하다. 나라에, 백성들의 쓰임에 수레보다 더 좋은 것이 없다. 그러므로 〈주례周禮〉에, 임금님의 부(富)를 물었을 때 수레가 많고 적은 것으로 대답했다는 내용이 적혀 있는 것이다. 수레는 비단 싣고 타는 것만 이르는 것이 아니다. 수레에는 융차(戎車)·역차(役車)·수차(水車)·포차(砲車) 등이 있고 또 숱한 제도가 있지만 갑자기 그것을 다 얘기하기는 어렵다. 그러나 타고 싣는 수레는 백성들에게 있어 제일 중요한 것이어서 그에 대한 연구가 시급하다.

　내 일찍이 홍대용(洪大容)·이광려(李匡呂)와 함께 수레 제도를 얘기할 때 이렇게 말한 일이 있다.

　“수레의 제도는 무엇보다도 궤도를 똑같이 해야만 한다. 궤도를 똑같이 해야 한다는 것은 무엇인가. 두 바퀴 사이의 일정한 본을 어기지 않음이다. 그렇게 되면 수레가 천이고 만이고 간에 그 바퀴 자리는 하나로 통일되는 것이니 이른바 〈중용〉 등의 서책에 나오는 거동궤(車同軌)는 곧 이것을 말하는 것이다. 만일 두 바퀴 사이를 마음대로 넓히고 마음대로 좁힌다면 길 가운데 바퀴 자리가 한 틀에 들 수 있을 것인가?”

　이번, 천 리 길에 날마다 숱한 수레를 보았는데 앞 수레와 뒤 수레가 언제나 같은 자국을 따라서 갔다. 그렇기 때문에 애쓰지 않고

154

도 똑같이 되는 것을 일철(一轍)이라 하고, 뒤에서 앞을 가리켜 전철(前轍)이라 하는 것이다. 성 문턱에 수레바퀴 자국이 움푹 패어 홈통이 이루어진 것은 〈맹자孟子〉에서 이른 '성문지궤(城門之軌)'라는 것이다.

우리나라에도 수레가 전혀 없지는 않지만 바퀴들이 온전히 둥글지 못해 바퀏자국이 한 틀에 들 수 없다. 그러니 수레가 없는 것이나 같다. 사람들은 우리나라는 길이 험해 수레를 쓸 수가 없다고 한다. 그게 무슨 말인가? 나라에서 수레를 쓰지 않으니까 길이 닦이지 않은 것이 아닌가. 만약 수레가 다니게 된다면 길은 저절로 닦이게 된다. 그럼에도 좁은 길, 험한 길만을 탓하고 있다. 〈중용〉에 배와 수레가 이르는 곳, 서리와 이슬이 내리는 곳이라는 말이 있다. 그 말은 수레가 어떤 먼 곳에도 이를 수 있다는 말이다.

중국에도 험한 잔도(棧道), 양장(羊腸)처럼 위태한 길이 많다. 그러나 수레를 채찍하여 가지 못하는 곳이 없다. 후미진 먼 곳에도 장사치들이나 가족을 데리고 부임하러 가는 벼슬아치들의 수레바퀴가 서로 잇대어 거의 자기 집 뜰 앞을 지나는 것처럼 한다. 또 우렁차게 꿍꿍거리는 수레바퀴 소리가 대낮에도 늘 우레치듯 끊이지 않는다.

중국에 물자가 풍부한데 그것이 한 곳에 지체되지 않고 골고루 유통되는 것은 모두 수레를 이용한 결과이다. 여기에서 비근한 예를 하나 든다면 우리 사행이 여러 번거로움을 없애버리고 우리가 만든 수레에 우리가 올라타고, 우리의 짐을 싣고 바로 연경에 닿을 텐데 무엇을 꺼려 그러지 않았단 말인가.

　영남(嶺南) 아이들이 백하젓을 모르고, 관동(關東) 백성들은 아가위를 절여서 장 대신 쓰고, 서북(西北) 사람들은 감과 감자(柑子)의 맛을 분간하지 못하며, 바닷가 사람들은 새우나 정어리를 거름으로 밭에 내건만 서울에서는 한 움큼에 한 푼을 하니 이렇게 귀한 것은 무슨 까닭인가. 육진(六鎭)의 마포와 관서의 명주·영남·호남의 닥종이와 해서의 솜과 쇠, 충청 서해안의 생선·소금 등은 모두 백성 살림살이에서 어느 하나라도 없어서는 안 될 물건들이며 충청도 보은과 청산의 대추나무 천 그루와 황해도 황주·봉산의 배나무 천 그루, 한산의 천 이랑 모시와 관동의 벌꿀 천 통은 모두 우리 일상생활에서 서로 바꾸어 써야 하는 것이지만 이곳에서 천한 물건이 저곳에서는 귀할 뿐만 아니라 그 이름은 들었음에도 실지로 보지를 못했음은 또 어찌된 까닭인가. 그것은 오로지 멀리 운송할 힘이 없기 때문이다. 사방이 겨우 몇천 리밖에 안 되는 나라에 백성들 살림살이가 이토록 가난함은, 한마디로 나라 안에 수레가 다니지 못한 까닭이다. 누가 어째서 수레가 다니지 못하느냐고 물으면 나는 사대부(士大夫)들의 잘못 때문이라고 답할 것이다. 왜냐하면 그들은 평소에 글을 읽을 때 〈주례〉는 성인이 지으신 거야 하면서 윤인(輪人)·여인(輿人)·거인(車人), 주인(輈人)을 떠들어댔으나, 그 만드는 기술이나 움직이는 방법 등은 전혀 연구하지 않으니 그것은 그저 글만 읽을 뿐 그로 인해 유익한 점은 하나도 없다.

　황제(黃帝)가 수레를 창조하였으므로 헌원씨(軒轅氏)로 불린 뒤 백

천 년의 세월이 흐르는 동안 많은 사람들의 공교한 손을 거치게 됐고 좋은 제도의 통일도 이루게 되었다. 그러하니 연구의 정미롭고 행하기 간편함이 어찌 우연한 일이겠는가. 이는 진실로 민생의 살림에 이익이 되고 나라의 경영에 큰 그릇이 아니겠는가.

밭에 물을 대는 용미차(龍尾車) · 용골차(龍骨車) · 옥형차(玉衡車) · 항승차(恒升車) 등이 있고 불을 끄는 홍흡(虹吸) · 학음(鶴飮) 등의 제도가 있다. 전쟁에 쓰는 포차(砲車) · 충차(衝車) · 화차(火車) 등도 있다.

뜻있는 자가 잘 연구해 그 제도들을 본받는다면 우리나라 백성들의 가난병도 얼마쯤은 나을 수 있겠다. 내가 본 불 끄는 수레의 제도를 대략 적어 우리나라에 돌아가 이를 전할 생각이다.

달밤에 북진묘에서 신광녕으로 올 때 보니 성 밖의 어떤 집에 불이 나 겨우 불길을 잡은 모양이었다. 수차(水車) 석 대가 곧 거두어 가려 하기에 내가 잠깐 멈추게 해 이름을 묻자 수총차(水銃車)라 했다. 자세히 살펴보니 바퀴 넷에 위에는 큰 나무구유가 놓여 있다. 구유 속에 커다란 구리그릇이 있으며 그 속에 구리통 두 개를 놓았다. 구리통 사이에 목이 '乙'자 모양인 물총을 세웠다. 물총은 발이 둘이라 양 구리통과 통했고 구리통은 짧은 다리가 달려 밑에 구멍이 뚫렸다. 그 구멍은 얇은 구리판으로 문을 만들어 물이 오르내리면 여닫히게끔 되어 있다. 문이 열리면 물을 빨아들이고 문이 닫히면 그 충격에 들어 있는 물이 빠져나갈 길을 찾아 乙자꼴의 관을 통해 쏘아 뿜게 되어 있다.

곡물을 찧고 빻는 데는 큰 아륜(牙輪: 치차, 톱니바퀴)이 두 층으로 되어 있다. 쇠궁글막대로 이것을 꿰어 틀을 움직여 돌리게끔 되었다. 따로 두 층으로 된 맷돌판을 설치한다. 맷돌판 둘레에 홈들이 뺑 둘러 파여 있다. 그 홈이 아륜과 맞물려 있어, 아륜이 돌면 맷돌판이 맞물려 돈다. 얼마 돌지 않아 밀가루가 눈처럼 쌓인다.

가루 칠 때는 요차(搖車)를 쓴다. 바퀴는 앞에 둘 뒤에 하나다. 수레 위에 기둥 넷을 세우고 그 위에 두어 섬들이 큰 채를 두 층으로 놓았다. 위 채에 가루를 붓고 아래 채는 비워 두어, 위 채 것을 받아 더 보드랍게 갈리게 한다.

누에고치를 켜는 소차는 더욱 묘하다. 마땅히 본받아야 한다. 소차 양쪽 머리에 아륜이 달려 있어, 이가 맞물려 쉴 새 없이 저절로 돌아간다. 말하자면 소차는 몇 아름드리나 되는 큰 자새(새끼를 꼬거나 실 등을 감았다 풀었다 하는 얼레)다. 수십 보 밖에서 고치를 삶는데 그 사이에는 수십 층의 시렁을 매고 높은 곳에서 차츰 낮은 데로 기울게 하고, 시렁 머리마다에 쇳조각을 세워 바늘귀만큼 구멍을 가늘게 뚫고는 그 구멍에 실을 꿴다. 그런 뒤 틀이 움직이면 바퀴가 돌고 바퀴가 돌면 자새가 따라 돈다. 그 아륜은 서로 맞물려서 빠르지도 느리지도 않게 천천히 실을 뽑아내게 된다. 또 그 움직임이 거세지도 않고 몰리지도 않게 제대로 법도가 있기 때문에 실이 고르지 않거나 한데 얽히는 탈이 안 나는 것이다. 켠 실이 솥에서 나와 자새로 들기까지 쇠구멍을 두루 지나서 털도 잘 다듬어졌거니와 가시랭이가 떨어져나가 나무랄 데가 없는 것이 된다. 또 자새에 들기 전, 실몸이 알맞게 말라 말쑥하고 매끄럽다. 다시 잿불 맛을 뵈지 않더라도 곧 베틀에 올릴 수 있는 것이다. 우리나라에서 고치 켜는 법은 다만 손으로 훑기만 할 뿐이어서 수레를 쓰지 않는다.

그러므로 손 놀리는 것이 그 타고난 바탕이나 제대로의 성질에 맞지 않고 더딤과 빠름이 같지 않아 고르지 못한 것이다.

희대戱臺

절이나 도사가 거처하는 관(觀), 그리고 사당 맞은편 문에는 반드시 희대(戱臺)가 있다. 들보 수가 일곱 또는 아홉이므로 드높고 깊숙하고 웅장해 여느 점방과는 비교가 안 된다. 이렇듯 넓고 깊지 않으면 만 명쯤 되는 사람들을 들일 수 없다.

등자(긴 걸상)·탁자·의자·평상 등 갖가지 앉을 자리가 적어도 1천도 넘으며 붉은 칠은 조촐하지만 사치스럽게도 느껴진다.

천 리 길을 오면서 가끔 삿자리로 누(樓)·각(閣)·궁(宮)·전(殿)을 본뜬 높은 희대를 보았다. 그 정교한 구조는 기와집보다 훨씬 낮게 보였다. 현판에는 '중추경상(中秋慶賞)'이니 '중원가절(中元佳節)' 등이 쓰여져 있다.

작은 시골, 사당이 없는 곳이면 정월 보름과 8월 보름을 맞이해 삿자리로 희대를 만들어 여러 광대놀이를 연출한다. 언젠가 고가포(古家鋪)를 지나다가 보니 길에는 수레가 끊이지 않았고 수레마다 여자들이 7~8명씩 올라타 있었다. 모두 짙은 화장에 고운 나들이 옷차림이었다. 그런 수레가 몇백 대나 되었다. 모두들 소흑산(小黑山)에 가서 광대놀이를 구경한 뒤 해가 저물어 돌아가는 길이라 했다.

시사市肆

천여 리 길에 지나온 시포(市鋪)로서는 봉성 · 요동 · 성경 · 신민둔 · 소흑산 · 광녕 등지였다.

그 규모의 크고 작음, 사치스러움과 검소함의 구별이 없을 수 없다. 화려하기로는 성경을 꼽을 수 있다. 그곳은 모두들 수놓은 비단 창이었는데 길을 사이에 두고 늘어선 술집들이 한층 오색찬란했다. 그런데 이상한 것은 처마 밖으로 불쑥 내밀어진 난간이 장마를 겪었는데도 그 단청이 전혀 퇴색하지 않은 것이었다.

봉성은 동쪽 변두리라 더 발전하지 못할 궁벽한 곳이지만 의자 · 탁자 · 주렴 · 휘장 · 담요 등 여러 도구라든가 꽃과 풀까지도 우리로서는 처음 본 것이었다. 게다가 문패와 간판들이 사치 · 화려를 앞다투는 듯했다. 그런 겉치레와 꾸밈 때문에 천금을 아낌없이 낭비했다. 그러나 그러지 않으면 장사가 잘 안 되고 재신(財神)도 도와주질 않는다고 믿고 있다. 그들이 모시는 재신은 대개 관공(關公)의 소상이다. 그 앞에 향을 피우고 아침저녁으로 머리를 조아리는 품은 조상을 향한 것보다 훨씬 정성스럽다. 그로 미루어 산해관 안의 풍습을 어렵잖게 짐작할 수 있다.

길에 다니며 물건을 파는 장사치들은 큰 소리로 '싸구려!'를 외친다. 푸른 천을 파는 장수는 작은 북을 쥐고 흔들어대며, 머리를 깎는 사람은 양철판을 두드리고, 기름장수는 바리때를 친다. 또 더러는 쇠징·대비치개·목탁 따위를 갖고 다니는 자도 있다. 그들이 거리를 떠돌며 두드려대는 소리가 멈추지 않으니, 집에서 작은 아이들이 달려나와 장사치를 부른다. 그들이 목 아프게 외치지 않아도 두드리는 소리로 무슨 물건을 파는지 알게 마련이다.

점사店舍

점사(店舍)는 뜰이 넓어 적어도 수백 보는 된다. 넓지 않으면 수레·말·사람들을 수용치 못한다. 그러므로 문 안으로 들어가서도 한 마장쯤 달려야 전당(前堂)에 닿으니 그 넓이를 짐작할 수 있다.

낭무(廊廡) 사이에 의자와 탁자가 4, 50개 놓였다. 또 마구간에는 길이 두세 칸, 너비 반칸쯤 되는 돌구유가 있다. 벽돌을 쌓아 돌구유처럼 만들어 놓기도 한다.

뜰 가운데 나무통 수십 개를 나란히 놓아두고 양쪽 머리에 아귀진 나무로 받쳐 두었다. 기명(器皿: 그릇)은 모두 그림이 올라 있는 자기를 쓰고 백통·놋쇠·주석 등으로 된 그릇은 뵈지 않았다.

아무리 궁벽한 두메의 다 허물어져가는 집일지라도 매일 쓰는 밥주발이나 접시 따위는 모두 단청으로 그림을 아로새긴 것들이다. 그것은 사치하기를 좋아해서가 아니라 그릇 굽는 이들의 솜씨가 원래 좋기 때문에 부실한 것을 쓰려 해도 구할 수 없기 때문이다. 그리고 자기가 깨어져도 버리지 않고 밖으로 쇠못을 쳐 다시 쓴다. 그런데 아무리 생각해도 알 수 없는 것은, 쇠못이 그릇을 조각 내지 않고 속으로 뚫고 들어가 꼭 끼어서 풀로 붙인 듯 감쪽같은 것이다.

높이 두 자나 되는 여러 빛깔의 술잔과 오지병, 꽃과 잎을 꽂은 병과 두루미 같은 것은 어디를 가나 흔히 볼 수 있다. 이로 미루어보면 우리나라 분원(分院: 경기 광주의 자기 굽던 곳)에서 구운 것은 이곳 저자에 들어올 수도 없을 것 같다.

아, 그릇 굽는 법 한 가지가 좋지 못해 온 나라의 모든 일과 물건이 그 그릇과 같아서 마침내 한 나라의 풍속을 이루었으니 어찌 통탄할 일이 아니겠는가.

교량橋梁

교량은 모두 무지개 다리여서 다리 밑이 마치 성문과도 같다.

큰 다리는 돛단배가 유유히 지날 수 있겠고 작은 다리에도 거룻배는 다닐 수 있다. 돌 난간에는 대개 구름 무늬와 공하(蚣蝮: 용의 아홉 자식 중 하나로, 물길을 타고 들어오는 사악한 기운을 차단하는 능력을 가져, 다리의 난간 머리에 새긴다), 교리(이무기) 등을 새겼고 나무 난간일 경우는 단청을 입혔다. 그리고 양쪽 다리목에다 모두 '八(팔)'자로 된 담을 쌓아서 다리를 보호하게끔 했다.

지나온 다리 중 만보교(萬寶橋)·화소교(火燒橋)·장원교(壯元橋)·마도교(磨刀橋) 등이 가장 큰 것들이었다.

16일, 개다

이날도 서늘한 새벽에 정 진사·변 주부·내원과 함께 먼저 떠나기로 약조했다.

신광녕에서 흥륭점(興隆店)까지, 거기서 쌍하보(雙河堡)·장진보(壯鎭堡)·상흥점(常興店)·삼대자(三臺子)·여양역(閭陽驛), 모두 40리를 와 점심을 먹었다.

이곳에서부터 등마루 없는 집이 시작된다. 여양역에서 두대자(頭臺子)·이대자(二臺子)·삼대자·사대자·왕삼포(王三鋪)·십삼산(十三山), 이날 80리를 갔으며 십삼산에서 묵었다.

새벽, 신광녕을 떠날 때였다. 땅에서 몇 자 안 되는 곳에 지는 달이 둥글고 서늘했다. 성긴 계수나무 그림자, 옥토끼와 은두꺼비가 당장이라도 만져질 듯하고 흐느적흐느적 날리는 항아(姮娥)의 흰 옷자락에 비치는 살결이 얼룽얼룽 보이는 듯했다.

"이상도 하이. 오늘 해가 서쪽에서 돋는구려."

내가 정군을 돌아보며 말하자 그는 달이라는 것을 깜빡 잊고 입에서 나오는 대로 말했다.

"늘 새벽에 길을 떠나니까 처음에는 정말 동서남북을 가리기 어렵더군요."

모두 허리를 잡았다. 조금 뒤 달이 들판 밑으로 떨어지는 것을 보고 정군도 한바탕 웃었다.

아침노을 빛이 물결처럼 일어 나무 끝으로 가로퍼지더니 갑작스레 천만 가지의 괴이한 봉우리로 변했다. 그리고 맑은 기운, 탄탄한 형세는 마치 용이 서린 듯 봉이 춤추는 듯 천 리 벌에 가없이 뻗쳤다.

"허, 장백산이 뽀얗게 보이는군."

내가 정군을 돌아보며 말했다. 비단 정군만이 그러려니 하는 게 아니라 모두들 기이하다고 동감하지 않는 이가 없었다. 그러나 조금 뒤 구름과 안개가 말끔히 걷혀 이미 해가 세 발쯤 솟았다. 하늘에는 티끌 한 점 없었다. 먼 마을 나무숲 사이로 새어드는 빛이 마치 맑은 물이 하늘에 고인 듯했다. 연기도 안개도 아니요 높지도 낮지도 않게 나무들 사이를 감돌며 훤하니 나무가 물 가운데 서 있는 것 같고 그 기운이 차츰 퍼지며 먼 하늘에 가로 비꼈다. 흰 듯 또는 검은 듯도 한 것이 마치 큰 수정 거울과 같아 오색찬란할 뿐만 아니라, 또 한 가지 빛인 듯 기운인 듯한 그 무엇이 있었다. 비유에 능한 자도 곧잘 강물빛 같다고도 하나, 말끔하고도 어리어리한 것이 그 무엇인지 실로 형언키 어려웠다. 그리고 마을·집·수레·말들이 모두 그림자가 거꾸로 비친다.

태복이 말했다.

"이것이 곧 계문(薊門)의 연수(煙樹)올시다."

"계주(薊州)가 여기서 오히려 천리인데 연수가 어찌 이곳이냐?"

내 물음에 의주(義州) 상인 임경찬이 말했다.

"비록 계문은 여기서 멀지만 이곳도 통칭 '계문연수'라 합니다. 날씨가 맑고 바람이 없으면 요동 천 리 벌에 늘 이런 기운이 있습니다만 계주에 들어가도 날씨가 나쁘고 바람이 일면 볼 수 없답니다."

통상 겨울 날씨가 맑고 따뜻하면 산해관 안팎에서 매일 볼 수 있는 현상이라는 것이다.

마침 여양(閭陽) 장날이라 온갖 물건들이 모여들고 수레와 말이 거리에 가득 찼다. 아로새긴 듯한 조롱에 여러 새들이 들어 있었다. 그 이름은 매화조(梅花鳥)·요봉(幺鳳)·오동조(梧桐鳥)·화미조(畵眉鳥) 등 다양했다. 새 장수는 수레가 여섯이다. 그중 우는 벌레를 실은 수레가 둘이라 그 지저귀는 소리에 온 장터가 깊은 산속 같았다.

국차(菊茶) 한 잔에 뼈뼈 두 덩이를 사 먹고 역관 조명회를 만나 한 술집으로 갔다. 마침 소주를 내린다기에 다른 집으로 가려 하자 술아범이 성을 내며 조 역관에게 달려와 머리로 가슴을 받으며 꼼짝 못하게 했다. 조 역관은 어쩔 수 없이 자리에 돌아와 돼지볶음 한 쟁반, 지진 달걀 한 쟁반, 술 두 주발을 사 배불리 먹은 뒤 자리를 떴다.

멀리 십삼산을 바라보았다. 산맥이 뻗어온 것도 없고 끊어진 곳도 없었다. 난데없이 큰 벌판 가운데에 열세 무더기의 돌 산봉우리가 날아와 앉은 형국이다. 보일락 말락 기이하게 솟은 산봉우리는 마치 여름철에 피어오르는 구름덩이 같았다.

머리가 하얀 한 늙은이가 작은 낚싯대를 들고 그 끝에 고리를 달아 참새 한 마리를 앉혔다. 색실로 발을 잡아맸다. 새를 놀리는 양이 거의 다 이러했다.

더위에 지쳐 졸리므로 말에서 내려 걷기로 했다. 일고여덟 살쯤 되는 아이가 빨간 실로 뜬 여름 모자에 고동색 두루마기, 검은 공단 신을 신고 얌전하게 걷고 있었다. 눈처럼 흰 얼굴에 그린 듯한 눈매의 그 아이를 내가 짐짓 막아섰다. 아이는 놀라지도, 두려워하는 기색도 없이 공손히 절하고 엎드려 머리를 조아렸다. 내가 황급히 아이를 일으켰다. 멀찌감치 뒤따르던 한 노인이 웃음 지으며 말했다.

"내 손주놈이라오. 영감께서 이 녀석을 귀여워하시니 무어라고 마운 말씀을 드려야 할는지요?"

내가 아이에게 몇 살이냐고 묻자 손가락을 꼽아 보이며 아홉 살이라 했다. 나는 또 성명을 물었다.

"제 성은 사(謝)입니다."

아이는 대답하고 나서 곧 신발 속에 있던 쇠빗을 꺼내더니 땅바닥에 '孝(효)', '壽(수)' 두 글자를 써놓고 말했다.

"효는 백행(百行)의 근원이요, 수는 오복(五福)의 근원입니다. 할아버지께서 제게 축원하시기를 '남의 아들이 되어서는 효를 지녀야 한다' 하시고 또 첫째는 수라 하시면서 효·수 두 글자로 아명을 지어주셔서 효수라 부릅니다."

나는 놀라 지금 무슨 글을 읽느냐고 물었다.

"두 글은 이미 외고 지금은 '학이편(學而篇)'을 읽는 중입니다."

"두 글이 무엇이냐?"

"〈대학〉과 〈중용〉이옵니다."

"그럼 강의가 이미 끝났느냐?"

"두 글은 외기만 했고 〈논어〉는 아직 강의를 받고 있는 중입니다. 선생께서는 성이 어떻게 되십니까?"

"내 성은 박(朴)이다."

내 답에 아이가 말했다.

"백가원(百家源: 중국의 성씨 사전)에도 없는 성입니다."

노인은 내가 자기 손자를 귀여워하는 것을 보고 천진스런 웃음으로 말했다.

"고려 노인께서는 부처님같이 어지신 분입니다. 아마도 슬하에 봉새 같은 아드님, 기린 같은 손주님을 두신 모양이라 그래서 남의 어린이를 귀여워하신 모양이지요?"

"나이는 많이 먹었지만 아직 손자는 보지 못했소이다. 당신은 연세가 얼마나 되셨나요?"

"헛되이 쉰여덟이나 되었습니다."

노인의 대답이 끝나자 나는 들고 있던 부채를 아이에게 주었다. 그러자 노인은 쇠고리에 달아 허리춤에 차고 있던 비단 수건에 부시(불이 일게 하는 쇳조각)를 얹어 주면서 또 고마운 뜻을 표했다. 내가 물었다.

"댁은 어디신가요?"

"여기서 멀지 않은 왕삼포(王三鋪)에 살고 있습니다."

"손자가 매우 숙성하고 총명해 옛날 왕(王), 사가(謝家)의 풍류에 부끄럽지 않겠소이다."

"조상 때부터 내려오는 계통이 끊어진 지 이미 오래됐는데 어찌 강좌(江左: 강소성의 왕, 사씨가 살던 곳)의 풍류를 다시 바라오리까? 영감, 여행길에 건강하십시오."

노인이 공손히 읍을 했다.

나는 길을 가며 늘 그 아이의 눈매와 동작이 눈에 삼삼했다. 또 노인이 땅에다 쓴 몇 마디 말이 충분히 서로 이야기할 만했으나 갈길이 바빠 그러지를 못한 것이 애석했다.

17일, 개다

아침에 십삼산을 떠나 독로포(禿老鋪)까지, 배로 대릉하(大凌河)를 건너 대릉하점(大凌河店)에 닿아 이곳에서 묵었다. 이날은 겨우 30리를 왔다.

대릉하는 그 근원이 장성 밖에서 시작, 구관대(九官臺)와 변문을 뚫는다. 그리고 나서 광녕성을 지나 두산(斗山) · 금주위(錦州衛) 지경에 들고 점어당(點魚塘)을 거쳐 동으로 바다에 든다.

호행통관(護行通官: 사신을 호위하며 따라가는 청나라 통역관) 쌍림(雙

林)은 조선수통관(朝鮮首通官: 조선말을 통역하는 청나라 통역관의 우두머리) 오림포(烏林哺)의 아들로 집은 봉성에 있다. 말이 좋아 '호행'이지 자기는 태평차를 타고 뒤따를 뿐이라 그 행동거지를 우리 사행이 관여할 바는 아니다.

그는 하인 넷을 거느렸다. 하나는 성이 악(鄂)인데 조석의 공궤와 말 먹이는 일을 맡았다. 이(李)라는 하인은 매로 꿩사냥을 일삼았고 서(徐)라는 하인은 제 말로 의주 부윤 서모(徐某)와 일가 간이라 했다. 감(甘)이라는 하인도 있었다. 그들은 모두 조선 사람이며 19세로 눈매가 아름다웠는데 쌍림의 길동무라 했다. 그러나 우리 나라에 감(甘)이라는 성이 없으니 의심스런 일이다.

내가 책문에 든 지가 10여 일이나 지났는데도 쌍림의 얼굴을 보지 못했었다. 통원보(通遠堡)에서 시냇물을 건널 때 내가 언덕에 올라가서 물살이 세다고 하자 언덕 위에 깨끗하게 차린 되놈 하나가 우리 역관들과 함께 서 있다가 조선말로 말했다.

"물살이 셉니다. 그런데도 용하게 건너셨군요."

그는 연산관에 이르러 수역에게 물었다. 아침에 물 건널 때 얼굴이 웅위(雄衛)한 이가 누구냐고. 수역이 대답했다.

"정사 대감과 일가 형제 되시는 분이오. 글을 잘 하시는데 구경하러 오셨습니다."

쌍림이 다시 물었다.

"그럼 사점(四點)인가요?"

"아니오. 정사 대감의 적친(嫡親) 삼종 형제입니다."

"그럼, 이량위쳰[伊兩羽泉:이량우천]이구먼요."

'이량위쳰'이란 중국말로 한 냥 닷 돈을 말한다. 한 냥 닷 돈은 곧 양반(兩半)이다. 우리나라에서 사족을 양반(兩班)이라 하니 '兩半(양반)'과 '兩班'이 음이 같으므로 쌍림은 '이량위쳰[一兩五錢:일량오전]'이라는 은어를 쓴 것이다. 사점(四點)도 '서(庶)' 자이니 우리나라의 서얼(庶孽)을 두고 말하는 것이다.

사행이 떠날 때마다 사무를 맡은 역관은 공금으로 은 4천 냥을 가져간다. 그중에서 5백 냥은 호행장경(護行章京)에게, 7백 냥은 호행통관에게 주어 차삯과 여관비로 쓰게 되었다. 그러나 실상은 한 푼도 쓰는 일이 없다. 상사와 부사의 주방에서 돌려가며 두 사람을 먹인다. 쌍림은 사람됨이 교활하고 조선말을 잘한다고 했다.

앞서 소황기보(小黃旗堡)에서 점심 먹을 때 여러 비장 · 역관들과 둘러앉아 한담을 나누는데 쌍림이 밖에서 들어왔다. 여럿이 반겨 맞았다. 쌍림이 부사의 비장 이성재(李聖齋)와 간곡히 얘기하고 또 내원에게 말을 걸었다. 이 두 사람이 두 번째 길이라 구면이기 때문이었다.

내원이 쌍림에게 말했다.

"내, 영감께 섭섭한 일이 있소."

"뭐가 섭섭한 일이오이까?"

"상사또(上使道)께서는 비록 작은 나라 사신일지라도 우리나라에서는 정일품(正一品) 내대신(內大臣)이므로 황제께서도 각별한 예법으로 대우하시는 바이니, 영감은 대국 사람이지만 조선의 통관인

즉 우리 사또께 마땅히 체면을 지켜야 할 것입니다. 두 사또께서 말을 갈아타실 때마다, 길가에 가마를 멈추시는 데마다 영감들은 마땅히 수레를 멈춰 기다려야 할 것인데, 그러질 않고 번번이 그냥 수레를 몰아 지나치면서 조금도 꺼림이 없으니 이 무슨 도리요? 이래서 장경도 영감을 본받으니 더욱 한심한 일이오."

쌍림이 발끈하여 대꾸했다.

"그건 당신이 모르는 거요. 대국의 체모는 당신네 나라와는 훨씬 다르오. 대국에서 칙사가 가면 당신네 나라 의정대신(議政大臣)이 우리들과 평등하게 대접하여 말도 서로 공경하는 것인데, 이제 새로이 체모를 지어내어 나더러 회피하란 말이오?"

역관 조학동이 내원에게 눈짓으로 그만두라 했지만 내원은 한층 높인 소리로 말했다.

"그럼 영감 종놈은 어느 존전이라고 매를 낀 채 의기양양하게 지나간단 말이오? 그건 해괴한 일이 아니오? 이제 다시 그 꼴을 보면 내 곤장을 내릴 테니 영감은 괴이하게 여기지 마시오!"

"그러는 건 아직 못 보았소. 만일 내가 보기만 한다면 단매에 처치해버리겠소."

쌍림은 조선말을 잘 한다지만 뜻이 분명치 못한 데다 다급하면 북경말을 쓰곤 했다. 공연히 7백 냥을 허비하니 정말 아까운 일이다. 내가 종이를 꼬아 코로 집어넣자 재채기를 하려는 것이냐고 물었다. 이렇게 쌍림은 내게 몇 차례나 말을 걸려고 했으나 모른 척 도사리고 앉아만 있으니 그냥 나가버렸다. 그 뒤 역관들은, 웃는

낮에 침 못 뱉는다는 속담처럼 쌍림을 냉대하면 재미없는 일이 생길 수도 있다는 말을 내게 했다. 나도 그러려니 여겼다.

사행이 먼저 떠나고 나는 곤한 잠에 빠졌기 때문에 늦게 일어났다. 아침상을 물리고 행장을 꾸릴 때 쌍림이 들어왔다.

"한참 못 봤소. 요즘 편안들 하시오?"

내가 웃는 낮으로 맞이하자 그는 좋아라 앉으면서 삼등초(三等草: 평안도 삼등에서 나는 좋은 담배)를 달라기도 하고 제집에 붙일 주련(柱聯)을 부탁하기도 했다. 내가 먹는 청심환, 기름 먹인 접부채도 달란다. 나는 고개를 끄덕이며 수레에 실린 짐이 도착하면 주겠다고 말했다. 나도 부탁했다.

"먼 길을 말을 탔더니 고단해서 그러니 한 정거장만 당신 수레를 탔으면 좋겠소."

"공자(公子)와 함께 탄다면 제게는 큰 영광입니다."

쌍림은 쾌히 승낙했다. 함께 떠날 때 그가 수레 왼쪽을 비워 나를 앉히고 스스로 몰고 갔다. 그는 또 장복을 오른쪽에 앉히며 말했다.

"내가 조선말로 묻거든 너는 북경말로 대답하거라."

둘이 나누는 얘기를 듣고 있자니 우스워 허리를 잡지 않을 수 없었다. 쌍림의 조선말은, 세 살짜리가 하는 '밥'달라는 말이 '밤'달라는 말로 들리는 것과 같았다. 장복의 중국말도 반벙어리가 하는 말처럼 들렸다. 쌍림의 조선말이 장복의 중국말보다 못해 말끝마다 존칭·비칭을 구별치 못함은 물론 발음도 잘 굴리지 않았다. 쌍림이 장복더러 "너 우리 아버지 보았니?" 하자 장복은 "칙사 나왔을 때 보았소이다. 대감 수염이 좋으시고 내가 보행으로 뒤를 따르며 권마성(勸馬聲)을 거푸 지르니 대감은 웃는 눈으로, 네 목청이 좋다. 그치지 말고 불러라, 하시기에 계속 외쳤더니 대감이 연신, 좋아라 하시고 곽산(郭山)에 이르자 손수 차와 과자를 주셨습니다."

"우리 아버지 눈이 흉악해 뵈지?"

"마치 꿩 잡는 매 눈과 같습디다."

"옳다. 너 장가 들었나?"

"집이 가난해 아직 못 들었습니다."

"하하, 불상(不祥)하이."

'불상'이란 우리말로 '아, 안됐군' 하고 차탄(嗟歎)하는 말이다. 쌍림이 다시 물었다.

"의주 기생이 몇 명이나 되느냐?"

"아마 3, 40명 되겠지요."

"예쁜 것도 많겠지?"

"예쁘다 뿐이오. 양귀비(楊貴妃) 같은 것도 있고 서시(西施) 같은 것도 있소. 이름이 유색(柳色)이라는 기생은 수줍은 꽃, 밝은 달 같은 자태가 있고 또 춘운(春雲)이란 기생은 구름을 멈추고 남의 애를 끊을 만큼 창을 아주 잘하오."

쌍림이 깔깔대고 나서 말했다.

"그런 기생이 있다면 내가 갔을 때는 왜 현신(現身)하지 않았나?"

"만일 한 번만 보시면 대감님의 혼은 구만리 장천(長天) 구름 밖으로 날아가고 손에 쥔 만 냥이 저절로 사라져 다시 압록강을 건너오지 못할 것이오."

쌍림은 듣고 나더니 손뼉을 치며 깔깔대고 말했다.

"내 다음번 칙사를 따라가거든 네가 은밀히 데려오너라."

"안 됩니다. 남에게 들키면 목이 날아갑니다."

장복이 머리를 흔들며 말했다. 그리고는 둘이 크게 한바탕 웃었다. 그런 얘기를 나누는 사이 30리를 갔다.

쌍림과 장복은 피차 서로 말을 겨루어보려 한 것인데, 장복은 책문에 들어온 후 길에서 주워 들은 것에 지나지 않으나 쌍림이 평생 배운 것보다 더 나았다. 이로 보아 중국말이 우리말보다 쉽다는 걸 알 수 있다.

수레는 초록 모직 천으로 삼면을 휘장쳐 걷어올렸고 동서 양쪽은 주렴을 드리우고 앞에는 공단으로 차일을 쳤다. 수레 안에는 이불과 한글로 쓴 〈유씨삼대록(劉氏三代錄: 우리 고전 소설)〉 등 두어 권이 놓여 있다. 글씨가 너절했고 해진 책장도 있었다.

내가 쌍림에게 읽으라고 했더니 높은 소리로 몸을 흔들며 읽었으나 전혀 말이 되지 않았다. 혀에 가시라도 돋힌 듯, 입술이 얼어붙은 듯, 군소리를 수없이 내며 끙끙거렸다. 그러니 늙어 죽도록 읽는다 해도 아무런 보람이 없을 것이다.

길에서 사행이 말을 갈아타는데 쌍림이 수레에서 뛰어내렸다. 그리고는 점포 안으로 들어가 몸을 숨겼다가 사행이 떠난 뒤에 천천히 나와 수레에 올랐다.

전날 내원이 그를 나무랐을 때, 겉으로는 버티었지만 마음속으로는 적잖이 위축되었던 모양이다.

18일, 개다.

새벽에 대릉하점(大凌河店)을 떠나 사동비(四同碑), 쌍양점(雙陽店), 소릉하(小凌河), 소릉하교(橋), 송산보(松山堡) 모두 50리를 가 점심을 먹었다.

송산보에서 행산보(杏山堡), 십리하점(十里河店), 고교보(高橋堡)까지 36리, 이날 도합 80리를 가 고교보에서 묵었다.

사동비 근처에는 길가에 큰 비석 넷이 있는데 그 연유로 지명이 사동비가 되었다. 네 비석 모두 명나라 말기에 요동을 지켰던 장군들의 임명에 관한 칙문(勅文)을 새긴 것이다.

전에는 사행이 이곳을 지날 때에 비장이 반드시 '모월 모일 모시에 이곳을 지난다'고 써 놓았다고 한다. 기르는 말이 떼를 지어 한 곳에 천여 마리씩 몰려 있는데 모두 백마였다.

배로 소릉하를 건넜다. 수레에 몇천 바리의 쌀을 싣고 가는데 먼지가 하늘을 덮었다. 해주(海州)에서 금주(錦州)로 싣고 가는 것이다.

바람이 심해 내가 먼저 말을 달려 사관으로 가 한숨 자고 나니 정사가 도착하여 말했다.

"낙타 수백 마리가 쇠붙이를 싣고 가더군."

나는 공교롭게도 두 번이나 낙타를 보지 못했다.

강가에 몇백 호의 민가가 있었는데 지난해 몽고의 침략으로 아내를 잃게 되어 몇 리 밖으로 옮겨 갔다고 한다. 허물어진 담이 둘러 있으나 네 벽만 쓸쓸하게 서 있었다. 강 아래 위에는 흰 장막을 치고 파수를 보고 있었다.

이 강은 몽고의 지경에서 50리밖에 안 되는 곳으로, 며칠 전 몽고 기병 수백 명이 왔었으나 수비가 있음을 알아보고 도망쳐버렸다 한다.

송산에서부터 행산·고교보를 거쳐 탑산(塔山)까지 백여 리에 동네와 점포가 있기는 했으나 가난하고 쓸쓸해 붙박이로 살고 싶지 않아 함을 느낄 수 있다.

고교보는 지난해 사행이 은을 잃은 곳이다. 지방관은 그로 인해 파직당했고 근처 점포에 애매하게 죽은 사람이 있었으므로 밤새도록 갑군(甲軍)이 야경을 도와 우리나라 사람을 방비했다. 그것이 도적 방비와 다름없이 엄한 것이다. 사처방 청기는 말한다.

"이곳 사람들은 조선 사람을 원수같이 여겨 가는 곳마다 문을 닫고는 맞이하지 않소. '고려야, 고려는 신세 진 사관 주인을 죽였다. 단 천 냥이 어찌 너덧 사람의 목숨과 같은가? 우리들 가운데도 불량한 사람이 많지만 당신네 일행이라고 어찌 좀도둑이 없단 말인가?' 하고는 그 교묘한 은닉 방법이 몽고와 다르지 않사옵니다."

내가 이 사실을 역관에게 묻자 그가 이렇게 말했다.

"지난 병신년(1776), 고부사(告訃使: 조선 영조의 국상을 알리는 사신)

가 돌아오는 길에 이곳에 이르러 공비은(公費銀: 공금으로 쓸 은) 1천
냥을 잃은 일이 있었습니다. 사신들이 의논하기를 '이는 나라의 돈
이어서 쓴 곳이 없을 때는 액수에 맞추어 되바치는 게 국법이오.
그런데 억울하게 잃었으니 장차 귀국해 뭐라고 말할 것인가? 잃었
다 한들 누가 믿을 것이며 물어낸다면 누가 물어내겠소?'라는 것에
생각이 모아졌습니다. 그래서 지방관에게 그 딱한 사정을 알렸소.
지방관은 다시 중후소(中後所) 참장(參將)에게, 중후소에서는 금주위
(錦州衛)에게, 금주위는 산해관 수비에게 알리게 되어 며칠만에 예
부(禮部)에 알려져 이내 황제의 분부가 내렸습니다. 하여 이 지방에
서 관은(官銀)으로 잃은 만큼 물고 지방관은 도적을 막는 일에 소홀
했다 해서 파직당했습니다. 사관의 주인과 그곳과 가까운 이웃 사
람이 용의자로 닦달을 당했는데 너덧 사람이 죽고 말았습니다. 사
행이 심양에 이르기 전에 황제의 분부가 내렸으니 얼마나 신속합
니까. 그런 일이 있고부터 고교보 사람들이 우리나라 사람을 원수
같이 여기는 것은 괴이한 일이라고만 할 수 없는 것입니다."

대개 의주 말몰이꾼들은 거의 불량한 자들이며 오로지 연경에
드나드는 걸 생업으로 삼는다. 때문에 연경 다니는 것을 제집 뜰
앞을 다니는 것쯤으로 여기고 있다. 그리고 의주부에서 주는 것은
한 사람 앞에 백지 60권에 지나지 않으므로 백여 명의 말몰이꾼들
은 길가며 훔치는 게 없으면 드나들 수가 없는 것이다.

압록강을 건넌 뒤로 그들은 얼굴도 씻지 않고 벙거지도 쓰지 않
아 머리칼이 더부룩하다. 먼지와 땀에 찌들고 비바람에 그을려 귀

신도 아니고 인간도 아닌 몰골인 것이다. 이런 무리 중에 열다섯 살 난 아이가 있는데 벌써 이 길을 세 번이나 드나들었다. 처음 구변성에 닿았을 때는 제법 말쑥했다. 그러나 그 길 반도 못 가서 두 눈만 빠꼼하니 희게 보일 뿐이고 홑고의가 다 낡아 엉덩이가 드러났다. 이 아이가 이러니 다른 사람들이라고 다를 수가 있는가.

그들은 전혀 부끄러운 줄을 모르며 도적질도 예사로 안다. 그러니 밤에 사관에 들면 어떤 방법으로든 훔치고 만다. 그러므로 주인도 그들을 막으려고 별 수단을 다 쓴다.

지난해 동지 사행 때 의주 상인 하나가 은화를 은밀히 가지고 오다가 말몰이꾼에게 맞아 죽었다. 그런데 빈 말 두 마리는 고삐를 놓아 강을 건너보냈기 때문에, 말이 각기 집으로 찾아들었다. 그것이 증거가 되어 법에 걸리게 되었다고 한다.

흉험함이 이러하고 보니 그 은을 훔친 것이 어찌 그놈들 소행이 아니라고 할 수 있겠는가!

그러나 이것은 오히려 사소한 일이다. 만일 병자호란 같은 일이 다시 일어난다면 용천(龍川)·철산(鐵山)의 서쪽은 우리나라 땅이 아닐 것이다. 변방을 지키는 자 역시 알아두지 않으면 안 될 것이다.

이날 밤, 바람이 몹시 심하여 밤새도록 하늘을 뒤흔들어댔다.

19일, 개다.

새벽에 고교보를 떠났다.

고교보에서 탑산, 주사하(朱獅河), 조라산점(罩羅山店), 이대자(二臺子), 연산역(連山驛)까지 32리를 가 점심을 먹었다.

연산역에서 오리하자(五里河子), 노화상대(老和尙臺), 쌍수포(雙樹鋪), 건시령(乾柴嶺), 다붕암(茶棚菴), 영원위(寧遠衛)까지 모두 30리. 이날은 도합 62리를 가서 영원성 밖에서 묵게 되었다.

어저께 부사·서장관과 새벽 일찍 탑산에서 해돋이를 보자고 약속했으나 늦었기 때문에 탑산에 올랐을 때는 해가 세 발이나 올라 있었다.

동남으로 바다와 하늘이 맞닿은 곳에 무수한 상선(商船)이 사나운 간밤 바람에 쫓겨 들어와 있다가 일시에 돛을 달고 떠나는 것이 마치 오리 떼 같았다.

영녕사(永寧寺)는 숭정 연간에 조대수(祖大壽: 청에 항복한 명의 장수)가 창건한 절이라 한다. 절이나 관묘는 요동에서 처음 보았으므로 그 웅장·화려함을 대략 기록한 바 있다. 그 뒤 크고 작은 것들을 수없이 보아 이제는 구경에 지쳐 들어가보지도 않았다.

길가에 여남은 길이나 되는 산봉우리가 있었다. 이름은 구혈대(嘔血臺)라 한다. 전하기를 '청 태종이 이 봉우리에 올라 영원성 안을 굽어보다가 명의 순무(巡撫) 원숭환(袁崇煥)에게 패해 피를 토하고 죽었으므로 생긴 이름'이라 한다.

영원성 안 한길 가에 조가(祖家)의 패루(牌樓)가 마주 서 있다. 사이가 수백 보나 되는 두 패루가 모두 삼문(三門)으로 되었고 기둥마다 그 앞에 몇 길이나 되는 돌사자를 앉혔다. 하나는 조대락(祖大

樂), 다른 하나는 조대수 두 형제의 패루이다. 높이가 모두 예닐곱 길이나 되었다. 둘 다 옥같이 흰 돌로 층층이 쌓아올렸다. 추녀·도리·들보·서까래 등 나무는 한 도막도 쓰지 않았다.

조대락의 아버지 조승훈(祖承訓)은 우리나라 임진왜란 때 요동 부총병(副摠兵)으로 기병 3천을 거느리고 맨 먼저 구원하러 왔던 사람이다.

조대수가 성안에 머물던 곳을 문방(文坊), 성 밖에 있던 곳을 무당(武堂)이라 했으나 지금은 딴 사람이 들어 있다. 그리고 서쪽 몇 길이나 되는 담 안에 작은 일각문이 있고 그 문과 담을 장식한 솜씨가 패루의 정교한 솜씨에 뒤지지 않았다. 담 안에는 두어 칸짜리 정사(精舍)가 남아 있는데 이 지방 사람들은 그것을 가리켜 대수가 한가할 때 글 읽던 곳이라고 말한다.

이날 밤, 모진 바람과 천둥과 비가 일어 새벽까지 멎지 않았다.

20일, 아침에 개었다가 저녁에 비가 내렸다.

새벽에 영원성을 떠나 청돈대(靑墩臺), 오리교(五里橋), 조장역(曹庄驛), 칠리파(七里坡), 사하소(沙河所)에 이르렀다. 모두 30리 길이다. 사하소는 곧 중우소(中右所)인데 이곳에서 점심을 먹었다.

오후에 찌는 듯한 더위가 비를 빚어내기 시작하더니 건구대(乾溝臺)에 이르자 큰비로 바뀌었다. 그 비를 무릅쓰고 연대하(烟臺河), 반랍점(半拉店), 망하점(望河店), 곡척하(曲尺河), 삼리교(三里橋), 동관역(東關驛)까지 모두 30리를 왔다. 이날은 도합 60리를 지나왔다.

청돈대는 해돋이를 구경하는 곳이다. 부사와 서장관이 내게 사람을 보냈다. 닭이 울 때에 먼저 떠나 해돋이를 구경하자는 것인데 나는 푸근히 자야겠어서 늦게 떠났다.

해돋이 구경에도 운수가 따른다.

내 전에 동해에 가 노닐 때 총석정(叢石亭)의 해돋이와 옹천(甕遷) · 석문(石門)의 해돋이를 한 번도 시원히 보지 못했다. 어떤 때는 늦게 도착해 이미 해가 바다를 떠난 뒤였고 또 어떤 때는 자지 않고 일찍 나갔음에도 구름과 안개에 가려 볼 수가 없었다.

동녘에 구름 한 점 없으면 좋은 구경을 할 수 있을 것 같지만 실상 그것도 무미한 것이다. 다만 빨간 쟁반 한 덩이가 바다에서 솟아나올 뿐 아무런 정취가 없는 것이다.

해가 돋기 전에는 반드시 많은 구름이 그 언저리에 몰려들어, 마치 길을 인도하듯, 뒤를 따르는 듯, 의장(儀仗)을 갖추는 듯, 천승(千乘) 만기(萬騎)가 임금을 모시고 옹위하여 깃발이 펄럭이고 용이 꿈틀거리는 듯한 느낌을 주어야만 비로소 장관인 것이다. 하지만 구름이 너무 많으면 도리어 가물가물하고 또는 가려져서 볼 것이 없게 된다. 대개 새벽 순음(純陰) 기운이 햇빛을 받아 그로 말미암아 바위 틈에 구름이 서리고 시내에 안개가 피어오르며 서로 비치어 해가 돋을락 말락할 때 그 기상이 원망스런 듯, 수심스러운 듯 해미가 끼어서 빛을 잃게 되는 것이다.

내 일찍이 총석정 해돋이를 구경하다 읊은 시가 있다.

나그네길 한밤에 서로들 외치는데
먼 마을 닭 한 마리 외로이 우네.
닭이 우는 그곳이 어드메뇨
내 맘속 그 소리는 파리 소리마냥 가늘도다.
가깝게 짖던 개, 그마저 고요한데
고요에 잠긴 몸 마음속이 떨리네.
이때 또 한 소리 귓가에 울릴 때
더 한층 귀기울이니 또 홰치는 소리.
예서 총석정 가까워 십 리인데
넓디 넓은 바닷가에 해돋이를 보오리라.
하늘인지 물인지 혼돈하여 분간 없네.
언덕에 물결치니 벼락이 이는 듯
흑풍이 이는 곳에 온 바다 뒤집는 듯
뫼뿌리째 뽑을 듯 돌인들 온전하리.
고래 싸움 등 터지니 그거야 예사지
별안간 바다 끓어 큰 붕새 날아든다.
단지 이 밤이 밝잖을까 근심이다
이제 더 혼돈한들 뉘라서 분간할꼬.
이곳에 신령 있어 삼엄한 경계지니
땅 깊어 문이 닫고 해 지는 곳 얼음 얼어
저 하늘 한 덩이가 뒤집혀 도는 듯이

서북이 기울고 지구가 휘둘리어

해 속의 세 발 까마귀 빨리도 나네.

뉘라서 그 발 하나 놋줄에 묶어

해약(海若: 바다 귀신)의 옷과 띠에 검은빛 듣는 듯이

수비(水妃: 바다 여신) 쪽진 머리 차갑기 한량없네.

큰 고기 퍼덕이며 용마처럼 달려올 때

붉은 갈기 푸른 등 어찌 그리 터벅한고.

하늘이 만물 낼 제 뉘라서 참간헌고

고함치며 미친 듯 등불을 켜리라.

창 같은 혜성 꼬리 불살 드리운 듯

나무 위 부엉새 그 울음 얄미워라.

순간에 바다 위 작은 멍울 생긴 듯

용 발톱 잘못 닿아 독이 나 아픈 듯

그 빛 점점 커져 만 리를 뻗치누나.

물결 위 붉은 무늬 꿩 가슴 모습이라

아득한 이 천지 이제야 지경나네.

붉은빛 선 하나 나뉘어 두 층 되니

어둠 세상 깨어나 대국이 물든 듯이

온갖 빛 짙은 채 비단 무늬 이뤘네.

산호수 찍어내니 검은 숯 구우련가.

부상(扶桑: 해 뜨는 곳)에 빛 오르자 찌는 듯 뜨거워라.

염제(炎帝: 더위 귀신)는 풀무 불어 입이 으레 삐뚤겠고

축융(祝融: 불의 신)이 부채질로 오른팔 피로하리.

긴 새우 수염 불사르기가 가장 쉽고

달팽이 집 굳다 해도 저절로 익어지네.

조각 구름 얇은 안개 동쪽으로 모여들고

찬란한 온갖 상서 제각기 나타나네.

옥황 뵙기 전에 갖옷 던져두고

도끼 그린 병풍 치고 잠자코 비켜 앉아

조각달이 가늘건만 계명성과 빛을 새워

등·설(藤薛: 전국 시대 작은 나라)의 나라라도 장단을 다투도다.

붉은 기운 점차 엷어 오색 찬란쿠나.

머나 먼 곳 물결 머리 그 먼저 맑아지자

바다 위 온갖 괴물 어디론가 도망치고

희화(羲和: 태양을 몰고 가는 귀신)만이 홀로 수레를 타는구나.

둥글둥글 저 얼굴이 6만하고도 4천 년에

오늘 아침 변하더니 네모[四楞]도 나는구나.

만 길이나 깊은 속에 뉘라서 떠올린고.

하늘에도 섬돌 있어 오르게 되올 것을

등림(鄧林:桃林)의 익은 과일 한 낱이 붉어 있고

해 아드님 붉은 공 꺼지고 반만 올라

과보(夸父: 해와 경주하는 선인)도 뒤에 와서 쉬지 않고 헐떡이고

여섯 용이 앞다투어 자랑하기 끝이 없네.

하늘 가가 어두워져 얼굴빛을 찌푸린다.

햇바퀴 힘껏 밀어 기운이 배가 나니
바퀴처럼 못 둥굴어 길기가 항아리다.
솟았다 잠겼다 소리 팡팡 들리는 듯
만물이 분명키를 어제와 같으련만
뉘라서 두 손으로 한 번 들어 떠올릴꼬.

해돋는 광경은 천변만화하여 사람마다 보는 바가 같지 않다. 뿐만 아니라 반드시 바다에서 구경할 것만도 아니다.

내가 요동벌에서 매일 해돋이를 구경했는데 하늘이 개어 구름이 없는 날은 해가 그다지 크게 보이지 않는다. 열흘을 두고 보아도 날마다 다르다. 부사와 서장관은 오늘도 역시 구름이 가려져 있어 해돋이 구경을 하지 못했다고 했다.

오후에 더위가 심하더니 소낙비가 억수로 쏟아졌다. 우장옷이 찌는 듯하고 속이 그득했다. 더위를 먹은 듯싶었다.

자리에 들 때 마늘을 갈아 소주에 타 마셨더니 그제야 속이 편해져서 온전히 잘 수 있었다.

밤새도록 비가 왔다.

21일, 비가 오다 개다 했다.

강물에 막혀 동관역(東關驛)에 머물게 됐다.

듣자하니 옆 사관에는 등주(登州)에서 온 '이 선생(李先生)'이라고 있는데 그는 점을 잘 친다고 했다.

그가 사람을 시켜 우리나라 사람을 보고자 한다기에 식후에 내가 찾아갔다.

그는 태을수(太乙數)를 보아 점을 친다고 했다.

내가 그에게 말했다.

"이게 자미두수(紫微斗數)가 아니오?"

그가 대답했다.

"이른바 자미(紫微)란 소수(小數)에 불과하오나 이 태을(太乙)은 곧 태을의 일성(一星)이 옥황이 살고 있는 궁전인 자미궁에 있어서 천일생수(天一生水: 하늘이 열릴 때 첫째로 물을 낳는다는 것)에 속하므로 '태을'이라 하오."

나는 원래 관상·사주 같은 걸 좋아하지 않으므로 사주를 내어주지 않았다. 그자 역시 술수를 과장하여 많은 복채를 낚으려다 내가 몹시 냉담한 것을 눈치채고 아무 말도 없었다.

방 맞은편에 한 노인이 안경을 끼고 앉아 글을 베끼고 있었다. 나는 그 앞으로 다가가 베끼고 있는 것을 보았다. 모두 근세의 시화(詩話)였다.

"손님이 멀리에서 오셨으니 길에서 시구를 많이 수집하셨을 것입니다. 그러니 한 두어 편 아름다운 글을 남겨주시지요."

노인이 붓을 멈추고 내게 말했다. 베낀 글씨는 옹졸했으나 시화에는 더러 묘한 내용이 있었다. 노인은 인상이 밝고 우아했으며 곁에 놓인 물건들도 정쇄하여 방으로 들어가 앉아 서로 통성명을 했다. 등주 사람으로 성은 축(祝)이었다.

그가 우리나라 여자들이 비녀를 꽂는 법과 의복제도를 물었다.

"모두 중국 상고시대의 것을 본받은 것입니다."

"좋아요. 좋소이다."

"그러면 귀향(貴鄕)의 여자 복식은 어떠하오이까?"

내 물음에 축이 대답했다.

"대략 같습니다. 여자가 시집갈 때면 쪽만 찌고 비녀는 꽂지 않습니다. 빈부를 가릴 것 없이 평민 부녀자는 관을 쓰지 않고 부녀로서 봉호를 받아야만 관을 씁니다만 남편의 직품(職品)에 따라 제각기 다릅니다. 잠이나 머리꽂이도 역시 모자처럼 층하가 있고 쌍봉차(雙鳳釵)가 제일 고귀하답니다. 그중에서도 비봉(飛鳳)·입봉(立鳳)·좌봉(坐鳳)·즙봉 등의 구분이 있고 비취잠(翡翠簪)에도 품직의 차이가 있습니다. 처녀들은 긴 바지에 저고리를 입다가 시집가면 큰 소매가 달린 긴 치마를 입고 띠를 두르지요."

"등주가 여기서 얼마나 됩니까? 또 무슨 일로 이곳에 와 계시는지요?"

"등주는 옛날 제(齊)나라의 경계였기 때문에 바다를 등진 나라라 일컬었습니다. 육로로는 북경까지 1천 5백 리지만 우리는 배를 타고 면화(綿花)를 사러 금주(金州)로 가다 이곳에 지체하고 있습니다."

축 노인 이야기를 멈추더니 다시 글 베끼기에 바빴다. 그의 옆에 있는 다섯 권이나 되는 책에 고인들의 생년·월·일·시가 적혀 있었다. 하우씨(夏禹氏)·항우·장양·영포(英布)·관성(關聖: 관우) 등의 사주가 모두 적혀 있다.

나는 종이를 몇 장 얻어 대강 적었다. 그때 점쟁이 이(李)가 나갔다가 들어오더니 내가 백 명쯤 베낀 종이를 빼앗아 찢으며 성난 소리로 외쳤다.

"천기를 누설하면 안 돼!"

나는 껄껄 웃으며 사관으로 돌아왔다. '천기누설'이란 비루하기 그지없는 말이다.

오후, 비가 잠깐 멎어 심심풀이로 한 상점에 들렀다. 뜰안에 반죽(斑竹)으로 난간을 두르고 도미(장미과 식물)로 시렁 아래 한 길이나 되는 태호석(太湖石: 양주 태호에서 나는 돌)이 서 있다.

돌빛은 파랗고 그 뒤에 한 길 넘는 파초가 심겨 있어 비 온 뒤라 더욱 싱싱해 보였다.

난간 가에 한 사람이 앉아 있었는데 그의 책상 위 붓·벼루 등이 품위 있는 것이었다. 내가 그리로 가 글로 성명을 물었다. 그러자 그는 손을 흔들고 일어나 밖으로 나갔다. 얼마 뒤 그는 한 청년을 데리고 들어오며 웃었다. 청년이 내게 읍하고 앉더니 종이를 꺼내 만주 글자를 썼다. 내가 모른다고 하자 둘이 웃었다. 글을 모르는 주인이 나가서 청년을 데리고 온 듯했다. 하지만 청년은 만주글만 알 뿐 한자는 모르는 모양이었다. 나는 그와 몇 마디 주고받았으나 서로가 귀머거리 아닌 귀머거리요 장님 아닌 장님, 벙어리 아닌 벙어리였다.

청년 옆에 있던 주인이 말했다.

"먼 데서 동무가 찾아오니 그 어찌 반갑지 않겠소?"

청년도, 배운 것을 복습하면 어찌 즐겁지 않겠소? 라고 했다. 내가

"그대들이 〈논어〉를 잘 외면서 어찌 글자는 모르는가?"

했다. 그러자 주인이 말했다.

"남이 나를 몰라주더라도 노여움을 품지 않는다면 어찌 군자가 아니겠소?"

내가 시험 삼아 그들이 외운 것을 써 보였다. 그러나 그들은 눈을 키우며 들여다볼 뿐 무슨 뜻인지 전혀 모르는 모양이었다.

다시 소나기가 쏟아져 사관을 지척에 두고 비에 갇히고 말았다. 무료하기 그지없었다. 청년이 비를 무릅쓰고 나갔다가 조금 지나 돌아왔다. 그는 능금 한 바구니, 지진 달걀 한 접시, 수란(水卵) 한 자배기를 가져왔다. 수란 자배기는 세숫대야로 쓰기에 알맞을 만큼 컸다. 둘레는 스무 치쯤 되고 두께는 한 치, 높이는 서너 치 되는데 푸른 유리를 올렸다. 그리고 입에는 큰 고리를 물렸다.

값을 물으니 1초(鈔)라고 했다.

1초는 163푼으로, 은으로 치면 서 돈에 지나지 않았다. 상삼(象三)이 말했다.

"이게 북경에선 두 돈밖에 않는데 몹시 육중해 나르기가 어렵습니다. 만일 우리나라에 가져가면 희귀한 보배 대접을 받을 줄 뻔히 알면서도 어쩔 수가 없습니다."

저녁 때 비가 말끔히 걷히기에 또 한 점포에 들렀다. 등주에서 온 장사치 셋이서 솜을 틀고 고치를 켜기 위해 금주를 다닌다고 했다.

금주의 우가장(牛家庄)은 동주에서 뱃길로 2백여 리 맞은편이어서 순풍에 돛을 달아 쉽사리 왕래할 수 있다고 한다. 그들 셋은 다 약간씩 글을 알지만 사납게 생긴 데다 전혀 예의를 모르거니와 버릇없이 농담을 걸기에 곧 돌아오고 말았다.

22일, 개다.

동관역에서 떠나 이대자(二臺子), 육도하교(六渡河橋), 중후소(中後所)까지 18리를 가 점심을 먹었다.

중후소에서 일대자(一臺子), 삼대자, 사하점(沙河店), 섭가분(葉家墳), 구어하둔(口魚河屯), 어하교(魚河橋), 석교하(石橋河), 전둔위(前屯衛)까지 48리를 가 묵었다. 이날 도합 66리를 왔다.

배로 중후소하를 건넜다. 옛날에 있던 성이 중년에 허물어져 지금 수축하는 중이다.

점포와 여염이 심양에 버금가는 곳이다. 관제묘의 장려함도 요동보다 낫고 매우 영험 있는 것으로 알려졌다. 우리 일행이 모두 예폐(禮幣)를 바치고 머리를 조아리며 제비를 뽑아 길흉을 점쳐보았다.

창대는 참외 한 개 놓고 계속 절을 해대더니만 그 참외를 소상

앞에서 제가 먹어버렸다. 무엇을 빌었는지는 모르겠으나 옛말에 '가진 것이 적으면서 바라는 것은 너무 사치스럽다'고 했는데 곧 이를 두고 한 말이 아닌가 싶었다. 문 안 조장(照墻)에 그린 파란 사자가 그럴 듯하다. 아마 감로사(甘露寺)의 것을 본뜬 듯했다.

당나라 유명 화가 오도자(吳道子)가 그리고 소동파가 찬(贊)을 지었는데 '위엄은 이빨에 보이고(威見齒), 기쁨은 꼬리에 나타나네(喜見尾)'라 했다. 참으로 잘된 형용이 아닐 수 없다.

우리나라에서 쓰는 털모자는 다 이곳 제품이다. 모자 공장이 모두 셋인데 한 곳이 3, 40칸 정도며 공인은 백 명도 넘는다. 의주 상인들이 몰려와 모자를 예약하고 돌아갈 때 싣고 돌아간다고 한다. 양털만 있으면 나도 만들 수 있을 만큼 쉽다. 그러나 우리나라에서 양을 치지 않기 때문에 세월이 흘러도 그 고기맛을 모르고 전국의 남녀 수백만이 이곳 털모자로 겨울을 나는 것이다.

해마다 동지(冬至)·황력(黃曆: 역서를 받기 위한 사행)·재자(齋咨: 역관을 보내는 약식 사행) 때 드는 은이 대충 따져도 10만 냥이 되는데, 10년이면 무려 1백만 냥이다. 은을 캐내는 것은 한도가 있는데 한번 나가면 돌아오지 못하는 은을 중국에다 갖다버리는 꼴이니 참으로 깊지 못한 생각이다. 모자 만드는 공인들은 손놀림이 아주 민첩하다. 우리나라에서 가져오는 은화는 그 절반이 이곳에서 사라지게 되니 공장 주인은 의주 장사치들이 오면 크게 주식(酒食)을 베풀어 대접한다고 말한다.

길에서 도사 세 사람을 만났다. 그들은 짝을 지어 시장 골목을

다니며 구걸한다. 그들 손에는 도교 책이 몇 권씩 들려 있고 머리
는 말아서 어깨에 걸친 모습이다. 검은 공단으로 지은 소매 넓은
장삼을 입고 발은 맨발이다. 그리고 붉은 호리병을 든 채 주문을
외면서 간다. 저자 사람들 기색은 그 도사들을 못마땅해 하는 듯했
다.

석교하에 이르니 강물이 불어 강가와 언덕을 분간할 수 없었다.
물은 그다지 깊지 않은 듯했으나 물살은 여간 세지 않았다. 모두들
지금 건너지 않으면 물이 차츰차츰 더 불 것이라고 했다.

나는 정사 가마를 함께 타고 건너 언덕에 닿게 되었다. 말을 타
고 건너는 이는 모두 파랗게 질린 얼굴로 하늘을 쳐다보고 있었다.

서장관의 비장 조시학은 하마터면 물에 빠져 죽을 뻔했다. 의주
상인 중에 돈주머니를 빠뜨리고 물을 굽어보며 통곡하는 사람도
있었다.

전둔위 시장에서 연극이 열렸다가 곧 파하려 했다. 촌 여자 수백
명이 와 있는데 대개 늙은이들이다. 그런데도 차림새가 야단스러
웠다. 연극하는 사람들의 차림새는 의관이 우리나라와 별 차이가
없었다.

마침 지현(知縣: 현의 장관)이 지나가는데 '正堂(정당)'이라고 쓴 큰
부채 한 쌍, 붉은 일산 한 쌍, 검은 일산 한 쌍, 붉은 우산 한 개 그
리고 기(旗) 두 쌍, 대곤장 한 쌍, 가죽 채찍 한 쌍을 가졌다.

가마를 탄 지현의 뒤를 활로 무장한 기병 대여섯 명이 따르고 있
었다.

23일, 이슬비 내리다 곧 개다.

아침에 전둔위를 떠나 왕가대(王家臺), 왕제구(王濟溝), 고령역(高嶺驛), 송령구(松嶺溝), 소송령(小松嶺), 중전소(中前所) 등 29리를 거쳐가 점심을 먹었다.

중전소에서 대석교(大石橋), 양수호(兩水湖), 노군점(老君店), 왕가점(王家店), 망부석(望夫石), 이리점(二里店), 산해관 등지를 거쳤다. 그리고 관에 들어 다시 10리를 가 심하(深河)에서 배를 탔다. 거기서 홍화포(紅花鋪)까지 47리였다. 이날 도합 86리를 지나 홍화포에서 묵었다.

길가 분묘(墳廟)에는 으레 담을 둘러놓았다. 그 둘레가 수백 보나 되었고 소나무 · 버드나무가 나란히 심어져 있다. 묘 앞에는 모두 화표주(華表柱)가 서 있고 석물로 보아 전조(前朝) 귀인들의 무덤임을 알 수 있다. 문은 셋이거나 아니면 패루로 했다. 비록 전에 본 조가(祖家)의 패루만은 못하지만 웅장하고 사치스러운 것이 많다. 문 앞에는 돌로 무지개다리를 놓았고 난간을 둘렀다.

여자 셋이서 준마를 타고 말 위에서 재주를 부리고 있었다. 셋 중 열세 살이라는 소녀가 제일 빠르고 잘 탔다. 다들 초립(草笠)을 쓰고 말 위에서 부리는 재주들 즉 좌우(左右) · 칠보(七步) · 도괘(倒掛) · 시괘(尸掛) 등 날래기가 나부끼는 눈송이요 춤추는 나비였다. 중국 여자들은 살길이 막막하거나 하면 비럭질을 하기도 하고 이런 재주를 부려보이기도 한단다.

또 들 위에 전쟁터의 진영을 벌여놓기도 한다. 진(陣) 네 귀퉁이에 기 하나씩을 꽂아 놓았다. 비록 검(劍) · 극(戟) · 과(戈) · 모(矛) 따위는 없었으나 사람마다 앞에 쳇바퀴처럼 큰 화살통을 놓고 수백 개도 넘는 화살을 꽂아 놓고 있었다.

진의 모양은 똑바르고, 기병은 모두 말에서 내려 진 밖에 흩어져 있었다.

내가 말에서 내려 한 바퀴 휘둘러보았으나 둘씩 늘어서 있을 뿐 본부에 해당되는 깃발이나 천막도 없으려니와 북소리도 나지 않았다.

어떤 사람은 성경장군이 내일 순시한다고도 했다. 또 다른 사람은 성경 병부시랑이 교체되어 점심때쯤 이곳에 당도할 예정이기 때문에 맞이할 준비를 하는 것이라고도 했다.

들판 연못에 붉은 연꽃이 한창이다. 말을 멎게 하여 한참 구경했다.

왕가점에 이르니 산 위에 장성이 아득하게 눈에 들어왔다. 부사 · 서장관과 변 주부 · 정 진사와 수종군 이학령 등과 함께 강녀묘(姜女廟)에 갔다가 다시 관 밖의 장대(將臺)를 거쳐 산해관에 들어섰다. 그리고 저녁답에 홍화포(紅花鋪)에 닿았다.

밤에 감기 기운이 있어 잠을 설치게 됐다.

강녀묘기姜女廟記

강녀의 성은 허씨(許氏), 이름은 맹강(孟姜), 섬서(陝西) 동관(同官)

194

사람이다. 범칠랑(范七郎)에게 시집갔는데 진(秦)나라 장군 몽념(蒙恬)이 장성을 쌓을 때 범칠랑이 그 일에 역사하다가 육라산(六螺山) 밑에서 죽었다. 그때 맹강의 꿈에 나타나 그녀는 옷을 지어 혼자 천 리 길을 가 남편의 생사를 알아보다가 이곳에서 장성을 바라보고 울다 지쳐 그만 돌로 변했다고 한다. 어떤 사람은 이렇게 말했다.

"맹강은 남편이 죽었단 얘기를 듣고 홀로 가 그 뼈를 거두어 업고 바다에 들어갔는데 며칠 뒤 바다 속에서 돌 하나가 솟았다. 그 돌은 조수가 밀려들어도 잠기는 법이 없었다."

뜰 가운데 비석이 셋 있는데 그 기록들이 모두 다를 뿐만 아니라 허황된 말이 많았다.

묘에는 소상을 세우고 그 좌우에 동남·동녀를 늘어세웠다. 황제가 이곳에 행궁(行宮)을 두었다. 지난해 심양에 거둥할 때 행궁마다 모두 중수했으므로 단청이 아직도 휘황찬란하다.

묘에는 송나라 충신 문문산(文文山)이 쓴 주련이 있다. 그리고 망부석에도 황제가 지은 시가 새겨져 있다. 돌 옆에 진의정(振衣亭)이 있다.

당나라 시인 왕건(王建)의 '망부석시(望夫石詩)'는 이 돌을 읊은 것이 아니건만 〈지지地志〉에는 '망부석이 둘인데 하나는 무창(武昌)에 있고 다른 하나는 태평(太平)에 있다'고 되어 있다. 왕건이 읊은 것이 어느 망부석인지 분명치 않다. 더구나 진나라 대에는 아직 섬(陜)이란 땅 이름이 없었을 뿐만 아니라 강(姜)도 제녀(齊女)를 일컬은 것이니, 허씨를 섬서 동관 사람이라 하는 것은 참으로 얼토당토 않은 말이다.

행궁 섬돌에서 강녀묘에 이르기까지 돌난간을 둘렀다. '방류요해(芳流遼海)'라는 현판은 지금의 황제 글씨이다.

장대기將臺記

만리장성을 보지 않으면 중국이 크다는 것을 모를 것이요 산해관을 보지 못한다면 중국의 제도를 모를 것이다. 또 관 밖의 장대를 보지 않고는 장수의 위엄을 느끼기 어려울 것이다.

산해관 1리쯤 못 미쳐 동향으로 모난 성이 하나 있다.

높이가 여남은 길, 둘레는 수백 보나 된다. 한 편이 모두 칠첩(七堞)으로 되어 있는데 첩 밑에 큰 구멍을 뚫어 수십 명을 감출 수 있게 했다. 그런 구멍이 모두 24개이고 성 아래다 구멍 4개를 뚫어 병장기를 간직하게끔 했다. 그리고 그 밑으로 굴을 파 장성과 통하게 했다.

역관들은 다들 한나라가 쌓은 것이라고 했지만 틀린 말이다. 어떤 이들은 이를 '오왕대(吳王臺)'라고도 한다. 오삼계(吳三桂)가 산해관을 지킬 때 이 굴 속으로 행군하여 대에 올라 갑자기 포성을 내니 관 안에 있던 수만의 병사가 일제히 고함을 질러 천지를 진동케 했다. 관 밖의 여러 돈대에 주둔했던 군대도 이에 호응해 삽시간에 호령이 천 리에 퍼졌다.

일행인 여러 사람들과 함께 첩 위에 올라서서 사방을 둘러보니 장성은 북으로 뻗었고, 창해(滄海)는 남에 흐르고, 동으로는 큰 벌판에 임했으며, 서로는 관 안을 엿보게끔 되었다. 그러니 이 대만큼 조망이 좋은 곳은 다시 없을 것이다. 관 안의 수만 호 거리와 누대(樓臺)가 마치 손금을 보듯 뚜렷하며 전혀 가려진 곳이 없다.

하늘을 찌를 듯 바다에 솟은 봉우리는 창려현(昌黎縣) 문필봉이다. 한참 서서 바라보다 내려오려는데 아무도 내려가려는 사람이 없다. 벽돌로 쌓은 층계가 쭈뼛쭈뼛해 내려다보는 것만으로도 다리가 떨렸다. 하인들이 부축하려 했으나 몸을 돌릴 자리가 없어 오히려 낭패할 지경이다.

나는 서쪽 층계로 간신히 먼저 내려와 대 위에 있는 사람들을 쳐다보았다. 모두들 부들부들 떨며 어쩔 줄 모른다. 오를 때에는 앞만 보고 층계를 하나하나 밟고 올랐기 때문에 위험함을 몰랐는데 내려올 때는 까마득한 밑을 내려다보게 되어 저절로 어지럼증이 생겼다. 죄가 있다면 눈에 있는 것이다. 벼슬살이도 이와 마찬가지여서 자꾸만 위로 올라갈 때는 한 계급 반 계급이라도 남에게 뒤질까봐, 또는 남을 밀어젖히고 앞을 다투다가 드디어 높은 곳에 이르게 되면 그제서야 두려운 마음이 생겨 외롭고 위태로워지는 것이다. 그러니 앞으로는 한 발자국도 나아갈 길이 없고 뒤에는 천 길 절벽이라 올라갈 의욕이 끊기고 만다. 그렇다고 내려오는 것도 어려운 법이다. 예나 이제나 그런 이들이 숱할 것이다.

산해관기 山海關記

산해관은 옛날의 유관(楡關)이다. 〈지리통석地理通釋〉에는 이렇게 되어 있다.

"우(虞)나라의 하양(下陽), 조(趙)나라의 상당(上黨), 위(魏)나라의 안읍(安邑), 연(燕)나라의 유관, 오(吳)나라의 서릉(西陵), 촉(蜀)나라의 한락(漢樂) 모두 지세로 보아 반드시 웅거해야 하고 성으로 보아도 꼭 지켜야만 한다."

명나라 때(1384), 대장군 서달(徐達)이 유관을 이곳에 옮겨 다섯 겹으로 성을 쌓고 이름을 '산해관'이라 했다. 태행산(太行山)이 북으로 뻗쳐 의무려산(醫巫閭山)이 되었는데 순(舜)이 열두 산을 봉(封)할 때 의무려산을 유주(幽州)의 진산으로 삼았다. 그 산이 중국 동북을 가로막아 외국과의 경계가 되었으며 관에 이르러서는 크게 잘려 평지가 돼 앞으로는 요동벌을 바라보고 오른편으로는 창해를 낀 듯하니 '오른편으로 갈석(碣石)을 끼었다'는 우공(禹貢: 지리책)의 내용은 이를 일컫는 것이다. 그리고 장성이 의무려산을 따라 굼틀굼틀 내려와 각산사(角山寺)에 이르러, 봉우리마다 돈대가 있고 평지에 들어와 관을 둔 것이다.

장성을 따라 다시 15리를 가서 남으로 바다에 들어 터를 닦아 성을 쌓고는 그 위에 처마가 세 겹인 큰 다락을 세워 '망해정(望海亭)'이라 하니 이는 모두 서중산(徐中山: 명초의 공신)이 쌓고 지은 것이다.

이 관의 첫째 관은 옹성이라 다락이 없고 옹성 남·북·동을 뚫어 문을 냈다. 쇠로 만든 문 위의 홍예 이마에는 '위진화이(威振華夷)'라 새겼다.

둘째 관에는 4층 적루(敵樓)로 되었는데 홍예 이마에 '산해관'이라 새겼다.

셋째 관은 세 겹 처마의 높은 다락에 '천하제일관'이라는 현판을 붙여 놓았다.

삼사(三使) 모두 문무로 반을 나눠 심양에서처럼 했다. 세관과 수비들이 관 안의 익랑(翼廊)에 앉아 사람과 말을 점검했다. 중국 상인과 길손은 성명과 주소, 물건의 이름과 수량을 등록해 거짓이 없도록 엄격하게 했다.

네거리에 성을 둘렀는데 사방에 둥근 문을 내고 그 위에 높은 다락을 세웠다. '상애부상(祥靄榑桑)'이란 현판은 옹정(雍正) 황제의 글씨다.

원수부(元帥府) 문밖에 돌사자 둘을 앉혔는데 높이는 두 길이다. 여염과 저자의 번영이 성경보다 낫다. 수레와 말이 많고 청춘 남녀들의 꾸밈이 화려했다. 이제까지 보아온 중에 가장 좋았다. 천하의 웅관(雄關)인 데다 서쪽으로 북경이 멀지 않은 때문이다.

천여 리를 지나온 사이 보(堡)·둔(屯)·소(所)·역(驛)이니 하여 거의 매일같이 성 몇 곳씩은 보아왔지만, 이제 장성을 보니 그 시설이나 솜씨가 모두 이 관의 것을 본뜬 것이라 느껴졌다.

아, 슬프도다. 몽념이 장성을 쌓아 되놈을 막으려 했거늘, 진(秦)을 망칠 호(胡)는 오히려 집안에서 자라났으며(진시황이 호를 경계해 만리장성을 쌓았으나 정작 진을 망하게 한 것은 호[되놈들]가 아니라 아들 호해(胡亥)의 胡였다는 말) 서중산이 관을 쌓아 되를 막고자 했으나 오삼계가 관문을 열고 적을 맞아들였으니, 지금같이 천하가 무사할 때는 이곳을 지나는 상인이나 나그네들의 비웃음만 사게 되었구나. 난들 이에 대해 뭐라 할 말이 있겠는가.

관내정사關內程史

7월 24일에 시작해 8월 4일에 그쳤다. 모두 11일 동안
이다. 산해관 안에서부터 연경에 이르기까지는 총 640
리다.

7월 24일, 개다. 처서(處暑)다.

홍화포에서 범가장(范家庄)까지 20리를 가 점심을 먹었다.

범가장에서 양하제(楊河堤), 대리영(大理營), 왕가령(王家嶺), 봉황
점(鳳凰店), 망해점(望海店), 심하역(深河驛), 고포대(高鋪臺), 왕가포(王
家鋪), 마붕포(馬棚鋪)를 거쳐 유관(楡關)에 이르기까지 48리이다. 이
날 도합 68리를 갔다. 유관에서 묵었다.

관내 풍기는 관동(關東)과 퍽 달라 산천이 밝고 아름다워 어디나
그림 같다.

홍화포에서는 5리에 하나, 10리에 하나씩 돈대가 있다. 그 모양

과 크기는 바르게 네모지며 다섯 길 높이에 집 세 칸을 짓고 옆에 세 길쯤 되는 깃대가 세워져 있다. 돈대 밑에도 다섯 칸짜리 집을 지었다. 담 위에다 활집·살통·표창·화포(火砲) 등을 그려 붙였다.

집 앞에다는 도(刀)·챙(鎗: 창을 뜻함)·검(劍)·극(戟)을 죽 꽂아놓았다. 그리고 봉화 드는 것, 망보는 것에 관한 여러 조목을 써 벽에 붙여두었다.

25일, 개다.

유관에서 떠나 영가장(營家庄)·상백석포(上白石鋪)·하백석포·오가장(吳家庄)·무령현(撫寧縣)·양장하(羊腸河)·오리포(午哩鋪)·노가장(蘆家庄)·시리포(時哩鋪)·노봉구(蘆峯口)·다붕암(茶棚菴)·음마하(飮馬河)를 거쳐 배음보(背陰堡)까지 모두 46리를 가 점심을 먹었다.

배음보에서 쌍망점(雙望店)·요참(要站)·달자영(撻子營)·부락령(部落嶺)·노룡새(盧龍塞)·여조(驪槽)·누택원(漏澤園)을 거쳐 영평부(永平府)까지 43리인데 이날 도합 89리를 가 영평부에서 잤다.

무령현을 지나자 산천이 매우 명랑한 기운을 띠고 성안 거리는 집집마다 휘황찬란하다.

길 오른편 한 문 앞에서 부사와 서장관 하인들이 가마를 멎고 있었다. 진사 서학년(徐鶴年)의 집인데 부사와 서장관이 구경하러 들어갔다기에 나도 말에서 내려 들어갔다. 서학년은 10년 전에 죽었고 두 아들이 산다고 했다.

후당(後堂)이 매우 조용하고 깨끗하여 세간의 잡된 소리가 들리지 않는 듯했다. 진열된 것들은 보기 어려운 진기한 물건들이었다.

사·부사의 비장들이 함부로 만져보고 들추었다. 나는 하도 민망해 바삐 문을 나섰다. 그 아래윗집 모두 금 글씨로 된 현판을 달았다. 나는 장복만 데리고 이집저집을 들러보았으나 한결같이 주인이 없었다. 또 한 집에 들어가보았다. 담 밑에 자죽(紫竹) 수십 대가 서 있고 축대 아래 벽오동 한 그루가, 서쪽에는 두어 이랑됨직한 못이 있었다. 못가에는 흰 돌로 만든 난간이 둘러 있고 못물에서는 새끼 거위 세 마리가 노닐고 있다.

당 가운데는 주렴이 길게 드리워졌고 그 안에서 여럿이 얘기하며 웃는 소리가 들려왔다.

나는 못가를 거닐며 당 안을 향해 연거푸 헛기침을 보냈다. 동자 하나가 당 뒤를 돌아나오며 읍을 하고 큰 소리로 무엇 때문에 왔느냐고 물었다.

"네 집 어른은 어디 계신데 멀리서 오신 손님을 맞이하지 않느냐?"

장복의 말에 동자가 대답했다.

"아버지는 아까 일가 어른과 함께 고려에서 온 양반들과 사관을 찾아 태의관(太醫官)을 만나러 가셨습니다."

"의원을 찾는 것으로 보아 필시 집안에 우환이 있는 게로구나.

내가 곧 태의관이며 이곳에 있으니 진찰을 할 수도 있고 또 진짜 청심환도 있으니 어서 네 아버지를 모셔오너라."

내 말에 동자는 듣는 체도 않고 옷자락을 벌려 거위를 몰아 우리 속에 가두어 놓더니 가버렸다. 주련 안에서 두런거리는 소리가 났다.

주부 조명회와 함께 말을 타고 갈 때 내가 무령의 풍속이 좋지 못한 듯하다고 하자 그가 말했다.

"무령 사람들은 조선인들을 귀찮은 손님으로 여깁니다. 진사 서학년은 원래 손님을 좋아해 처음으로 윤백하(尹白下)를 만나 흉금을 터놓고 푸짐하게 대접했습니다. 자기가 간직하고 있던 서화까지 꺼내 보이면서요. 그 뒤부터 '무령현 서학년 진사'가 우리나라에 회자하여 해마다 사행이 찾아간 것이 이제는 관례가 돼버렸습니다. 또 그가 지닌 것이 우리나라 재상들도 갖추지 못할 진기한 것들이라 하인 수십 명을 거느린 우리 사행은 으레 찾아가 구경했습니다만 서학년이 죽고 나자 그 아들들이 조선 사람을 아주 귀찮게 여겼고, 우리 사행이 올 무렵이면 좋은 물건은 갈무리고 너절한 것들만 벌여 놓는 것입니다. 그러니까 자연 그 이웃들도 서학년의 집처럼 될까 저어하여 꺼리는 것입니다."

우리는 한바탕 크게 웃고 말았다.

유주(幽州)와 기주(冀州)의 산세는 맑은 기운이 서렸다. 태황산이 서쪽에서 달려와 연경(燕京)을 껴안은 듯하다. 의무려산이 동으로 달려 후진(後鎭)을 거치고 각산(角山)에 이르러 뭉툭 잘리며 산해관이 되었다.

관에 들어서면 억세고 거친 산의 기세를 벗어나 남으로 툭 트인 쪽은 맑고 밝고 부드럽다. 창려(昌黎)에 이르자 모든 바닷가 마을의 풍경이 한층 아름다웠다.

창려현 서쪽 20리쯤에 한문공(韓文公: 당나라 대문장 한유)과 그의 조카 한상(韓湘)의 사당이 있다. 그곳에 한문공의 소상이 있음은 물론이다. 내 평생 꿈에도 한문공을 그리워했으므로 여러 사람에게 함께 가보자고 했으나 모두 응하지 않았다. 20리나 둘러가는 길이 었기 때문이다. 그렇다고 혼자 가기도 어려우니 한스런 일이 아닐 수 없다.

영평부(永平府)에 이르니 성 밖으로 굽이쳐 흐르는 강물이 성을 둘러싸고 있어 그 지형이 평양과 흡사했다. 시원하게 확 트인 것은 평양보다 더 나았다. 다만 대동강처럼 맑은 물이 아닐 따름이다. 세인들이 전하기로는, 김학사(金學士) 황원(黃元: 고려 문인)이 부벽루 (浮碧樓)에 올라 '長城一面溶溶水(장성일면용용수: 긴 성 저 한편에는 용용히 흐르는 강물이요), 大野東頭點點山(대야동두점점산: 넓은 벌 동쪽 머리엔 점점이 찍힌 뫼이로다)' 이라고 두 구를 읊고는 아무리 머리를 짜도 시상이 말라 계속 잇지를 못한 채 통곡하며 누에서 내려오고 말았다고 했다. 그것을 사람들이 논평하기를 '아름다운 평양 경치가 이 두 줄에 다 표현되었기 때문에 그 뒤로 천 년이나 흘렀지만 다시 한 구도 덧붙인 이가 없는 것이다'라고 했다. 그러나 나는 그 시구가 좋은 것이 아니라고 늘 생각해왔다. 왜냐하면 '溶溶(용용)'이 큰

강의 형세를 표현하기에는 부족하고 '東頭(동두)' '點點(점점)'의 산이
란 그 거리가 40리에 불과한데 어찌 '大野(대야)'라 이를 수 있는가,
하는 생각 때문이었다.

　나는 그 시구를 연광정(練光亭)의 주련(柱聯)으로 붙였다. 만일 중
국의 사신이 이 정자에 올라 읽는다면 반드시 '대야(大野)'에 웃을
것이다. 그런데 이곳 영평성루야말로 '넓은 벌 동쪽 머리엔 점점이
찍힌 뫼이로다'라고 할 만하다.

　어두워진 뒤에 정 진사와 조용히 거닐다가 우연히 한 집에 들르
게 됐다. 등불을 밝히고 '고려진공도(高麗進貢圖)'를 새기고 있었다.
여태까지 지나온 길 벽들에 종종 이 그림이 붙어 있는 것을 보았
다. 모두 다 그림이 너절하고 찍어내는 것도 아무렇게나 하여 괴상
하고 가소로웠다. 그들 그림에 홍포(紅袍)를 입은 것은 서장관, 흑
립(黑笠)을 쓴 것은 역관, 중 같은 얼굴에 담뱃대를 문 것은 전배(前
排)의 비장, 곱슬 수염에 고리눈은 군뢰(軍牢)였다. 지금 새기는 것
도 추악했으며 모든 얼굴이 원숭이 같았다. 당(堂) 가운데에는 세
사람이 있었으나 더불어 얘기할 수 있는 자들이 아니었다.

　이때 소주(蘇州) 사람 호응권(胡應權)이란 자가 화첩을 가지고 왔
는데 겉장이 어지러운 초서로 되어 있었다. 먹똥으로 지저분한 데
다 해져서 한 푼짜리도 안 되는 것이었다. 그는 더없이 소중한 보
배를 다루듯 했다. 정군이 두 손으로 움켜쥐고 바람이 나도록 재빨
리 넘기자 호라는 자는 당황한 기색이었다.

　정군이 다 보고는 획 집어던지면서 말했다.

"겸재(謙齋: 조선 숙종 때의 화원)와 현재(玄齋: 겸재의 제자)라, 모두 되놈들 호(號)로구먼."

했다. 내가 웃자 호에게 정군이 물었다.

"당신 이걸 어디서 구했소?"

"초저녁 때 귀국 김공(金公: 김씨 성을 가진 장사꾼)이 우리 점포에 와 팔고 갔소. 그분은 믿음직한 사람이고 나와는 정이 들어 친형제나 다름없소. 좋은 은 석 냥 닷 푼을 줬으니 장정을 고친다면 일곱 냥 값은 될 겁니다. 그런데 그린 이의 서명과 낙관이 없으니 선생께서 다 고증해주시옵소서."

그는 품속에서 주사 한 홀을 꺼내어 패물로 주며 그린이의 간략한 소개를 간곡히 부탁했다. 주인도 술을 내왔다.

대개 우리나라 서화 중에는 연(年號: 연호)도 없고 이름 적는 것도 꺼려 그냥 '江湖散人(강호산인)' 따위로 쓸 뿐이니 어느 때 누가 그린 것인지 알 길이 없다. 호(胡)가 샀다는 화첩 그림에 두 자짜리 호만이 적혀 있으니 정군이 '겸재·현재'가 되놈인 줄로 안 것도 이상할 게 없는 일이다.

정군은 중국말이 서툴러 이빨이 시원찮아 즐겨 먹게 된 달걀볶음만 '초란(炒卵)'이라는 중국말로 얘기한다.

정군을 '초란공(炒卵公)'이라 부르게 된 연유가 여기에 있다.

26일, 개다. 우레와 비바람이 오후에 잠깐 심했으나 곧 그쳤다.

양평부에서 청룡하(靑龍河), 남허장(南墟庄), 압자하(鴨子河), 범가점(范家店), 난하를 거쳐 이제묘(夷齊廟)까지 16리를 가 점심을 먹었다.

이제묘에서 망부대(望夫臺), 안하점(安河店), 적홍포(赤紅鋪), 야계타, 사하보(沙河堡), 조장(棗庄)을 거쳐 사하역(沙河驛)까지 45리다. 이날 61리를 가 사하역 성 밖에서 잤다.

이른 아침, 영평부를 떠날 때 바람이 신선했다. 성 밖 강가에 장이 섰다. 온갖 물건들이 거리를 메웠고 수레와 말들이 즐비했다.

장판에서 능금 두 개를 샀다. 옆에 대바구니를 멘 자가 있었는데 그것을 열자 수정합 다섯에 뱀이 들어 있고 머리를 내밀고 있는 놈은 마치 소두방 꼭지(솥뚜껑 손잡이) 같았다. 두 눈이 반들거렸다. 검은 놈과 흰 놈이 한 마리씩, 파란 눈이 두 마리, 빨간 놈이 하나였다. 모두 합 밖에서 훤히 들여다보여 생사를 물어보았으나 대답이 시원찮았다. 그것들을 악창(惡瘡)에 쓰면 기이한 효험을 볼 수 있다고 한다. 그 밖에도 다람쥐를 놀리는 자, 곰 놀리는 자 등 여러 놀이가 있지만 모두 비렁뱅이들이 하는 짓이다.

개만한 곰은 칼춤·창춤을 추며 사람처럼 서서 다니고 절도 하고, 꿇어앉기도, 머리를 조아리기도 하는 등 사람이 시키는 대로 다했지만 꼬락서니가 몹시 흉악하고 원숭이보다 재빠르지도 않았다.

208

토끼와 다람쥐놀이는 아주 재롱스럽고 사람들 뜻을 제대로 알아차린다. 그러나 길이 바빠 오래 구경하지는 못했다.

두 도사(道士)가 한 동자를 데리고 구걸을 하기도 하고 세 여자가 길차림으로 말을 달린다.

배로 청룡하·난하를 건넜다.

이제묘에서 먼저 떠나 야계타에 다 갔을 때 찌는 듯한 날씨였다. 노(盧)·정·주(周)·변(卞) 등 여럿이서 앞서거니 뒤서거니하며 얘기를 나누는데 갑자기 손등에 찬물이 부어지는 듯해 마음과 등골이 오싹해졌다. 사방을 둘러봐도 물을 끼얹은 이가 없다. 다시 주먹만한 물방울이 창대의 모자전을 쳐 탕 소리가 났고 노군의 갓에도 떨어졌다. 모두 하늘을 쳐다보니 맷돌 돌리는 소리와 함께 삽시간에 번개가 치고 해는 구름에 덮였다.

일제히 채찍을 날려 길을 재촉하는데 등 뒤에서 수많은 수레가 앞다투어 달리고 산은 미친 듯, 들은 뒤집힌 듯, 나무들은 성내어 부르짖듯 했다. 바람·천둥·번개에 지척을 분간할 수가 없고 말들은 한데에 머리를 모았고 하인들은 말갈기 밑에 숨었다.

조금 뒤에 비바람이 좀 수굿해져 서로를 바라보니 얼굴이 모두 흙빛이었다.

"조금만 더했으면 모두 숨막혀 죽었을 거요."

여럿이 입을 모았다.

점(店)에 들어가 잠시 쉬려는데 하늘이 맑게 개고 바람과 햇볕이 새뜻했다. 서로 술잔을 나눈 뒤 곧 떠났다.

길에서 부사를 만나게 돼 물었다.

"어디서 비를 피하셨소?"

"가마 문짝이 바람에 떨어져 빗발이 가로로 들이쳤기 때문에 한데 서 있는 것과 다름이 없었소. 빗방울이 주발만 하니 대국은 빗방울조차 무섭소그려."

내가 계함에게 말했다.

"나는 오늘부터 역사책은 믿지 않겠소."

"뭔 말씀이오?"

"항우(項羽)가 아무리 노해 소리를 친다고 해도 어찌 우레 소리를 당할 수 있겠소! 그럼에도 〈사기〉에 양무(楊武)의 인마가 모두 놀라 수리(數里)를 물러섰다 했으니 이는 거짓말이 아니고 뭡니까? 항우가 비록 눈을 부릅떴기로서니 번갯불만은 못했을 터인데 여마동(呂馬童: 한나라 장수)이 말에서 떨어졌다는 것은 더구나 못 믿을 일이지요."

내 말에 여럿이 함께 웃었다.

이제묘기 夷齊廟記

난하 기슭의 조그만 언덕을 '수양산(首陽山)'이라 한다. 그리고 산 북쪽의 작은 성을 '고죽성(孤竹城)'이라 부른다.

성문에는 '현인구리(賢人舊里)'라 써 붙였으며 오른쪽 비석에는 '효자충신(孝子忠臣)', 왼쪽 비석에는 '지금칭성(至今稱聖)'이라 새겨졌다.

묘문 앞 비석에는 '천지강상(天地綱常)', 문 남쪽 비석에는 '고금사표(古今師表)'가 새겨졌다. 그리고 문 위에 '상고일민(上古逸民)'이라 쓴 현판이 걸려 있다.

문 안의 세 비석, 뜰 가운데의 두 비석, 섬돌 좌우의 네 비석은 모두 명나라와 청나라 황제에 의해 만들어진 것이다.

뜰에 노송 수십 그루가 서 있고 섬돌 가장자리에 흰 돌로 된 난간이 둘러져 있다.

가운데의 큰 전각은 '고현인전(古賢人殿)'인데 그 안에 곤룡포·면류관 그리고 홀을 들고 서 있는 것이 곧 백이(伯夷)·숙제(叔齊)의 상이다.

전각 문에는 '백세지사(百世之師)', 안에는 '만세표준(萬世標準)' 또 '윤상사범(倫常師範)' 등이 써 있다. 모두 강희제와 옹정제의 글씨다.

전각에서 간직하고 있는 보배와도 같은 그릇들은 만력(萬曆) 때의 것들이 많다. 주련에는 '인(仁)을 찾아 인(仁)을 행했으니(求仁而得仁)* 만고의 맑은 바람 고죽국(孤竹國)이요, 폭력으로 폭력을 바꿨다 하니(以暴易暴兮)** 천추의 외로운 절개 수양산(首陽山)이로다'라는 글귀가 쓰여 있다.

뜰에는 문 둘이 있는데 문을 나서면 당(堂)이 나오고 그 앞에 '겸손하게 읍하라'고 써 있다.

---

* 〈논어〉 '술이편 14'에서 따온 것이다.
** 〈사기〉 '백이열전'에 나온 글이다.

명나라 헌종순황제(憲宗純皇帝) 때 백이에게는 소의청혜공(昭義淸惠公), 숙제에게는 숭양인혜공(崇讓仁惠公)이라는 시호를 내렸다.

중국에는 수양산이라 일컫는 곳이 다섯 군데이다. 하동(河東)의 화산 북쪽 황하가 남쪽으로 흐르다가 동쪽으로 굽이치는 그 언저리에 있는 산을 '수양'이라 하고 또 농서에도 있다고 하며, 낙양 동북쪽, 언사(偃師) 서북쪽, 요양에도 수양산이 있다고 모든 전기에 나타나 있다. 그러나 〈맹자〉에는 백이가 주왕(紂王: 은나라 말의 폭군)을 피하여 북해(北海) 가에 살았다고 돼 있다.

실은 우리나라 해주(海州)에도 수양산이 있어 백이·숙제를 제사 지내고 있지만 그것은 세상에 널리 알려진 것은 아니다.

그러나 나는 이렇게 생각한다. 기자(箕子)가 동으로 조선에 온 것은 오로지 주(周)의 판도 안에 살기 싫어함인데 백이도 차마 주나라 곡식을 먹을 수 없어 기자를 따라왔으며 기자는 평양에 도읍하고 백이·숙제는 해주에서 살지나 않았을까 하는 생각이다.

문·담장 등에 당나라와 송나라 역대의 치제문(致祭文)이 많이 새겨진 것으로 보아 이 묘가 영평에 있은 지가 오래되었음을 알 수 있다.

행궁(行宮)이 있어 그 시설 등이 강녀묘나 북진묘 행궁과 같을 것이나 지키는 사람이 허락지 않아 그 내부는 구경하지 못했다.

27일, 개다. 아침에 잠깐 서늘했지만 낮에는 무더웠다.

사하역에서 홍묘(紅廟), 마포영(馬鋪營), 칠가령(七家嶺), 신점포(新店鋪), 건초하(乾草河), 왕가점(王家店), 장가장(張家庄), 연화지(蓮花池)를 거쳐 진자점(榛子店)까지 50리를 가 점심을 먹었다.

진자점에서는 연돈산(烟墩山), 백초와(白草窪), 철성감(鐵城坎), 우란산포(牛欄山鋪), 판교(板橋), 풍윤현(豊潤縣)까지 50리다. 이날 도합 1백 리를 가 풍윤성 밖에서 묵었다.

어제 이제묘에서 점심에 고사리를 넣은 닭찜이 여간 맛좋지 않았다. 길에서 변변한 음식을 먹지 못했던 터라 아주 달게 먹었는데 오후에 소낙비를 맞아 겉은 춥고 속이 막혔다. 가슴 그득히 체해 트림을 하면 고사리 냄새가 목을 찌르는 듯했다. 생강차도 전혀 도움이 되지 않았다.

철도 아닌 고사리를 어디서 구했느냐고 묻자 옆 사람이 말했다.

"이제묘에서는 어느 철이건 고사리를 먹는 법이라 주방이 우리나라에서 말린 고사리를 미리 준비해와 국을 끓입니다. 10여 년 전에 건량청(乾糧廳: 말린 음식을 장만하는 부서)에서 그걸 잊어버리고 가져오지 않았습니다. 그러니 이제묘에서 고사리국을 내지 못해 건량관이 서장관에게 매를 맞고 통곡하면서 '백이·숙제야, 나하고 무슨 원수졌느냐!'고 푸념했더랍니다. 소인의 소견으로는 고사리가 고기만 못하며, 또 듣자오니 백이·숙제는 고사리를 뜯어 먹고 굶어죽었다니까, 고사리는 정말 사람 죽이는 독물인가 하옵니다."

그 말에 여럿이 허리를 잡고 웃었다. 노 참봉의 마두 태휘(太輝)란 자는 조장(棗庄)을 지날 때 비바람에 꺾인 대추나무 가지에서 풋대추를 따 먹고 배앓이와 설사로 고생이 극심하던 참에 '고사리 독이 사람 죽인다'는 말을 듣더니만 '백이 숙채가 사람 죽인다' 소리쳐 또 한바탕 웃음바다를 만들었다. 숙제를 삶은 나물 '숙채(熟菜)'로 말했기 때문이다.

새벽길에 상여를 만났다. 널 위에 앉은 수탉이 홰를 치며 울었다. 연이어 상여를 만났는데 모두 널 위에 닭을 놓았다. 닭이 영혼을 인도한다고 믿는 때문이라고 한다.

돼지 수십 마리를 몰고 가는 것을 보았는데 모는 방법이 마소 다루는 것과 같았다. 길가 백여 리 사이에 아름드리 버드나무가 수없이 넘어져 있었다. 어제 비바람에 쓰러진 것이었다.

진자점에 닿았다. 이곳은 원래 기생이 많기로 유명한 곳이다. 일찍이 강희제가 전국적으로 창기(娼妓)를 엄금하여 양자강·판교 같은 곳의 창루(娼樓)·기관(妓館)들이 쑥대밭이 되었건만 다만 이곳은 남아 있어 그를 '양시엔더[養閒的: 양한적]'라 이름한다. 얼굴이 그럴싸하고 음악도 곧잘 한다.

재봉(再鳳)과 상삼(象三)이 후당(後堂)으로 들어가며 나를 향해 웃음을 띤다. 나는 그 뜻을 알아차리고 뒤를 밟아 문틈으로 들여다보았다. 상삼은 벌써 한 여인을 끼고 앉았다. 이미 아는 처지인 모양이었다. 두 청년이 의자에 마주앉아 비파를 타고 한 여인은 의자 위에서 봉(鳳)의 부리에 금고리를 물려 저를 부는데 재봉은 그 밑에서 금고리에 드리운 붉은 수술을 만지고 있었다.

나는 밖에서 큰 기침을 했다. 상삼과 재봉이 일어나 나와 나를 맞아들였다. 그들이 몇 여인을 소개했다. 나는 여러 여자 중에 제일 앳돼 보이는 여자를 가리켰다. 상삼이 말했다.

"처음 보는 여인이라 이름도 또 나이도 모릅니다."

기생들이 모두 특별한 자색은 없으나 당나라의 미인도에서 보는 여인 같았다. 상삼이 한 청년에게 뭐라고 하자 그가 내게로 와서 기생이 부르고 있는 노래의 뜻을 알아듣겠느냐고 물었다. 내가 잘 모르겠다고 하자 기생들이 부르는 노래마다 곡명과 가사에 담긴 뜻을 글로 써서 알려주었다.

내가 일어나 나올 때 재봉이 따라 나오며 말했다.

"상삼이 관주(館主)에게 은 두 냥, 대구어 한 마리, 부채 한 자루를 주었답니다."

저녁 나절, 풍윤성(豊潤城) 아래에 이르렀다. 주인집 뒷문이 해자를 향해 열리고 문 앞에는 실버들이 몇 그루 서 있었다.

"지난번에 사신으로 갔다 돌아오는 길에 이 집에 머물면서 서장관 신형중(申亨重)과 함께 버드나무 밑에서 한담을 나눈 일이 있네."

정사(正使)는 말하고 가마에서 내려 곧 뒷문 밖에다 자리를 펴게 하여 모든 비장들과 잠깐 술을 나누었다. 해자의 너비는 10여 보나 된다. 버들 그늘은 짙어 땅 위에 치렁치렁 드리우고 물가에 남실남실 잠겼다. 성 위에는 3층 높은 다락이 구름 위에 솟아 보일락 말락이다.

모든 사람들과 함께 성으로 가 다락에 올라 구경했다. 다락 이름
은 '문창루(文昌樓)'였다. 문창성군(文昌星君: 별 이름의 귀신)을 모셨기
때문에 붙은 이름이다.

**28일, 아침에 갰다가 오후에는 바람과 우레가 요란했다. 그
러나 우세(雨勢)는 이틀 전 야계타에서 만난 것만은 못했다.**

새벽에 풍윤성을 떠나 고려보(高麗堡), 사하포(沙河鋪), 조가장(趙
家庄), 장가장(蔣家庄), 환향하(還香河: 일명 魚河橋), 민가포(閔家鋪), 노
고장(盧姑庄), 이가장(李家庄)을 거쳐 사류하(沙流河)까지 40리, 그곳
에서 점심을 먹었다.

사류하에서 양수교(亮水橋), 양가장(良家庄), 입리포(卄里鋪), 시오
리둔(十五里屯), 동팔리포(東八里鋪), 용읍암(龍泣菴), 옥전현(玉田縣)까
지는 40리, 이날 도합 80리를 가 옥전성 밖에서 잤다.

옥전의 옛 이름은 유주(幽州)이다.

고려보에 이르니 집들이 모두 띠 이엉을 이고 있어 아주 검소해
보였다. 그로써 고려보임을 알겠다. 병자호란 이듬해 잡혀온 사
람들이 스스로 한 마을을 이루고 살아온 것이다. 관동 천여 리에
무논이라고는 전혀 없었는데 오직 이곳에서만 물벼를 심어왔다.
떡·엿 같은 먹을거리는 본국(本國)의 풍속을 많이 지녔다. 그리고
옛날에는 사신이 오면 하인들이 사 먹는 음식값을 받지 않는 일도
있었고 여인들은 굳이 내외하려 들지 않았다. 그리고 서로 나누던

말 중에 고국에 관한 것이 나오면 눈물짓는 이들도 많았다. 때문에 하인들은 그것을 기화로 먹을거리를 토색질하는 일이 많을 뿐만 아니라 따로 기명이며 옷가지 따위를 요구하는 일도 있다. 그리고 주인이 본국의 옛정을 생각해 마음 써 지키지 않는 틈을 타서 도둑질도 했다. 그러니 우리나라 사람을 꺼려 사행이 지날 때면 음식을 감추고 팔지 않으려고 했으며, 아주 사정을 잘해야만 할 수 없이 파는데 비싼 값을 요구하는가 하면 선불로 받기도 했다. 그럴수록 하인들은 교묘하게 속여 분풀이를 했다. 때문에 결국은 서로 상극이 돼 마치 원수 대하듯 했다. 지나가는 하인들은 '네놈들은 조선 사람 자손이 아니야. 너희 할아버지가 지나가시는데 어찌 나와서 절을 하지 않느냐!' 하고 욕지거리를 했다. 이곳 사람들도 역시 욕지거리로 대거리를 했다. 그래서 우리나라 사람들은 외려 이곳 풍속·인심이 극도로 나쁘다고 하니 참으로 한심한 일이 아닐 수 없다.

길에서 소나기를 맞게 되었다. 비를 피해 한 점포에 들어가니 차를 내오는 등 대접이 좋았다. 비는 멎지 않고 천둥소리가 높아졌다. 그 점포는 앞마루가 썩 넓을 뿐만 아니라 뜰도 백여 보나 돼 보였다. 마루에서는 늙은 여인과 젊은 여인 대여섯이 부채에 붉은 물감을 들여 처마 밑에 걸어 말리는 일을 하고 있었다. 그때 별안간 말몰이꾼 하나가 다 떨어진 벙거지에 허리 아래만 헝겊 한 쪼가리로 걸친 흉측한 알몸으로 뛰어들었다. 그 꼴을 본 여인네들이 일감을 버리고 도망쳤고 교의에 앉았던 주인은 얼굴빛이 싹 변해 말몰이꾼의 뺨을 세게 올려붙였다. 얻어맞은 말몰이꾼이 항변했다.

"말이 허기져 보리찌꺼기를 사러 온 사람을 왜 치시오?"

"이 녀석, 예의도 모르는 녀석! 어찌 알몸으로 버릇없이 구는 거냐?"

주인의 호통에 그는 문밖으로 뛰어나갔다. 분이 풀리지 않은 주인은 비를 무릅쓰고 뒤쫓아 나갔다. 말몰이꾼이 홱 돌아서며 주인의 가슴을 들이받았고 주인은 흙탕에 나가떨어졌다. 말몰이꾼은 넘어진 주인의 가슴팍을 한번 걷어차고 달아났다. 온몸이 흙투성이인 주인이 사나운 눈으로 나를 보았다. 나는 넌지시 눈을 내리뜨고 마음을 가다듬으며 늠름히 범하지 못할 기세를 보인 뒤 부드러운 얼굴로 말했다.

"하인이 너무 무례해 일을 저질렀다고 봅니다만 마음에 두지 마십시오."

노여움이 풀린 듯 주인이 말했다.

"도리어 부끄럽습니다. 선생, 다시 그 말은 마십시다."

비는 점점 거세어졌고 오래 앉았으니 답답했다. 옷을 갈아입은 주인이 8, 9세쯤 되는 계집애를 데리고 나와 내게 절을 시켰다.

"제 셋째 딸입니다. 전 사내애를 두지 못했지요. 보자하니 선생께서는 너그러우신 어른이니 제가 성심껏 이 아이를 바칩니다. 그러니 수양아버지가 되어주시면 고맙겠습니다."

내가 웃으며 답했다.

"진정으로 주인의 후의에 감사합니다만, 그럴 수 없는 일이 나는 외국 사람으로 이번에 다녀가면 다시 오기 어렵고 잠깐 동안 맺은 인연이 나중에 서로가 서로를 생각하게 되는 괴로움만 남길 것이니 이것이야말로 부질없는 일이오."

주인은 그래도 굳이 수양아비가 되어 달라 하나 나 또한 극구 사양했다. 만일 한번 수양딸을 삼으면 돌아갈 때 으레 연경의 좋은 물건을 사다 주어 정표를 삼아야 하니, 이는 실로 마두들 사이에 항용 있는 일이라 한다. 괴롭고도 우스운 일이 아닐 수 없다.

잠시 비가 멎고 산들바람이 불기에 일어나자 주인은 문까지 나와 읍하며 제법 섭섭한 기색이다. 청심환 한 개를 주니 두세 번 사양하다 받았다. 이곳 여인들이 검은 신을 신은 것으로 보아 만주 사람들인 것 같았다.

용읍암(龍泣菴)에 이르니 큰 나무 밑에 여남은 명의 건달패가 더위를 피하고 있다. 도끼를 놀리는 자, 비파를 타고 피리 부는 자도 있었다.

저녁에 옥전현(玉田縣)에 이르니 무종산(無終山)이 있다. 전국시대 연나라의 소왕(昭王) 사당이 있는 곳으로 알려져 있다.

성안으로 들어가 한 점포에 들러 구경할 때 어디서 음악 소리가 들려와 정 진사와 함께 찾아가보니 여러 젊은이들이 악기를 치고 불고 했다. 방 한가운데 단정하게 앉아 있던 사람이 우리를 보자 일어나 읍했다. 제법 단아한 얼굴에 쉰 남짓해 보였다.

그는 자기 성명을 써 보였다.

'전 심유붕(沈由朋)입니다. 소주(蘇州)에 살고 있으며 나이는 마흔 여섯입니다.'

벽에 한 편의 기문(奇文)이 걸려 있었다. 백로지에다 가늘게 써서 격자(格子)를 만들어 가로 붙인 것이 한쪽 벽에 가득했다. 그 밑으로 가 읽어보니 가히 절세(絕世)의 기이한 글이었다. 누가 지었느냐고 물었으나 심유붕은 모른다고만 대답했다.

"아마도 근세(近世)의 작품인 듯싶은데 혹시 주인께서 지으신 게 아닙니까?"

정군이 말하자 심유붕은 자기는 글을 지을 줄 모른다고 대답했다.

"그럼 어디서 났소?"

내 물음에 며칠 전 계주(薊州) 장에서 사온 것이라고 했다.

"베껴 가도 좋습니까?"

"무방합니다."

나는 종이를 가지고 다시 오겠다고 한 뒤 저녁 뒤에 정군과 함께 다시 찾아갔다.

방안에는 벌써 초 두 자루를 밝혀 두었다.

내가 벽 가까이로 다가가 격자를 풀어 내리려 했더니 심유붕은 심부름하는 사람을 시켜 내려주었다.

내가 다시 물었다.

"이게 선생이 지으신 게 아닙니까?"

심유붕은 머리를 절레절레 흔들며 말했다.

"저는 거짓이 없기가 마치 저 밝은 촛불과 같습니다. 전 오래전부터 부처님을 섬기고 있기 때문에 부질없는 말은 삼가고 있습니다."

나는 정군에게 한가운데서 끝까지 베껴 달라고 부탁했다. 그리고 나는 처음부터 한가운데까지 베껴 내려갔다.

심유붕이 물었다.

"선생은 이걸 베껴 무얼 하시려는 것입니까?"

내가 말했다.

"돌아가서 우리나라 사람들에게 한번 읽게 하여 허리를 잡고 한바탕 웃게 하려는 겁니다. 아마 이걸 읽는다면 입 안에 든 밥알이 벌 떼처럼 날아갈 것이며, 아무리 튼튼한 갓끈이라 해도 썩은 새끼처럼 끊어지고 말 것입니다."

사관에 돌아와 불을 밝히고 다시 한번 훑어보았더니 정군이 베낀 곳에 그릇된 것이 수없이 많을 뿐더러 빠뜨린 글자와 구절도 있어 전혀 맥이 통하지 않았다.

때문에 나는 대략 내 뜻대로 고치고 보충하여 한 편을 만들었다.

호질虎叱

범은 착하며 성스럽고, 신비스러우며 무예롭고, 인자하며 효성스럽고, 슬기로우며 어질고, 엉큼스러우며 날래고, 세차며 사나워서 천하무적이다.

하지만 비위(沸胃)라는 짐승은 범을 잡아먹으며 죽우(竹牛)라는 짐승도 범을 잡아먹는다. 외뿔 짐승 박(駮)도 범을 잡아먹고 오색사자(五色獅子)는 큰 나무가 있는 산꼭대기에서 범을 잡아먹는다. 이가 날카로운 자백(玆白)도 범을 잡아먹고 표견(驃犬)이라는 짐승은 날아가 범과 표범을 잡아먹으며 황요(黃要)라는 개 꼬락서니의 짐승은 범과 표범의 염통을 꺼내어 먹는다. 활(猾)이라는 뼈 없는 놈은 일부러 범과 표범에게 삼키어 속부터 뜯어먹고 생긴 것이 꼭 범을 닮은 추이(酋耳)는 범을 만나는 즉시 찢어먹으며 범이 맹용(猛獵)이라는 짐승을 만나면 감히 감히 눈을 뜨지 못한다. 그런데도 사람은 맹용을 두려워 않고 범은 무서워하니, 그만큼 범의 위풍이 매우 엄하다는 것을 알 수가 있다.

범은 개를 먹으면 취하고 사람을 먹으면 조화를 부리게 된다. 범이 한번 사람을 먹으면, 먹을거리가 있는 곳으로 범을 인도하는 나쁜 귀신 창귀(倀鬼)가 굴각(屈閣)이라는 귀신이 되어 범 겨드랑이에 붙어살면서 사람의 집 부엌으로 이끌어 솥전을 핥게 한다. 그러면 집주인이 갑자기 배가 고파져 한밤중이라 해도 밥을 지으려 하며, 두 번째로 사람을 먹으면 창귀는 이올(彝兀)이라는 귀신이 되어 범 광대뼈에 붙어살며 높은 데로 올라가 사냥꾼의 행동을 살피고 깊은 골짜기에 함정이나 쇠뇌가 설치됐다면 먼저 그것부터 없애버리고, 범이 세 번째로 사람을 먹으면 창귀는 육혼(鬻渾)이라는 귀신이 되어 범의 턱에 붙어살며 그가 평소에 알던 친구들 이름을 자꾸만 불러댄다. 하루는 범이 그 여러 창귀들을 불러 모으고 분부했다.

"오늘도 벌써 해가 지는데 어디서 먹을 것을 구한단 말이냐."

굴각이 대답했다.

"제가 이미 점쳐 보았었는데 뿔 가진 것도, 날짐승도 아닌 머리가 검은 것이 눈밭에 비틀걸음으로 발자국을 내며 꼬리가 뒤통수에 붙어 살에 감출 수가 없는 그런 놈입니다."

이올도 말했다.

"저 동문(東門)에 먹을 게 있사오니 그 이름은 '의원(醫員)'입니다. 그 녀석은 입에다 온갖 풀을 다 머금었기 때문에 고기가 향기롭고, 서문(西門)에도 먹을 게 있사온데 이름은 '무당(巫堂)'입니다. 그자는 온갖 귀신들에게 아양을 부리려고 매일 목욕재계해 고기가 깨끗하온즉 둘 중 마음대로 골라 잡수십시오."

그 말에 범은 수염을 세우고 낯을 붉히며 말했다.

"에잇, '의(醫)'란 '의(疑: 의심스러움)'인 만큼 제놈도 의심 나는 것을 모든 사람들에게 시험해서 해마다 남의 목숨을 끊은 것이 몇만 명에 이르고, 또 '무(巫)'란 '무(誣: 속임수)'인 만큼 귀신을 속이고 인민을 유혹해 해마다 남의 목숨 끊은 것이 몇만을 헤아린다. 그래서 뭇사람들의 노여움이 뼛속까지 스며들어 그것이 변해 독이 되었으니 먹을 수 없다!"

이번에는 육혼이 말했다.

"어떤 고기가 숲속[유림(儒林)을 뜻함]에 있사온데 그는 인자한 염통, 의로운 쓸개, 충성된 마음, 순결한 지조를 가졌으며 악(樂)은 머

리 위에 이고 예(禮)는 신발처럼 꿰고 다닌다고 합니다. 뿐만 아니
라 그는 입으로 백가(百家)의 말을 외며 마음속으로는 만물의 이치
를 통달했습니다. 이름은 '석덕지유(碩德之儒: 덕망 높은 유학자)'라 하
옵니다. 등살이 통통하고 몸집은 기름져서 오미(五味)를 갖추었다
고 합니다."

범은 그제서야 눈썹을 치켜세우고 침을 흘리며 하늘을 향해 빙
그레 웃더니 말했다.

"짐(朕)이 좀 더 상세히 듣고 싶구나."

모든 창귀들이 앞다투어 범에게 추천했다.

"일음(一陰)·일양(一陽)을 도(道)라 하옵는데 저 유(儒)가 그것을
꿰뚫었으며 오행(五行)이 서로 낳고 육기(六氣: 음=陰·양=陽·풍=風·
우=雨·회=晦·명=明)가 서로 이끌어주옵는데, 그 유(儒)가 이를 조화
시키나니, 먹는다면 이보다 더 맛좋은 것이 없을 것입니다."

이 말에 범은 자세를 고치고 표정을 바꾸더니 기쁘지 않은 어조
로 말했다.

"아니다. 음·양이란 것은 한가운데서의 죽고 삶에 불과하거늘
그들이 둘로 나뉘었으니 그 고기가 잡될 것이요, 오행은 각기 제
바탕이 있어 애초부터 서로 낳는 것이 아니거늘 이제 그들이 구태
여 자(子)·모(母)로 나뉘어 짜고 신 맛에 이르기까지 분배(分配)시켰
으니 그 맛이 순수하지 못할 것이다. 또 육기는 제각기 행하는 것
이라 남이 이끌어줄 것을 기다릴 필요가 없거늘, 이제 그들은 망령
되이 제 공을 세우려드니 그것을 먹는다면 딱딱하여 체하거나 구

역질을 앓지 않을 수 있겠느냐."

때마침 정(鄭)나라 어느 고을에 살면서 벼슬을 좋아하지 않는 체하는 선비가 있었다. 그의 호는 '북곽선생(北郭先生)'이었다. 그는 마흔다섯 살에 손수 교정한 글이 1만 권이요, 구경(九經: 역경·서경·시경·춘추좌전·예기·주례·효경·논어·맹자)의 뜻을 부연하여 엮은 책은 1만 5천 권이나 되므로 천자(天子)가 그의 의(義)를 아름답게 여겼고 제후들은 그의 이름을 사모했다. 그리고 그 고을 동쪽에 동리자(東里子)라는 미모의 청춘과부가 살고 있었다.

천자는 그의 절조를 갸륵하게 여겼고 제후들은 그의 어짊을 연모했다. 때문에 그 고을 사방 몇 리의 땅을 봉하여 '동리과부지려(東里寡婦之閭)'라 했다. 이렇듯 동리자는 수절 잘하는 과부로 칭찬받았으나 다섯을 둔 아들들은 성(姓)이 다 달랐다.

어느 날 밤, 그 아들 다섯은 노래처럼 된 말로 "강 북쪽엔 닭 울음소리 / 강 남쪽엔 밝은 별 / 방 안에서는 소리 나니 / 북곽선생이 어인 일인고" 하면서 번갈아 문틈으로 들여다보았다. 동리자가 북곽선생에게 청했다.

"오랫동안 덕 있는 선생님을 연모해왔습니다. 오늘 밤엔 글 읽으시는 선생님 음성을 듣고자 하옵니다."

그제서야 북곽선생은 옷깃을 여미고 꿇어앉아 시 한 수를 읊었다.

"병풍에는 원앙새요 / 반딧불이 반짝이며 날고 / 가마솥과 세발솥은 / 무얼 본떠 만들었나, 흥겹도다."

이 꼴을 본 아들 다섯 놈은 얘기를 나누었다.

"〈예기禮記〉에 이르기를 '과부의 문에는 함부로 들지 않는다' 했는데 북곽선생은 어진 분이라 그런 일은 없을 거야."

"내가 듣기로는 이 고을 성문이 헐어 여우가 구멍을 냈다고 하더라."

"내가 알기로는 여우가 천 년을 묵으면 환생(幻生)되어 능히 사람 행세를 할 수 있다는데 그놈이 필시 북곽선생으로 둔갑을 한 것이야."

그들은 다시 의논했다.

"내가 들은 얘기로는 '여우의 갓을 얻는 자는 천금의 갑부가 되고, 여우의 신을 얻는 자는 대낮에도 그림자가 안 생기고, 또 여우의 살을 얻는 자는 남을 잘 꾀어서 누구라도 그를 좋아하게 된다'는 것이야."

그래서 다섯 아들이 다 함께 어미의 방을 에워싸고 들이쳤다. 크게 놀란 북곽선생이 뺑소니를 치면서 행여나 남들이 제 얼굴을 알아볼까봐 다리 한쪽을 비틀어 목덜미에 얹고 도깨비처럼 웃어대고 춤추며 밖으로 나와 들이뛰다가 벌판 똥구덩이에 푹 빠졌다. 간신히 기어나와 목을 내밀고 보니 범이 '어흥!' 길을 가로막았다. 그런데 이내 범은 이맛살을 찌푸리며 구역질을 하더니 코를 싸쥐고 고개를 외로 꼬며 "아이쿠, 그 선비 구리도다!" 했다. 북곽선생이 머리를 조아리며 엉금엉금 기어 앞으로 와서 세 번 절하고 꿇어앉더니 여쭙기를,

"범님의 덕이야말로 참 지극하십니다. 대인(大人)은 그 변화를 본받고, 제왕(帝王)은 그 걸음을 배우며, 남의 아들된 자들은 그 효성을 본받고, 장수는 그 위엄을 취하며, 거룩하신 그 이름 신룡(神龍)과 짝이 되어 한 분은 구름을 일으키시니 저 같은 척박한 땅의 천한 신하 감히 용서를 빕니다."

범은 이 말을 듣고 꾸짖었다.

"어허, 가까이 오지 말라! 전에 내 들은즉 '유(儒)'란 것은 '유(諛: 아첨)'라더니만 과연 그렇구나. 네가 온 천하의 나쁜 이름을 다 모아 망령되이 내게 덧붙이더니만 다급해지자 이제 낯간지럽게 아첨하는 걸 누가 곧이듣겠느냐? 천하의 이치야말로 하나이니 범이 진정 몹쓸 것이라면 사람 성품도 역시 몹쓸 것이요, 사람의 성품이 착하다면 범의 성품도 역시 착한 것이다. 너희 천만 가지 말이 모두 오상(五常: 父義=부의 · 母慈=모자 · 兄友=형우 · 弟恭=제공 · 子孝=자효)을 떠나지 않으며 경계나 권면이 언제나 사강(四綱: 禮=예 · 義=의 · 廉=염 · 恥=치)에 있기는 하나, 저 도회지나 고을 간에 코 베이고 발 잘리우고 얼굴에 먹물을 뜨고 다니는 것들은 모두 오륜(五倫)을 순종치 않은 사람이란 말이냐. 그럼에도 불구하고 밧줄 · 먹 바늘 · 도끼 · 톱 따위를 날마다 공급하기에 겨를이 없으나 그 나쁜 짓들은 막을 길이 없다. 범의 집에는 이런 악독한 형벌이 없으니 이로써 범의 성품이 사람보다 어질다는 걸 알 수 있다. 그리고 범은 나무와 푸새(산과 들에서 저절로 나는 풀)를 씹지 않으며 벌레나 물고기를 먹지 않는다. 또 강술 같은 좋지 않은 것을 즐기지도 않고 새끼를 기르는 것 같은 것도 차마 먹지 않는다. 산에 들어가면 노루·사슴을 사냥하고 들에서는 마소를 사냥하지만 송사를 일으킨 일이 없으니 범의 도(道)야말로 어찌 광명정대하지 않느냐?

　범이 노루나 사슴을 먹으면, 너희들은 범을 미워하지 않다가도 범이 마소를 먹는다면 사람들은 원수라고 떠든다. 노루와 사슴은 사람들에게 은혜로움이 없지만 마소는 너희들에게 공이 있어 그런 것이 아니냐? 그러나 너희들은 마소가 태워주고 일해주는 공로도, 또 따르고 충성하는 생각도 다 저버리고 날마다 푸줏간이 미어지도록 그들을 죽일 뿐만 아니라 심지어 뿔과 갈기까지 남기지 않으면서 그러고도 우리들의 노루와 사슴을 토색질하여 우리로 하여금 산에서, 들에서 먹을 것이 없게 하니 하늘로 하여금 이를 공평하게 처리케 한다면 너희를 먹어야 하겠는가 놓아주어야 하겠는가? 대체로 제 것이 아닌 것을 취하는 게 도(盜)이고 남을 못살게 굴고 그 생명을 빼앗는 것은 적(賊)이라 한다. 너희들이 밤낮없이 쏘다니며 팔을 걷어붙이며 눈을 부릅뜨고, 함부로 남의 것을 착취하고 훔쳐도 부끄러운 줄을 모른다. 심지어 돈을 형(兄: 엽전에 구멍이 나 공방형(孔方兄)이라 일컬었음)이라 부르고 장수가 되기 위해 아내를 죽이는 일까지 있으니 이러고도 인륜의 도리를 논할 수 있느냐? 뿐만 아니라 메뚜기의 밥도 빼앗고 누에한테서는 옷을 빼앗았으며 벌이 저장해 놓은 식량 즉 꿀을 긁어 먹고 심한 자는 개미 알을 젓 담아 그 조상께 제사하니 그 박덕하고도 잔인함이 너희보다 더할 자가 있는가? 너희들은 이(理)를 말하며 성(性)을 논하고 툭하면 하늘을 일컫지만, 하늘이 명한 바로써 본다면 범이나 사람이나 다 같은 동물이요, 하늘과 땅이 만물을 낳아 기르는 인(仁)으로써 말한다면 범·메뚜기·누에·벌·개미와 사람이 모두 함께 길러져서 서로를 거스를 수 있는 것이요, 또 선악으로 따진다면 벌과 개미의 집을 뻔뻔스럽게 노략질하고 긁어가는 놈이야말로 천하의 큰 도(盜)며 함부로 메뚜기와 누에의 살림을 빼앗고 훔쳐가는 놈들은 인의(仁義)의 큰 적(賊)이다.

범이 표범을 먹지 않는 것은 차마 제 겨레를 해칠 수 없기 때문이다. 그런데 범이 노루나 사슴 먹는 것을 헤아려도 사람이 노루와 사슴 먹는 수만큼 많지 않을 것이다. 또 범이 마소 먹는 것을 헤아려도 사람이 마소 먹는 것에 절대로 미치지 못한다. 범이 사람 먹는 걸 헤아려도 사람이 저희들끼리 서로 잡아먹는 만큼 되지 못할 것이다.

지난해 관중(關中)이라는 곳이 크게 가물었을 때 사람들끼리 서로 잡아먹은 것이 몇만 명이요, 그에 앞서 산동(山東)에 큰물이 났을 때도 사람들이 서로 잡아먹은 것이 역시 몇만 명에 이르렀다. 그러나 서로 잡아먹은 수가 많기야 춘추전국시대를 따를 수는 없지. 그때는 정의를 위해 싸운다는 명분으로 난리를 낸 것이 열일곱 번이요, 원수를 갚는다고 일으킨 싸움이 서른 번, 그들의 피는 천 리를 물들였고 죽어 넘어진 시체는 백만이나 되었다. 하지만 범의 집에서는 홍수나 가뭄 걱정을 모르니 하늘을 원망할 일도 없고 또 원수와 은혜를 모두 잊고 지내므로 다른 것에 미움을 사지 않고 천

명을 알고 그에 순종하므로 의원이나 무당의 간교함에 빠지지 않는다. 타고난 바탕을 그대로 지녀 천명을 다하므로 세속의 이해에 병들지 않는 것이다. 이런 것들이 곧 범이 착하고도 성스런 것이다. 어디 그뿐이냐? 크고 작은 무기들을 지님이 없이 오로지 날카로운 발톱과 이빨만 쓰는 것은 그것으로 천하에 무(武)를 빛내는 게다. 범과 원숭이를 그릇에다 그리는 것은 천하에 효(孝)를 넓히기 위함이요, 하루에 한 번 사냥을 하면 까마귀·솔개·참개구리·말개미 따위와 함께 나눠 먹으니 그 인(仁)이야말로 이루 다 말할 수 없고 고자질하는 자, 병폐한 자, 상제가 된 자도 먹지 않으니 그 의(義) 또한 다 쓸 수 없다. 그런데 너희들이 먹고사는 것이야말로 불인(不仁)하기가 짝이 없다는 것이다. 함정과 쇠뇌·올가미도 오히려 모자라 새 그물·작은 노루 그물·수레 그물·삼태기 그물 따위를 만들었으니 애초에 그물을 뜬 자야말로 천하에 뚜렷한 화근을 퍼뜨린 놈이다. 게다가 또 큰 바늘·쥘 창·날 없는 창·도끼·세모난 창·한 길 여덟자 창·뾰죽 창·작은 칼·긴 창 따위가 생기고 또 화포라는 것이 있어 그걸 터뜨리면 소리가 태산을 무너뜨릴 듯, 불기운은 그 무서움이 우레보다 더하다. 그럼에도 그것으로도 역시 그 못된 꾀를 마음껏 부리지 못했다고 여기는지 이제는 보드라운 털을 입으로 쪽쪽 빨아 녹인 아교에 붙여 날을 만드는데 그 끝이 대추씨처럼 뾰족하고 길이는 한 치도 못되게 하여 오징어 검정 물에 담갔다가 세로·가로로 멋대로 치고 찌르되, 그 굽음은 세모창 같고, 날카로움은 작은 칼 같고, 예리함은 긴 칼 같고, 갈라짐은 가지창 같고, 곧음은 화살 같고, 팽팽하기는 활줄 같아서 이 병장기가 한번 번뜩이면 모든 귀신들이 한밤중에 곡(哭)할 지경이라니 서로 잡아먹기로도 그 가혹함이 누가 너희들보다 더할 자가 있겠느냐?"

북곽선생이 한참 엎드렸다가 일어나 엉거주춤하더니 두 번 절한 뒤 머리를 거듭 조아리며

"전(傳)에 이르기를 '비록 아무리 잘못을 한 사람일지라도 목욕재계를 한다면 상제(上帝)라도 섬길 수 있다'하였사오니 천신(賤臣)은 감히 용서를 비옵니다."

하고는 숨죽여 대답을 기다렸지만 오래도록 아무런 분부가 없으므로 황송하기도 하고 두렵기도 하여 손을 맞잡고 조아리며 쳐다보니, 이미 동녘이 밝았는데 범은 어디론가 사라지고 없었다.

그때 마침 아침 일찍 밭 갈러 나온 농부가 물었다.

"선생님, 무슨 일로 이 꼭두새벽에 벌판에다 대고 절은 웬 절이시옵니까?"

"내 일찍 들으니 '하늘이 높다 한들 / 내 어찌 머리를 안 굽히며 / 땅이 비록 두텁다 한들 / 얕디디지 않을소냐'라 하였네그려."

북곽선생은 말끝을 흐려버렸다.

29일, 개다.

새벽에 옥전현을 떠나 서팔리보(西八里堡), 오리둔(五里屯), 채정교

(采亭橋), 대고수점(大姑樹店), 소고수점, 봉산점, 별산점(鱉山店), 송
가장(宋家庄), 모두 47리를 가 송가장을 구경하고 점심을 먹었다.

또 별산점으로 가 이리점(二里店), 현교(縣橋), 삼가방(三家坊), 동
오리교(東五里橋)까지 갔다. 이 다리는 용지하(龍池河) · 어양교(魚陽
橋)라고도 한다. 거기에서 계주성(薊州城), 서오리교(西五里橋), 방균
점(邦均店)까지 모두 50리다. 이날 도합 95리를 가 방균점에서 묵
었다.

산 오목한 곳에 있는 큰 나무 한 그루가 몇백 년 동안 잎은 피어
나지 않고 있으나 가지와 줄기 모두가 썩지 않기 때문에 '고수(枯
樹)'라 일컫는다.

송가장 성 둘레는 2리, 명나라 천계(天啓) 연간에 송(宋)씨들이 쌓
았다.

그들이 말하는 외랑(外郞)은 서리(胥吏: 아전)의 별칭이다. 송씨는
이 지방에서 큰 성(姓)바지라 그 겨레가 몇백 명이나 되며 모두들
살림이 넉넉해 명 · 청이 교체될 무렵 그들 스스로 성을 쌓고 겨레
를 모아 지켰다.

성 한복판에 대(臺)를 셋 세웠는데 그 높이가 각기 여남은 길이나
된다. 문 위에는 다락을 세웠고 집 뒤에는 4층짜리 높은 다락이 있
는데 그 맨 꼭대기에다 금부처를 모셔놓았다. 난간을 피해 멀리 바
라보니 눈앞이 시원스레 트여 있다.

청인(淸人)이 이곳에 처음 들어왔을 때 온 문중을 모아 성을 사수
했고 천하의 대세가 정해진 뒤에도 나라는 이내 망하지 않았으므

로 끝까지 버티며 항복하지 않았다. 그랬기 때문에 청인에게 밉게 보여 해마다 은 1천 냥을 바치게 했다. 강희제 말년에 이르러서는 그 대신 말먹이 1천 단씩을 내놓게 했다.

성안에는 아직도 큰 집 여남은 채가 남아 있었다. 그 모두가 송씨들이며 안팎 더부살이들도 5, 6백 명은 된다고 했다.

계주 성안에 인물이 번화하다. 실로 북경 동쪽 현의 거진(巨鎭)다웠다.

산 위에는 안녹산(安祿山: 당 현종 때의 고관) 사당이 있다. 성안에 돌로 세운 세 패루 중 하나는 금 글씨로 '대사성(大司成: 우리로는 성균관장)'이라 새겼다.

이곳 술맛이 관동에서 으뜸이라 하기에 한 주루(酒樓)에 들어가 여럿이서 흉금을 털어놓으며 취하도록 마셨다.

독락사(獨樂寺)에 들어가니 정전(正殿)의 제액은 '慈悲寺(자비사)'였다. 그 뒤 2층짜리 다락에는 아홉 길이나 되는 금부처를 모셔놓았다. 다락 밑에는 한 부처를 누인 채 모시고 이불을 덮었다. 현판은 '관음지각(觀音之閣)', 그 왼편에 '태백(太白)'이라 써 붙였다.

누가 말하기를 '저기 이불 덮고 누운 건 부처님이 아니라 이태백이 취해서 자는 것'이라고 했다.

행궁(行宮)이 있긴 하나 굳게 잠궈놓고 구경을 허락하지 않았다.

객관에 돌아오니 문밖에 장사치들이 떼지어 모여들었다. 말이나 나귀에 서책 · 서화 · 골동 등을 실었고 또 다른 사람들은 곰에게 재주를 부리게 하는 등 여러 가지 재주를 부렸다. 보지는 못했으나 뱀을 놀리는 자, 범을 놀리는 자도 있었던 모양이었다. 앵무새를 파는 자도 있었으나 등을 밝히는 동안 가버리고 말았다.

30일, 개다.

방균점에서 별산장(別山庄), 곡가장(曲家庄), 용만자(龍灣子), 일류하(一柳河), 현곡자(現曲子), 호리장(胡李庄), 백간점(白幹店), 단가점(段家店), 호타하, 삼하현(三河縣), 동서조림(東西棗林)까지 46리를 가서 점심을 먹었다.

조림에서 백부도장(白浮屠庄), 신점(新店), 황친점(皇親店), 하점(夏店), 유하점(柳河店), 마이핍(馬己乏), 연교보(烟橋堡)까지 41리, 이날은 도합 84리를 가 연교보에서 묵었다.

계주는 옛날 어양(漁陽)이다. 북쪽에 있는 반산(盤山)은 위태롭게 솟은 봉우리가 깎아 세운 듯하다. 봉우리마다 위는 퍼지고 아래는 가느다란 게 꼭 소반 같아 '반산'이란 이름을 얻었다. 기이한 경승(경치가 좋음)이라 한번 오르고 싶지만 동행이 없다.

겉은 바위로 덮였으나 속은 흙이라 과일나무가 많아 연경(燕京)에서 날마다 소비하는 대추·밤·감·배 등이 모두 이곳에서 나는 것이다.

어양교에 이르니 길 왼쪽에 양귀비(楊貴妃) 사당이 있는데 산꼭대기 안녹산 사당과 마주 보고 있다. 세상에 돈 많은 자가 많더라도 하필 이런 추잡한 사람들 사당을 지어 명복을 빌 것이 뭔가. 〈시경〉에 '아무리 복을 구한다 한들 낭비해선 안 되리라' 했는데 이야말로 헛돈을 쓴 것이다.

백간점에서 구경온 한 수재(秀才)를 만나 얘기를 나누었는데 그는 "안녹산은 명사입니다. 그가 앵두를 두고 읊은 시에 '앵두 한 광주리 / 파랑 노랑이 반일세 / 회왕(懷王: 안녹산 아들)과 주지(周摯: 안녹산 스승)에게 / 반씩 나눠 보내고져' 하는 게 있는데, 어떤 사람이 '주지 구(句)를 회왕 구(句)와 바꿨으면 좋겠네' 했더니 '그러면 주지가 내 아이를 찍어 누르게 되네' 했답니다. 이런 시인인데 사당이 없으면 되겠소?"

우리는 한바탕 웃었다.

지나는 길에 향림사(香林寺)에 들렀다. 순치황제(청 세조)의 누이동생이 청상과부로 이 암자에 있다가 90세가 넘어 죽었다 한다. 이 암자에는 모두 비구니만 있다.

뜰 가운데 높이 수십 길이나 되는 두 소나무가 있고 탑 좌우에도 세 그루가 있는데 모두 둥치가 희다. 생각해보니 '백간점(白幹店)'이란 이름도 아마 흰 둥치의 소나무에 말미암은 듯싶다.

연경이 차츰 가까워지자 거마(車馬)의 울림이 메마른 하늘의 우레 같았다. 길 양쪽에 부호들의 묘가 있는데 담을 두르고 해자를 파 여염집처럼 보였다. 해자 가의 갈대숲 사이에 콩깍지 같은 작은 배들이 매어 있고 돌다리는 모두 무지개처럼 공중에 떠 있었다.

점포에서 잠깐 쉬는데 예쁜 아이들 수십 명이 비단 저고리에 수 놓은 바지를 입고 노래하며 간다. 이들은 모두 연경의 거지들로 멀리서 온 장사치들과 하룻밤 베개를 같이 하는 대가로 몇백 냥씩 돈을 받는 일이 있다고 한다.

길 옆에는 삿자리를 걸쳐 햇볕을 가리고 군데군데 노는 곳을 만들어 놓았는데 〈삼국지〉를 연출하는 자, 〈수호지〉를 읽는 자, 〈서상기西廂記〉를 연출하는 자들이 음악에 맞춰 높은 소리로 사(詞)를 부른다. 온갖 장난감들을 모아 놓고 파는 장수도 있다.

배를 타고 호타하를 건너 삼하현 성안으로 들어갔다. 손용주(孫蓉洲)를 댁으로 찾아갔더니 그는 벌써 달포 전에 산서(山西)에 가 돌아오지 않았다고 한다. 그 부인이 멀리 조선에서 오신 손님인데 집이 누추해 공손히 맞아들이지 못해 죄송하다고 말했다. 나는 담헌(湛軒: 연암의 친구 홍대용)의 편지와 정표를 꺼내 주렴 앞에다 놓고 나왔다.

삼하현은 옛날 임후이다.

8월 1일, 아침에는 개고 찌는 듯 덥다가 오후에는 비가 오다 멎다 했는데 밤에 우레를 치며 큰비를 쏟아내렸다.

새벽에 연교보를 떠나 사고장(師姑庄), 등가장(鄧家庄), 호가장(胡家庄), 습가장(智家庄), 노하(潞河), 통주(通州), 영통교(永通橋), 양가갑(楊家閘)을 거쳐 관가장(關家庄)까지 35리를 가 점심을 먹었다. 거기서 삼간방(三間房), 정부장(定府庄), 대왕장(大王庄), 태평장(太平庄), 홍문(紅門), 시리보(是里堡), 파리보(巴里堡), 신교(新橋), 동악묘

(東岳廟), 조양문(朝陽門)을 지나 서관(西館)에 이르기까지 27리다. 이날은 도합 62리를 왔다. 압록강에서 연경까지 모두 33참(站), 2,020리였다.

새벽에 떠날 때 변(卞)·정(鄭) 등 여럿이었다. 날이 밝을 무렵 별안간 우레 같은 큰 소리가 울렸다. 노하(潞河: 통주~천진 간의 운하)의 배에서 울리는 포성이라 했다.

아침노을진 먼 곳에 총총히 늘어선 돛대가 갈대 같았다. 버드나무 위에 나무며 풀뿌리 따위가 숱하게 걸렸는데 한 열흘 전 연경에 큰비가 내려 노하가 넘치는 바람에 민가 몇만 호를 쓸어 갔다고 한다. 사람과 짐승이 물에 휩쓸려 죽은 것이 이루 헤아릴 수가 없다는 것이다. 내가 말 위에서 보니 버드나무가 물에 잠겼던 흔적이 두서너 길쯤 됨직하다.

가까이 가보니 물은 넓고도 맑았다. 그 물에 배가 빽빽한 것은 장성(長城)의 웅대함과 견줄 만했다. 10여 만 척이나 되는 큰 배에는 모두 용이 그려져 있었다. 호북(湖北) 전운사(운송을 맡은 벼슬)가 어제 곡식 3백만 석을 싣고 왔다고 했다. 한 배에 올라 그 규모를 살펴보니 길이가 여남은 발이나 되고 쇠못으로 장식했는데 배 위는 널빤지를 깔아 층집을 세우고 선창 속에는 모두 곡물을 그냥 쏟아넣었다.

배 위에 세운 집이지만 뭍에 지은 것과 다름없이, 아로새긴 난간·그림 기둥·패액(牌額)·주련·서화 등 마치 신선의 세상처럼 꾸몄다. 지붕에 세운 쌍돛은 가느다란 등줄기로 몇 폭이나 되게 촘

촘히 엮은 것이었다. 온 나라의 선운(船運)들이 다 모여든 노하를 구경하지 못한다면 이 나라 수도의 장관을 보지 못한 것과 같을 것이다.

삼사(三使)와 함께 다른 배에 올라가보았다. 양쪽 뱃전에 채색한 난간이 둘렸고 의장(儀仗)·기치(旗幟)·도창(刀槍)·검극(劍戟)·봉인(鋒刃) 등 모두 나무로 만든 것을 세워놓았다. 그리고 방에는 관 하나가 놓여 있었고 탁자 위에는 제기(祭器)를 벌여 놓았다. 상주는 무명옷을 입었다. 상주 앞에 〈의례(儀禮)〉 한 권이 있었다.

부사가 나에게 필담(筆談)을 해보라기에 부사의 성명·관함을 적어 보였다. 상주는 머리를 조아리며 쓰기 시작했다. 성명은 진경(秦璟), 가계(家系)는 호북(湖北), 한림원 수찬 벼슬에 있던 선친이 타계하자 임금이 토지와 돌아갈 배를 내려주어 유해를 모시고 돌아가는 길이라고 썼다.

부사가 글을 써서, 중국은 누구나 삼년상을 치르느냐고 물었다.

"성인께옵서 인정을 따라 예를 제정하였사온즉 저처럼 불초한 자도 힘껏 따르고자 하옵지오."

"상제(喪制)는 모두들 주자(朱子)의 학설을 따르오?"

부사의 물음에 상주는 그렇다고 답했다.

정사가 사람을 보내어 구경할 것이 있으니 얼른 오라고 했다.

강 여기저기서 뱃놀이가 한창이다. 작은 배에 일산을 펴기도 하고 푸른 휘장을 두르기도 하여 셋 또는 다섯씩 서로 짝을 지어 뱃놀이를 한다. 키가 낮은 의자에 기대기도 하고 평상 위에 앉아 있기도 했다. 책을 읽는 사람, 악기를 다루는 사람, 글씨를 쓰거나 그림을 그리는 사람, 더러는 술을 마시며 시를 읊기도 하는데 그들은 모두 지체가 높거나 특별히 운치가 있는 것 같지 않았다.

배에서 내려 언덕에 오르니 수레·말에 길이 막혀 다닐 수가 없었다.

동문에서 서문까지 5리 길에 외바퀴 수레 몇만 채가 꽉 차 말을 돌릴 곳이 없었다. 말에서 내려 한 점포로 들어갔다. 그 화려함과 번창함이 성경이나 산해관 따위에 견줄 바가 아니었다.

가까스로 일명 팔리교(八里橋)라고도 불리는 영통교(永通橋)에 닿게 되었다. 길이가 수백 발, 너비는 여남은 발이요 무지개 문의 높이도 여남은 발이나 됐다. 다리 좌우에 난간을 돌리고 그 위에다 몇백 마리나 되는 돌사자를 앉혔다. 그런데 그 새김이 어찌나 정교한지 마치 도장 꼭대기의 섬세한 장식 같았다. 다리 밑 선박들은 줄지어 조양문(朝陽門: 북경 동북문) 밖에 닿아 수문을 열고 작은 배로 태창(太倉)으로 끌어들인다는 것이다.

통주에서 연경까지 40리 길을 돌로 깔았다. 쇠 수레바퀴가 닿는 소리는 너무나 우렁차 정신을 아찔하게 한다.

동악묘(東岳廟)에 이르러 심양으로 들어갈 때처럼 삼사가 옷을 갈아입고 반열을 정돈했다. 이때 통역관 오림포(烏林哺)·서종현(徐宗顯), 박보수(朴寶秀) 등이 이미 망포·수보(繡補) 같은 관리 예복 차림에다 조주(朝珠: 5품 이상이 거는 구슬)를 걸고 말에 올라 있었다. 그들이 인도하여 조양문에 닿았다. 검은 먼지가 일자 물통 실은 수레가 곳곳으로 가 바닥에 물을 뿌렸다.

사신은 표자문(表咨文: 중국과의 왕복문서)을 바치러 예부로 갔다. 나는 조명회와 그곳에서 나와 사관으로 갔다.

순치(順治) 초년에 조선 사신 사관을 옥하(玉河) 서쪽 기슭에 세우고 옥하관이라 했는데 뒤에 악라사(鄂羅寺: 러시아의 옛이름으로 생각됨)가 점령했다. 악라사는 이른바 대비달자(大鼻達子)로 너무 사나워 청인도 그들을 어쩌지 못하고 회동관(會同館: 외국 사신 접대소)을 건어호동에 세웠다. 그곳은 만비(滿丕: 청 외교관)의 집이었는데 그가 도륙당할 때 집안사람이 거의 다 자결했으므로 원귀가 많았다고 전해진다.

어떤 때는 그곳에 우리나라 임시 사행인 별사(別使)와 동지사가 한꺼번에 드는 경우가 있어 서관(西館)에 나누어 들게 되었다. 그런데 지난해 건어호동이 타버려 새로 짓지 못했으므로 이번에도 서관에 들게 된 것이다.

2일, 개다.

뇌성벽력과 함께 쏟아진 비에 창호지가 떨어졌었으나 수리치 못했으므로 새벽 찬바람에 감기가 들어 입맛을 잃었다.

이른 아침, 아문(衙門: 관아의 출입문)에 모두들 모여들었다. 저들은 예부 · 호부의 책임자와 광록시(光祿寺: 식량과 찬품 관할 부서)의 관원들이었다. 쌀 · 팥 등 대여섯 수레, 돼지 · 양 · 거위 · 닭 · 채소

등속이 바깥 뜰에 가득 쌓여 있다.

각 부의 관원이 의자에 나란히 앉았다.

정사에게는 날마다 관(館)의 찬(饌)으로 거위 한 마리, 닭 세 마리, 돼지고기 다섯 근, 생선 세 마리, 우유 한 병, 두부 세 근, 백면(白麵) 두 근, 황주(黃酒: 누룩으로 담근 수수 술) 여섯 항아리, 엄채(김치) 세 근, 찻잎 넉 냥, 오이지 넉 냥, 소금 두 냥, 청장(淸醬) 여섯 냥, 감장(甘醬: 맛이 단 간장) 여덟 냥, 식초 열 냥, 향유(香油) 한 냥, 화초(花椒: 후추) 한 돈, 등유(燈油) 세 병, 납초 석 자루, 내수유(우유 기름) 석 냥, 세분(細紛) 근 반, 생강 닷 냥, 마늘 열두 통, 빈과(능금) 열다섯 알, 감 다섯 개, 말린 대추 한 근, 포도 한 근, 소주 한 병, 쌀 두 되, 나무 서른 근, 사흘마다 몽고양(蒙古羊) 한 마리씩 준다.

부사와 서정관에게는 날마다 두 사람에게 양 한 마리, 거위 각각 한 마리, 닭 각각 한 마리, 생선 각각 한 마리, 우유 둘에게 한 병, 고기 둘에게 세 근, 백면 각각 두 근, 두부 각각 두 근, 엄채 각각 세 근, 화초 각각 한 돈, 찻잎 각각 한 냥, 청장 각각 여섯 냥, 감장 각각 여섯 냥, 소금 각각 한 냥, 식초 각각 열 냥, 황주 각각 여섯 항아리, 오이지 각각 넉 냥, 향유 각각 한 냥, 등유 각각 한 종지, 쌀 각각 두 되, 빈과 둘에게 열다섯 개, 배 둘에게 열다섯 개, 포도 둘에게 닷 근, 말린 대추 둘에게 닷 근, 그 밖의 과실은 닷새 만에 한 번씩, 나무는 부사에게 날마다 열일곱 근이고 서장관에게는 열 닷 근을 준다.

대통관(大通官) 3명과 압물관(押物官) 24명에게는 날마다 각각 닭

한 마리, 고기 두 근, 백면 한 근, 엄채 한 근, 두부 한 근, 황주 두 항아리, 화초 닷푼, 찻잎 닷 돈, 청장 두 냥, 감장 넉 냥, 향유 넉 돈, 등유 한 종지, 소금 한 냥, 쌀 한 되, 나무 한 근씩 주고, 상을 탈 자격이 있는 자 30명에게 날마다 고기 한 근씩, 백면 반 근씩, 엄채 두 냥씩, 소금 한 냥씩, 등유는 어울려 여섯 종지, 각각 쌀 한 되, 나무 너 근씩 준다. 평범한 종인(從人) 221명에게는 날마다 각각 고기 반 근, 엄채 넉 냥, 초 두 냥, 소금 한 냥, 쌀 한 되, 나무 너 근씩 준다.

3일, 개다.

관문은 해 뜬 뒤에야 연다. 시대와 장복을 데리고 관을 떠나 첨운패루(瞻雲牌樓) 밑에까지 걸어와 태평차 하나를 세내었다. 나귀 한 마리가 끌었다.

아까 주방에서 하루 동안 쓸 것을 주기에 시대에게 돈으로 바꾸어 실었다. 은 두 냥이 돈으로는 2,200닢이다. 시대를 오른쪽에, 장복을 뒤에 태우고 급히 달려 선무문(宣武門)에 이르니 그 규모가 조양문과 같다. 왼편은 코끼리를 기르는 상방(象房), 오른편은 천주당(天主堂)이었다. 문으로 나와 오른쪽으로 도니 유리창(琉璃廠: 서화와 골동의 저잣거리)이었다. 초입에서 '오류거(五柳居)'라는 간판을 보았다. 도옥(屠鈺)이라는 이의 책방이다. 지난해 친구들이 책을 많이 샀다며 많은 얘기를 들려주던 곳이라 실제로 와보니 마치 그 친구들을 만난 듯 반갑다. 한 친구는 내가 떠날 때 '만일 당원항(唐鴛港)을 찾을 생각이 있으면 먼저 선월루(先月樓)에 가서 남쪽의 조그만 거리로 돌아들면 둘째 번 대문이 곧 당씨 댁'이라고 말했었다.

나는 이내 차를 몰아 양매서가(楊梅書街)에 갔는데 육일루(六一樓)에 올라가 우연히 유황포(俞黃圃), 서문포(徐文圃), 진입재(陳立齋)를 만났다. 그들은 모두 고결한 선비들이라 날을 잡아 이곳에서 다시 만나기로 하고 차를 돌려 북쪽 골목으로 들어갔다. 이내 '선월루(先月樓)'라는 금 글씨 간판이 눈에 띄었다. 역시 책방이었다.

차에서 내려 당씨 집을 쉽게 찾아갔다. 하인의 말로 아침 일찍 아문에 들어갔는데 유시(酉時: 오후 5시에서 7시 사이)면 돌아온다고 했다. 그러면서 잠깐 외관(外館)에 올라 땀을 들이라고 했다. 권에 따라 들어가 있었더니 하인이 파초잎처럼 생긴 주석 쟁반에 차와 빈과와 양매탕(楊梅湯)을 얹어 와서 공손히 권했다. 그러고 나서 노마님의 말씀이라면서 전했다.

"지난해 조선 어른 두 분께서 가끔 제 집에 놀러 오셨는데 평안하신가요? 그리고 만일 청심환 가지고 오신 게 있으면 한두 개 주실 수 있습니까?"

나는 마침 지닌 것이 없으니 다음에 갖다 주겠다고 하면서 노마나님의 안부를 물었다.

"노마나님께서 방금 중문에 나오셔서 귀국 사람들의 옷차림을 구경하고 계십니다."

하인의 말에 나는 열흘 안으로 다시 올 것을 약속하고 밖으로 나왔다.

돌아다보니 머리 얹은 젊은 두 여인에게 부축을 받는 노마나님은 학발(鶴髮: 흰머리)이나 웅건해 보이며 화장과 머리 장식도 폐하지 않은 모습이었다.

시대와 장복이 말했다.

"아까 당씨네 여러 하인이 우리를 양 옆에서 에워싸고, 늙은 마나님이 우리 옷을 벗겨서 그 제도를 보겠다 하므로, 소인들이 황공하여 감히 바로 쳐다보지도 못하고 '날이 더워 입은 것이 단지 홑적삼뿐입니다' 하니까 그는 돌려 세워 보기도 하고 여러 하인을 시켜 깃고대랑 도련을 들춰보고, 술과 먹을 것을 내어다 먹입디다. 소인들의 의복이 이렇게 남루해서 부끄러워 죽을 뻔했습니다."

돌아오는 길에 회자관(回子觀: 지금의 이슬람교인 회회교당)에 들러 구경했다.

4일, 개다.

더위가 심해 삼복(三伏)이나 다름없었다.

차를 몰아 정양문을 나와 유리창을 지나면서 내가 물었다.

"이 창(廠)이 모두 몇 칸입니까?"

어떤 이가 말했다.

"모두 27만 칸이랍디다."

사실 정양문에서 선무문에 이르기까지 다섯이나 되는 거리가 모두 유리창이고 국내, 국외의 모든 보물, 진품이 거기에 쌓여 있는 것이다.

나는 한 누(樓)에 올라 탄식했다.

"세상을 살면서 자신을 아는 사람 하나만 만났더라도 한이 없을 것이다. 아, 사람의 마음이란 자기 몸을 알고자 하지만 알지 못하게 되면 때로는 큰 바보 또는 미치광이처럼 돼, 자기 아닌 남이 되어 자기를 보아야만 비로소 자기도 다른 사람과 다르지 않다는 것을 알 수 있는 것이다. 성인은 이 방법을 알기 때문에 세상을 버리고도 아무런 고민이 없었으며 외롭게 서 있어도 아무런 두려움이 없었던 것이다. 그러므로 공자는 일찍이 말씀하시길 '남이 나를 알아주지 않는다 하더라도 노여움을 품지 않는 이라면 어찌 군자(君子)가 아니겠는가' 하였고, 노자도 역시 '나를 알아주는 이가 드물다면 나는 참으로 고귀한 존재인 것이다' 하였으니, 이렇듯 남이 나를 몰라보았으면 해서 의복을 바꾸기도 또 얼굴을 바꾸기도 하고 심지어는 성명까지 바꿔버렸다. 이는 곧 성(聖), 불(佛), 현(賢), 호(豪) 들이 세상을 한낱 노리개로 보아, 비록 천자의 자리를 준다 하여도 자신의 즐거움과 바꾸지 않는 까닭인 것이다. 이러한 때에 이 세상에 혹시 한 사람만이라도 자기를 아는 이가 있다면 자기의 자취가 드러나고 마는 것이다. 그러나 실제로는 세상에 단지 한 사람만이라도 자기를 알아주는 사람이 없었던 것은 아니다. 그러므로 요(堯)는 변장하여 강구(康衢)에서 놀았으나 격양가(擊壤歌: 태평

세월을 즐기는 노래)를 부르는 노인이 나타났고, 석가가 얼굴을 달리했으나 아난(阿難: 석가의 수제자)이 그것을 알았고, 태백(太伯: 주 왕자인데 왕위를 동생에게 주고 도망침)은 몸에 그림을 떠놓고 남만으로 도피했으나 중옹(仲雍: 태백의 아우)이 뒤를 따랐고, 예양(豫讓: 원수를 갚기 위해 몸에 옻칠을 함)은 몸에 칠을 했으나 그 벗이 알아냈고, 삼려대부(三閭大夫)는 얼굴이 야위었던 것을 어부가 알았고, 치이자(鴟夷子: 춘추시대 정치가 범려)가 오호(五湖)에 뜰 때 서시(西施: 월나라 미녀)가 따랐고, 장녹(張祿: 진나라 정치가)이 객관에서 조용히 걸을 때 수가(須賈: 진나라 정치가)를 만났고, 장자방(張子房: 한나라 정치가)은 이교 다리에서 조용히 있을 때 황석공(黃石公: 장자방에게 비밀 편지를 줌)을 만났다.

　이제 내가 이 유리창에 홀로 서 있으니 그 옷과 갓은 세상 사람들이 모르는 바이요, 수염과 눈썹은 중국에서 처음 보는 것이며 반남(潘南: 연암의 관향)의 박(朴)은 이 세상에서 일찍이 듣지 못한 성(姓)일지라도 내 여기서 성(聖)도 되고 불(佛), 현(賢), 호(豪)도 되어 거짓 미침으로 종이 된 기자(箕子)나 초나라의 미친 선비 접여(接輿)와 같기로, 장차 그 누가 와서 이 천하의 지락(至樂)을 논할 수 있겠는가?

　어떤 이가 묻기를 '공자께서 송나라를 지나갈 때 무슨 관(冠)을 쓰셨을까?' 하기에 나는 '아마 우물과 창고와 평상과 거문고가 벌여 있고, 그의 앞에 있었던 것이 갑자기 뒤에 가 있었을 것이며 고기옷과 표범의 무늬처럼 별의별 변덕이 많았을 테니 누가 그 참된 모습을 알겠소?' 하고는 껄껄 웃었다. 그러므로 그가 '선생님께서 계시니 회(回: 공자의 제자 안회)가 감히 죽을 수 있겠습니까?' 했던 것이다. 이것으로 볼 때, 공자가 천하의 지기(知己)를 논한다면 안자(顔子: 안회를 가리킴) 한 사람이 있었을 따름일 것이다.

막북행정록莫北行程錄

8월 5일에 시작하여 8월 9일에 그쳤다. 모두 닷새 동
안에 연경에서 열하(熱河)에 이르기까지이다.

서序

열하는 황제의 행재소(行在所: 거둥하다 주재하는 곳)가 있는 곳이
다. 옹정황제 때 승덕주(承德州)라 했는데 건륭황제가 주(州)를 부
(府)로 승격시켰다. 연경에서 동북 420리, 만리장성에서는 2백여
리이다. 〈열하지熱河志〉의 기록에 이런 내용이 있다.

"한(漢) 때에 요양(要陽), 백단(白檀) 두 현으로 어양군(漁陽郡)에 속
했고 원위(元魏) 때에는 밀운(密雲), 안락(安樂) 두 군의 변계, 당(唐)
때에는 해족(奚族) 땅이 되었으며 요(遼)는 흥화군(興化軍)이라 하여
중경에, 금나라는 영삭군(寧朔軍)으로 고쳐 북경에 속하였으며 원

(元)에서는 상도로(上都路)에 속했다가 명(明)에 이르러 타안위(朶顏衛)의 땅이 되었다."

열하의 연혁이다. 이제 청(淸)이 천하를 통일하고 열하(熱河)라 이름했으니 실로 장성 밖 요해의 땅이었다. 강희황제 때부터 늘 여름이면 이곳에 거둥, 더위를 피했다. 그의 궁전들은 채색, 아로새김이 없이 피서산장이라 이름하여 서적을 읽고 때로는 임천(林泉)에 거닐며 천하의 일을 다 잊어버리고 평민이 되어 봄직도 하다는 뜻인 듯했다.

실상은 이곳이 험한 요새여서 몽고의 목구멍을 막는 동시에 북쪽 변새 깊숙한 곳이었으므로 비록 '피서'라 했으나 실은 천자 스스로 북호(北胡: 북쪽 오랑캐)를 막음이었다. 이는 마치 원(元)이 해마다 풀이 푸를 때 수도를 떠났다가 풀이 마르면 남으로 돌아옴과 같은 것이다. 천자가 북쪽 가까이 머물러 자주 순행하여 거둥하면 북방의 호족들이 함부로 남쪽에 내려와 말을 놓아 먹이지 못할 터이니 천자의 오고 감을, 늘 풀이 푸를 때와 마를 때로 정했으니 이 피서라는 것도 그런 뜻이었다. 올봄에도 황제가 남방을 순행했다가 바로 북쪽 열하로 온 것이다.

열하의 성지와 궁전은 해마다 더하고 달마다 늘어서, 그 화려하고 웅장함이 저 창춘원(暢春苑), 서산원(西山苑) 따위보다도 지나치다. 뿐만 아니라 그 산수 경치도 오히려 연경보다 더 낫기 때문에 해마다 이곳에 와서 머물게 되었다. 애초에 외적을 막기 위했던 곳이 도리어 방탕한 놀이터로 변화되었다.

이번 우리나라 사신이 갑자기 열하로 오라는 명을 받고 밤낮없이 달려온 지 닷새 만에야 겨우 닿게 되었다. 그 노정을 짐작해보면 4백여 리가 아닐 것이다. 열하에 와서 산동 도사(都司)와 함께 이정의 원근을 논할 때 그도 역시 열하에 처음 온 모양인지 이렇게 말했다.

"대략 구외(口外)에서 북경이 7백여 리이나 강희황제 이후로 해마다 이곳에서 피서하여 석왕(碩王: 황제의 아들), 부마(駙馬)와 각부 대신들이 닷새만큼 한 번씩 조회하게 마련되었는데, 길에 빠른 여울이나 사나운 큰물, 높은 고개, 험한 언덕이 많아 모두 꺼리므로 강희황제가 일부러 참(站)을 줄여 4백여 리를 만든 것이지 실은 7백 리나 됩니다. 그러나 모든 신하들이 말을 달려와서 일을 아뢰고 명령받기 일쑤였으므로 막북(漠北: 고비사막)을 문 앞처럼 여기고 안장 위에서 몸이 떠날 겨를이 없으니 이는 성군(聖君)이 편안할 때 오히려 위태로움을 잊지 않으려는 뜻입니다."

그의 말이 근사한 듯싶었다. 또 〈창평산수기昌平山水記〉에 "고북구역(古北口驛)에서 북으로 56리를 가서 청송(靑松)이라는 곳이 한 참(站)이고 거기서 50리를 가 고성(古城)이 한 참이며 거기서 60리를 가 회령(灰嶺)이 한 참이고 거기서 50리에 있는 난하가 한 참이다"라 했다. 이제 난하를 건너 열하까지 40리이니 고북구로부터 이곳에 이르기까지 모두 256리이다. 이것만 따져보더라도 벌써 56리가 〈열하지〉의 기록보다 더 많은 것이다.

구외의 노정(路程)이 이렇듯 서로 어긋나니 장성 안이야 더욱 그러리라고 짐작할 수 있는 것이다.

이제 이 길은 우리나라 사람으로는 처음일 뿐만 아니라 밤낮을 가리지 않고 달려왔기 때문에 마치 소경이 걷는 것이나 꿈결에 지나온 것 같아서, 역참이며 돈대 따위는 일행 중에 아무도 눈여겨 보지 못했다. 하지만 〈열하지〉에 430리라 했으니 그를 좇을 수밖에 없다.

5일, 개었지만 덥다.

아침 사시(巳時: 9~11시)에 사은 겸 진하정사(謝恩兼進賀正使)를 따라 연경에서 열하로 떠났다. 부사·서장관과 역관 3명, 비장 4명, 그리고 하인들까지 모두 74명이고 말이 55필이었다. 나머지는 모두 서관에 머물러 있게 되었다.

맨 처음 책문에 들어선 후로 비가 잦았고 물이 불어 통원보(通遠堡)에서는 앉은 채 대엿새를 보내야 했으므로 정사는 밤낮으로 근심했다.

나는 그때 건너편 구들에 묵었기 때문에 비 내리는 밤이면 촛불을 밝히고 밤을 지샜다. 그때 나는 내게 말했다.

"세상 일이란 알 수 없는 것이지. 만일 우리 일행에게 열하까지 오라고 하면 날짜가 모자랄 터이니 그때는 과연 어쩔 것이며 또 설사 열하로 가지 않더라도 마땅히 만수절(萬壽節: 황제 탄일)까지는 대어 가야 할 것인데, 또 심양과 요양 사이에서 비에 길이 막히는 일이 생긴다면 그거야말로 우리 속담에 '밤새도록 가도 문에 닿지 못했다'는 격이 아닌가."

그런 걱정을 하다가 밝은 날에는 백방으로 물 건널 계책을 세웠다. 여럿이서 말리면 이렇게 말했다.

"나는 나랏일로 왔으니 물에 빠져 죽는 한이 있더라도 그 또한 내 직분인데 어쩌겠는가."

그 후로는 누구도 감히 물이 많아 건널 수 없다는 얘기를 하지 못했다.

때마침 더위가 심하고, 또 이곳은 비가 많이 오지 않는 날에도 마른땅이 갑자기 물바다를 이루기 일쑤였다. 그것은 모두 저 천 리 밖에서 폭우가 쏟아졌기 때문인 것이다.

물을 건널 때면 모두 몸이 떨리고 앞이 캄캄했다. 낯빛이 변해 하늘을 우러러보며 목숨을 빌지 않는 자 없으며, 어렵사리 강 건너에 도착된 뒤에야 비로소 서로 축하를 하는데, 마치 죽은 사람을 만난 듯했다. 그렇게 잠시 시간이 지나 아까보다 물이 더 불어났다는 얘기를 들으면 다시 낯빛이 변한다.

"제군은 걱정 말게. 계속 왕령(王靈)이 도우실 것일세."

정사가 이렇게 말했지만 몇 리 못 가서 위험한 물을 건너게 되곤 했다. 어떤 때는 하루에 여덟 번이나 건넌 적도 있다. 그러니 쉴 참에도 쉬지 못하고 계속 달리니 더위에 많은 말들이 쓰러지고 사람역시 더위를 먹어 토하고 지쳐 사신을 원망하며 투덜댔다.

"열하에 갈 일은 만무일 텐데 이런 무더위에 쉴 참도 건너뛰는 건 전례가 없는 일이오."

"나랏일이 아무리 중하다 해도 정사께선 늙고 또 쇠약하신 분이 이렇듯 몸을 가벼이 하시다가 만일 덧나시기라도 하면 도리어 일을 그르치는 것이오."

"지나치게 서두르면 외려 더딘 법이라오."

"앞서 장계군(長溪君)이 진향사(進香使)로 왔을 때 책문 밖에서 물이 막혀 침상을 쪼개어서 밥을 지으며 열이레를 묵었어도 쉴 참을 뛰어넘는 일은 없었다오."

하며 옛일까지도 끌어대곤 했다.

8월 초하룻날, 연경에 도착해 사신은 곧 예부에 가서 표자문을 내고 서관에서 나흘이나 묵었으나 별다른 지시가 없었다.

"아무 일도 없는 게야. 사신은 매양 우리 말을 곧이듣지 않으시더니…… 아무튼 일이야 우리들이 잘 알지. 무리하지 않고 왔어도 열사흘날 만수절에야 넉넉히 대어 왔을 것인데 말이야."

이렇게 빈정대기도 했다. 그러므로 '열하'는 생각지도 않았으며 사신도 차츰 열하로 갈 걱정을 푸는 모양이었다.

초나흘날, 구경 나갔다가 취해서 돌아온 나는 밤중에 문득 깨게 되었다. 상방(上房)에 가 물을 찾다가 방에 촛불이 켜져 있는 것을 보고 들어갔다.

"아까 잠깐 졸다가 꿈결에 열하길을 떠났는데, 아주 생생하네."

"길 떠나신 후로 늘 열하 생각을 해오셨기 때문에, 편안하게 계셔도 꿈을 꾸는 겁니다."

나는 물 마신 뒤 들어와 다시 잠이 들었었는데 벽돌길을 울리는 요란한 소리에 놀라 다시 깨었다. 저렇듯 요란한 발자국 소리가 무슨 변고 때문인지 모르겠으나 예사롭지는 않은 듯해 급히 옷을 주워 입는데 시대가 달려와 말했다.

"곧 열하로 떠나게 되었답니다."

그제야 내원과 변군도 깨어 물었다.

"관에 불이라도 났소?"

나는 짐짓 장난으로 한마디 했다.

"황제가 열하에 거둥하여 연경이 비었기 때문에 몽고 기병 10만이 쳐들어왔답니다."

"아이고!"

변군이 놀라 외쳤다. 나는 급히 상방으로 갔다. 온 관이 물 끓듯 했다. 통관(通官) 오림포, 박보수, 서종현 등이 달려왔다. 모두 황급하여 사색이었고 제 목을 자르는 시늉을 하며 울면서 외쳤다.

"이제 카이카이[開開]요!"

목이 달아난다는 말이었다.

누구도 그 까닭을 묻지 않았으나 그들의 하는 짓이 몹시 흉측하고 왈패 같았다.

그것은 대략 이러했다.

황제는 조선 사신을 기다리다가 급기야 주문(奏文)을 받아보았는데 예부에서 조선 사신을 행재소로 보낼 것인가, 보내지 말 것인가를 물어 명을 받지 않고 다만 표자문만 올린 것에 노하였다. 그리고 감봉(減俸) 처분을 내렸기 때문에 상서(尙書) 이하 연경에 있는 예부의 관원들이 황송해 어쩔 줄 모르고 얼른 짐을 꾸리고 인원을 줄여 빨리 떠나도록 독촉한 것이다.

이에 부사와 서장관이 모두 상방으로 가 의논했다. 우선 데리고 갈 비장을 뽑는데 정사는 주부 주명신, 부사는 진사 정창후, 낭청 이서귀를 지명했고 서장관은 당청 조시학을 데리고 수역 홍명복, 판사 조달동, 판사 윤갑종이 수행하기로 했다.

나는 가고 싶은 마음이 간절했으나 겨우 먼 길을 쫓아와 안장을 푼 지 얼마 되지 않아 피곤이 가시지 않은 데다, 다시 먼 길을 떠난다는 것이 견딜 수 없는 노릇이었다. 또 만일 열하에서 바로 본국으로 돌아가게 된다면 연경 구경은 낭패인 것이다. 전례대로라면 황제가 우리나라 사행을 각별히 생각해 빨리 돌아가도록 분부한 특별 은전이 있었기 때문에 이번에도 십중팔구 그렇게 될 수 있으므로 나는 동행을 주저했다.

그러자 정사가 내게 말했다. 열하는 앞서 왔던 사람들이 보지 못한 곳일뿐더러, 귀국 후 열하가 어떻더냐고 묻는 이에게 대답할 말이 없지 않느냐, 연경은 많은 사람들이 와본 곳이지만 이번 열하의 길은 좀처럼 얻기 어려운 기회이니 꼭 가자는 것이었다. 나는 가기로 결정했다. 그러나 내 성명은 명단에 넣지 않기로 했다. 혹시 황제로부터 상이 내려지는 대상에 내가 끼는 것을 저어한 때문이었다. 잘못하면 조선의 관직이 없는 내가 사행에 낀 것 등이 황제의 노여움이 될 수 있는 때문이었다.

인마를 점고(點考: 일일이 수를 헤아림)할 때 사람은 발이 모두 부르트고 말은 여위고 병들어 날짜를 대어 갈 것 같지 않았다. 남아 있고 떠나고 하는 마당이 자못 처연했다.

관문을 벗어나 다시 꼬부라져 북으로 자금성(紫金城)을 끼고 7~8리를 갔다.

자금성은 높이가 두 길이며 돌로 깐 밑바닥에 벽돌로 쌓아 올렸다. 길 가운데 대여섯 발 되는 높은 돈대가 있고 그 위에 3층 다락이 있다. 거기에 3, 40리를 가니 동직문(東直門)이다. 내원이 거기까지 따라와 서글픈 작별을 하였고 장복은 말 등자를 붙잡고 흐느껴 울었다. 내가 돌아가라고 타이르자 또 창대의 손을 잡고 서로 슬피 울었다. 눈물이 비오듯 했다.

작별한 뒤 20여 리를 갔다. 성문 밖 산천은 눈에 드는 것이 없다. 해는 이미 저물었는데 길을 잘못 들었다. 수레바퀴를 쫓아간다는 것이 서쪽으로 너무 치우쳐서 이미 수십 리나 돌림길을 간 것이다.

마음을 도사리고 조심하여 나가니 벌써 밤이 깊었다.

손가장(孫家庄)에서 저녁을 먹고 머물렀다.

6일, 아침에 갰으나 차츰 더워졌다.

낮에는 비바람에 천둥 번개를 치다가 저녁 무렵에 개었다.

새벽에 길을 떠났다. 역정(驛亭) 표목에 순의현계(順義縣界)라 쓰였고 수십 리를 더 가니 표목에 회유현계(懷柔縣界)라 되어 있었다.

백하(白河) 중류에 이르렀을 때였다. 갑자기 검은 구름이 일어 독한 바람을 품고 남쪽으로부터 몰려들었다.

배에서 내려 하늘을 보니 검푸른 여러 겹의 구름이 독기와 노여움을 함께 품은 듯 번갯불이 그 사이에 얽혔다.

밀운성(密雲城)을 바라보니 겨우 몇 리밖에 남지 않아 채찍을 날려 급히 말을 몰았다. 바람과 우레가 더욱 거세어졌다. 비껴치는 빗발은 어찌나 사나운지 주먹으로 후려갈기는 듯하여 재빨리 낡은 사당으로 뛰어들었다.

사당 동편 월랑(月廊)에 책상 양쪽에서 마주앉아 바삐 문서를 다루고 있다. 밀운 역리(驛吏)가 오가는 역마를 적는 것이었다.

하나는 한자로 쓰고 다른 하나는 만주 글자로 번역하는데 내 눈에 '조선(朝鮮)'이란 글자가 들어왔다. 들여다보았더니 '황제의 명을 받들어 북경에 있는 병부(兵部)로부터 조선 사신들에게 건강한 말을 주어 험난이 없게 하며 또 그들 행장의 필수품을 공급하라'는 내용이었다.

뒤이어 사신이 비를 피해 들어왔으므로 내 수역을 데려가 그 종이를 보이고 그들에게 물었다.

"저희들은 모르는 일입니다. 저희들은 단지 오가는 문서를 장부와 견주어 맞춰보는 것뿐입니다."

문서에 써 있는 '건강한 말'은 찾아볼 수가 없었는데 설사 그 말

을 준다고 해도 몹시 날쌔어 한 시간에 70리나 달리니 그들이 말하
는 비체법(飛遞法)이다. 우리나라에서는 조랑말도 두려워하는데 이
렇게 거칠게 날뛰는 말을 누가 탈 수 있으랴. 만일 황제의 명으로,
억지로 그런 말을 타게끔 된다면 외려 걱정인 것이다.

황제가 근신(近臣)을 보내 우리 사신을 영접하고 두호하게 한 것
이 방금 이곳을 다녀갔는데도 서로 길이 어긋난 모양이었다.

비가 좀 뜸해져 다시 길을 떠났다. 밀운성을 감돌아 7, 8리를
갔다.

갑자기 건장한 호인(胡人: 만주인) 몇몇이 나타나더니 손을 내저으
며 말했다.

"가지 마오. 앞으로 5리쯤에 냇물이 많이 불어 우리도 되돌아오
는 거요."

다른 사람은 채찍을 이마에 대면서 말했다.

"이만큼 높소. 당신들 날개가 있소?"

우리는 서로 바라보며 길 가운데서 말을 내렸으나 비가 내리는
데다 땅이 질어 잠시 쉴 곳도 없었다. 통관과 우리 역관에게 물 있
는 데를 가보게 했다. 그들이 다녀와 말했다.

"물 높이가 두 발이나 돼 어쩔 수 없습니다."

잠깐 비가 뜸해지자 버드나무 바깥 가에 새로 지은 작은 행전(行
殿: 바퀴 달린 이동식 전각)이 있어 그리로 들어가 물 빠지기를 기다리
기로 했다. 지은 솜씨가 여느 대목의 그것 같지 않았다. 춥고 배고
파 두루 구경할 경황이 없었다. 역관(조선 통역관)이 제독(타국 사신을

호송하는 청나라 관리), 통관과 의논했다.

"물은 건널 수도 없거니와 밥을 지을 만한 곳도 없으니 어쩌면 좋겠소?"

오림포가 말했다.

"밀운성에서 5리밖에 안 되고 사세가 이러니 도로 성으로 들어가 물 빠지길 기다리는 수밖에 없습니다."

70세가 넘은 오림포는 추위와 주림을 견딜 수 없는 모양이고 제독 이하 여러 사람이 모두 한 번도 가본 일이 없는 북방의 길이다. 게다가 날도 저물었다.

밀운성에서 우리 일행의 숙소로 정해진 곳은 관묘(關廟)였다. 관묘에 인마는 들일 수 있으나 사신이 거접할 곳은 없었다. 밤이 깊은 때라 오림포가 집집마다 문을 두드렸으나 허사였다. 그런데 한 집에서 겨우 나와 응대했다. 이 고을 아전 집으로, 행궁이나 다름없었는데 주인 소씨(蘇氏)는 이미 죽었고 열여덟 살인 청년이 우리를 맞아들인 것이다.

정사가 청년을 불러 청심환 한 개를 주자 몹시 놀라 떨기까지 했다.

얼마 후 역관이 와서 말했다.

"밀운 지현이 밥 한 동이와 채소, 과일 다섯 쟁반, 돼지, 양, 거위, 오리고기 다섯 쟁반, 차와 술 다섯 병을 보내왔고 또 땔나무와 말먹이도 준비되었답니다."

정사가 말했다.

"땔나무와 말먹이는 받지 않을 이유가 없겠지만 밥과 고기들은 주방이 있으니 남에게 폐를 끼칠 게 있나. 받든지 안 받든지 부사와 서장관께 여쭈어 결정짓는 게 옳겠군."

수역은, 으레 그런 대접이 있어 왔으며 지주(地主)의 체면을 봐서 어찌 물리칠 수 있느냐는 의견이었다.

그때 부사와 서장관이 들어와 말했다.

"이건 황제의 명이 없은즉 어찌 받을 수 있겠어요. 마땅히 돌려보냄이 옳습니다."

정사도 그렇다고 찬성했다.

다시 얼마 지난 뒤, 조달동이 와서 여쭈었다.

"군기대신 복차산(福次山)이 당도하였다 합니다."

황제가 특히 군기대신을 파견하여 사신을 맞게 한 것이었다. 그리하여 그가 바른길로 덕승문(德勝門)에 들어가자 우리 일행은 이미 동편 다른 문을 통과했으므로 서로 어긋나게 된 것이었다. 그래서 복차산은 밤낮없이 뒤를 쫓아온 것이다.

"황제께옵서 사신을 고대하고 계시오니 반드시 초아흐렛날 아침 일찍 당도하여 주시오."

복차산은 두세 번 거듭 부탁하고 가버렸다. 군기(軍機)란 마치 한나라 때의 시중(侍中)과 같아, 황제 앞에 있다가 황제가 군기에게 명령을 내리면 군기가 하나하나를 의정대신에게 전달하곤 한다. 그가 비록 계급은 낮으나 황제와 가까이 있어야 하는 직책이므로 '대신(大臣)'이라 일컫는 것이다.

눈이 뜨이는 대로 일어나 시대에게 밥이 되었느냐고 물었다.

"애초에 밥을 지은 일이 없답니다."

시대가 빙긋 웃는다. 사실 그때는 닭 울 녘이어서 물 한 그릇, 땔나무 한 움큼도 사올 곳이 없었다. 그리고 부사의 주방은 비 내리기 전인, 낮에 이미 시내를 건넜으므로 영돌(永突)이 서장관의 주방을 겸했으나 밥 지을 기약은 아득했다. 하인들이 모두 추위와 주림에 시달려 혼수상태였다. 하는 수 없어 몸소 주방에 들어가 살펴보니 영돌이 홀로 앉아 긴 한숨만 내뿜고 있다. 정사와 함께 술 한 잔씩 마시고 곧 길을 떠났다. 그때 닭이 서너 홰를 쳤다.

창대는 어제 말에 밟혀 마철이 낸 깊은 상처로 신음하고 있다. 그 대신으로 견마 잡을 자도 없었으므로 일이 아주 낭패스러웠다. 그렇다고 제대로 걸을 수 없는 창대를 중도에서 떨어뜨리는 것도 있을 수 없는 일이다. 잔인하기 짝이 없지만 기어서라도 뒤를 따라오라 하고 나 스스로 고삐를 잡고 성문을 나선 것이었다.

사나운 물결 휩쓸려 파인 길은 날카로운 맹수의 이빨같이 뾰죽뾰죽한 돌들로 위험했다. 손에 등불 하나가 들려 있긴 했으나 그것도 거센 바람에 꺼져버리고 말았다.

동북쪽에서 비치는 한 떨기 별빛만 바라보면서 전진했다.

앞 시냇가에 이른즉 물은 이미 물러갔으나 그렇더라도 말 배꼽까지 찼다. 창대가 몹시 춥고 배고픈 데다 병으로 정신이 희미한 채 또 이 차가운 물을 건너야 할 것을 생각하니 걱정이 이만저만이 아니다.

7일, 아침에 비가 조금 뿌렸으나 곧 개다.

목가곡(穆家谷)에서 아침 식사를 마치고 남천문(南天門)을 나섰다.

성은 큰 재 마루턱에 있어 후미진 곳에다 문을 냈다. 성 이름은 '신성(新城)'이다. 오호(五胡) 16국 중 하나인 후조(後趙)의 황제 석호(石虎)의 장수 마추(麻秋)가 장렬하게 전사한 곳이 곧 이곳이다.

이곳에서부터 잇달아 높은 고개다. 오름길이 많고 내림길이 적은 것으로 보아 지세의 험악함을 알겠다. 물결도 더욱 거칠었다.

이곳까지 온 창대가 부사와 서장관 가마에 매달려 통증을 호소했다 한다. 그때 나는 이미 고북하(古北河)에 닿아 있었는데 뒤따라온 부사와 서장관이 어떤 방법은 없는지 묘책을 물었다. 나로서도 방법은 없었다. 이윽고 창대가 기다시피하여 따라왔다. 중간에서 말을 얻어 타고 온 모양이었다. 나는 돈 2백 닢과 청심환 다섯 알을 주어 나귀를 세내 따라오게끔 했다.

드디어 고북하를 건넜다. 이 물의 다른 이름은 광형하로 백하의 상류였다.

저녁에 석갑성(石匣城) 밖에 이르러 밥을 지었다. 성 서쪽에 있는 돌이 꼭 갑(匣)처럼 생겨 붙은 이름이란다. 식사가 끝나자 이내 떠났다. 이미 어두워지기 시작했다.

마을마다 대추나무로 울타리가 되었고, 대추철이라 반쯤 익은 대추는 한 줌이나 될 만큼 컸다. 대추나무 밭은 마치 우리나라 청산(青山), 보은(報恩) 같았다. 마을을 지날 때마다 남녀 구경꾼들이 몰려나왔다. 나이가 든 여인치고 목에 혹이 달리지 않은 사람이 없다. 뒤웅박처럼 큰 혹도 있다. 또 서너 개가 주렁주렁 달린 사람도 있다. 남자 늙은이 중에도 가끔 혹 달린 사람이 보였다. 〈의방醫方〉에 '산골짜기 물은 아주 급히 흐르므로 오래도록 마시면 혹이 많이 생긴다'고 되어 있는데 이곳 사람들도 그에 해당되는 듯하나, 유독 여인들에게 많은 까닭은 무슨 이유인지 알 수 없다.

잠시 성안에서 말을 쉬게 했다. 시전과 거리가 제법 번화했으나 집집마다 문이 닫혔다. 밤이 깊은 때라 두루 구경할 수가 없어 술을 사서 조금 마시고 곧 나섰다.

물가에 다다르니 길이 끊어지고 물이 넓어 갈 곳을 헤아릴 수가 없다. 그런데 허물어진 집 너덧 채가 언덕에 의지해 있어 제독이 달려가 말에서 내리더니 수없이 문을 두드려 사람을 나오게 했다. 그에게 호통을 치자 자기 집 앞에서 곧장 나가라고 대답했다.

돈 5백 닢으로 그를 품사서 정사의 가마를 인도하게 하여 드디어 물을 건넜다. 강 하나를 아홉 번이나 건너는데 물속의 돌에 이끼가 끼어 미끄럽기 그지없고 물은 말 배에 넘실거렸다. 다리를 옹송그리고 한 손으로 고삐를 잡고 다른 손으로는 안장을 잡았다. 끌어주는 사람도, 부축하는 사람도 없건만 그래도 떨어지지는 않았다. 나는 그제서야 비로소 말을 다루는 데 방법이 있음을 깨닫게 되었다.

내가 오늘 밤 이 물은 건넌 것은 세상에서 가장 위태로운 일이었다. 하지만 나는 말만을 믿고 말은 제 발을 믿고 발은 땅을 믿어서 견마 잡은 보람이 있었다.

수역이 주부에게 말했다.

"옛 사람이 위태로움을 말할 때 소경이 애꾸 말을 타고 밤중에 깊은 물가에 서 있는 것이라고 하지 않았소? 정말 오늘 밤 우리들의 일이 그렇습니다."

내가 말했다.

"그게 위태롭기는 위태로운 일이지만 잘 아는 것이라곤 할 수 없을 게야."

그들은 어째서 그러냐고 물었다.

"소경을 볼 수 있는 자는 눈 있는 사람이라 소경을 보고서 스스로 자기 마음에 위태롭게 여기는 것이지 결코 소경이 위태로운 줄을 아는 게 아니오. 소경 눈에는 어떤 위태로움도 보이지 않는데 무엇이 위태롭단 말이오?"

내 말에 서로 바라보며 껄껄 웃었다.

8일, 개다.

새벽에 반칸 방에서 밥을 지어 먹고 삼간 방에서 잠깐 쉬었다.

드문드문 산기슭에 화려한 사당과 절이 보인다. 99층짜리 백탑(白塔)이 있다. 그 탑과 사당 자리는 아무리 보아도 경치가 좋은 산등성이가 아니라 물이 흘러 떨어지는 허술한 곳에다 막대한 돈을 쏟아부은 것은 대체 무슨 까닭인가. 그런 것들이 수없이 많은데 그 규모의 웅장함과 조각의 공교로움, 찬란한 단청이 하나만 보면 다른 것들도 능히 짐작할 수 있어 일일이 기록할 필요가 없다.

차츰 열하가 가까워지니 사방에서 조공(朝貢)이 모여든다. 수레, 말, 낙타 등이 밤낮없이 몰려들어 이루 말할 수 없이 번잡하다.

별안간 창대가 맨 앞에 나타나 절했다. 몹시 반가웠다. 혼자 뒤떨어져 통곡할 때 수레에 태워주는 하인들이 없자 제독이 말에서 내려 수레를 세내어 타게 했고, 오늘은 제독이 그 수레에 오르고 자기의 나귀를 창대에게 주어 타고 오게 했다.

나는 그 얘기를 들어 알기 때문에 물어보았다.

"나귀는 어디 두었느냐?"

"제독이 저더러 '네가 먼저 타고 가다 내리고 싶거든 지나가는 수레 뒤에 나귀를 매어두면 내가 뒤따라가다가 찾겠다' 하더이다. 그리하여 삽시간에 50리를 달려 고개 위에서 수십 바리의 수레가 지나가기에 맨 나중 수레에다 매어두었습니다."

제독이 참으로 고맙다. 그의 나이는 60에 가까운데, 우리 일행을 보호함이 직책이지만 외국의 한 마부를 위해서 마음을 쓰는 것이 참으로 인자하고 아름다웠다.

창대의 병이 차도가 있어 견마 잡고 갈 수 있게 된 것 또한 크게 다행한 일이었다.

삼도량(三道梁)에서 잠깐 쉬고 합라하(哈喇河)를 건너 황혼 무렵에 큰 재를 넘었다. 조공 가는 수많은 수레가 길을 재촉하며 달린다. 나는 서장관과 고삐를 나란히 하여 갔다.

여기에 이르기까지 나흘 동안 밤낮없이 왔다. 하인들은 가다가 조느라고 발길을 멈추고 나 역시 졸음을 이기지 못해 눈꺼풀이 무겁다.

창대가 걸으면서 이야기를 하기에 대꾸하다가 가만히 살펴보니 헛소리가 그처럼 정중했던 것이다.

창대는 여러 날 주린 끝에 추위에 떠는데 학질에 걸린 듯했다. 그때 수역과 동행했는데 그의 마부도 역시 한전(심한 오한으로 몸이 떨림)하고 크게 앓는다고 해, 함께 말에서 내렸다. 다행하게도 참이 5리밖에 안 되어 병든 두 마부를 각기 말에 싣고, 창대는 흰 담요로 싸 띠로 묶었다. 그리고 수역의 마부더러 부축해 먼저 가게 했다.

수역과 함께 걸어 참에 도착했을 때는 이미 밤이 깊었다. 객점에 이르니 곧 밥을 내왔으나 심신이 피곤해 수저조차 무거웠고 혀도 움직이기 어려웠다. 상에 오른 모든 음식들이 '잠'으로만 보였고 촛불도 무지개처럼 뻗쳤다.

나는 청심환 한 알로 소주와 바꾸어 마셨다. 술맛이 어찌나 좋은지 몰랐고 마시자 이내 훈훈하게 취해 나도 모르게 베개를 당겨 잠을 잤다.

9일, 개다.

아침나절(9~11시), 열하에 도착해 태학(太學)에 머물렀다.

이날은 닭 울 녘에 수역과 먼저 떠났다. 난하 건너기가 어렵다는 애기를 길에서 듣고 수역이 오는 사람마다 난하 소식을 물었다. 한결같이 '6, 7일 기다려야만 한 번 얻어 타고 건널 수 있다'는 대답이었다.

강가에 이르렀다. 구름처럼 모인 거마(車馬)가 수천에서 만에 이를 것 같았다. 넓고 거센 흙탕물이 소용돌이치며 흘렀다. 행궁 앞 물살이 제일 거세다. 난하는 독석구(獨石口)에서 나와 옛 흥주(興州) 지경을 거쳐 북례(北隸)로 들어간다.

강가에는 겨우 작은 배 네댓 척뿐이었다. 사람은 많고 배는 작으므로 건너기가 어렵다.

말 탄 사람들은 모두 얕은 물목을 골라 건너지만 수레는 그럴 수 없었다. 모자에 푸른 새깃을 꽂은 사람이 언덕 위에 서서 채찍을 들고 지휘하며 먼저 우리 일행을 건너게 했다. 짐짝에 '진공(進貢)' '상용(上用: 황제의 어용)' 등의 글자를 쓴 깃발을 꽂은 것이라도 먼저 건너지 못하게 했다. 혹시 먼저 뛰어오른 자의 차림새가 관원일지라도 반드시 채찍으로 몰아낸다. 그는 행재낭중(行在郎中)인데, 황제의 명으로 나루 건너는 일을 간검(두루 살피고 검사함)하는 것이다.

다만 크기가 집채만 한 쌍교(雙轎) 넷이 있었는데, 바로 배 안으로 메고 들어갔다. 낭중들도 그 위세에 눌려 한 걸음 물러설 지경이다. 그 가마꾼들의 눈에는 하늘도 땅도 물도 없을 뿐만 아니라 사람도 띄지 않는 모양이다. 그러니 외국 사람이야 더 말할 것도 없다. 그 가마에 어떤 보물이 들어 있기에 가마꾼들이 그처럼 유세를 부릴까?

강을 건너 10여 리를 가자 환관(宦官) 셋이 와서 박보수와 말 머리를 붙이고 몇 마디 주고 받더니 말을 돌려 가버렸다. 또 다른 내시가 오림포와 말을 나란히 타고 가면서 얘기를 나누는데 무슨 얘기인지 가끔 오림포의 낯빛이 변하며 놀란다. 박보수와 서종현이 말을 달려 옆으로 가면 오림포는 손짓으로 가까이 오지 못하게 했다. 무슨 큰 비밀 이야기를 하는 모양이었다. 그 내시 역시 말을 달려 가버렸다.

산모롱이를 지났다. 언덕 위에 돌을 깎아 세운 듯한 봉우리가 탑처럼 마주 서 있는 것이 보였다. 하늘의 기묘한 솜씨를 뽐내듯 그 높이는 백여 길이나 된다. 때문에 '쌍탑산(雙塔山)'이라는 이름을 얻게 된 것이다.

연달아 내시가 와서 사행이 어디까지 왔는지를 확인하고 갔다. 예부에서는 태학(太學)에 들라는 뜻을 먼저 알리러 왔다.

며칠 산골길만 다니다가 열하로 들어서니, 우선 궁궐의 장려함에 놀라게 된다. 시전이 좌우로 10리에 뻗쳐 북쪽 변방의 큰 도회지임을 실감케 된다. 서쪽에는 봉추산의 한 봉우리가 우뚝 솟아 있다. 마치 다듬잇방망이 같이 생겼는데 높이가 백여 길이나 된다. 꼿꼿이 하늘을 찌르고 있는데 석양이 옆으로 비치어 찬란한 금빛을 뽐고 있다. 강희제가 이름을 '경추산'이라 고쳤다 한다.

열하성은 높이가 세 길이 넘고 둘레는 30리이다. 강희 52년(1713)에 돌을 섞어 얼음 무늬로 쌓아 올렸다. 이를 가요문(哥窯紋)이라 한다. 민가의 담도 모두 이 방법을 썼다.

성 위에 방첩(防諜)을 쌓기는 했으나 여느 담과 다르지 않다. 지나오면서 본 여러 고을의 성곽만도 못한 듯했다.

지난해 새로 지은 태학은 그 제도가 연경과 다르지 않았다. 대성전(大成殿)과 대성문(大成門)은 겹처마에 누런 유리기와를 얹었다. 명륜당(明倫堂)은 대성전 오른편 담 밖에 세웠는데 당 앞에 행각(行閣)이 있고 오른편에는 진덕재(進德齋), 수업재(修業齋) 등이 있다. 뒤에는 벽돌로 된 대청이 있고 그 좌우에 작은 재실이 있다.

오른편에 정사, 왼편에 부사, 서장관은 별재에 들게 되었다. 그리고 비장과 역관은 모두 한 재실에, 두 주방은 진덕재에 나누어 들었다.

태학유관록太學留館錄

바로 앞 9일 것을 뒤이어 14일에 그쳤다. 모두 엿새 동안의 일이다.

9일

이전의 일(9시~11시)은 이미 길에서 적었고 그 이후 것은 관(館)에 머무른 일을 기록하기로 했다.

이날 몹시 더웠다. 후당(後堂)으로 들어서니 의자에 앉았던 한 노인이 모자를 벗으며 '수고하십니다' 하고 맞이했다. 내가 읍으로 답례하고 앉자 노인은 또 물었다.

"벼슬이 몇 품(品)입니까?"

"저는 선비입니다. 귀국에 관광하려고 삼종형인 대대인(大大人)을 따라왔습니다."

중국인들은 정사를 대대인, 부사를 얼대인(乙大人)이라 한다. 얼은 둘째라는 뜻이다.

노인이 내 성명을 묻기에 써 보였더니 정사의 성명, 관직, 품계, 등을 물었다. 성명은 박명원(朴明源), 품계는 일품, 관직은 내대신(內大臣)이고 부마(駙馬)임까지 알려주었다. 노인은 붉은 명함 한 장을 건네었다. '통봉대부(通奉大夫: 종3품) 대리시경(大理寺卿: 법원장에 해당) 치사(致仕) 윤가전(尹嘉銓)'이라 적혀 있었다.

"공이 이미 공사(公事)를 그만두셨다면 무슨 일로 이 먼 변방까지 나오셨습니까?"

"황제의 명을 받들었습니다."

이번에는 다른 사람이 말했다.

"저도 조선 사람입니다. 천명(賤名)은 기풍액(奇豊額)이옵고 경인년(1770)에 문과에 장원하여 현재 귀주안찰사 근무 중이옵니다."

노인이 말했다.

"이제 사해(四海)가 한 집안이라, 문을 나서면 모두 동포 형제가 아니오이까."

여러 얘기 끝에 사람들이 일어서며 말했다.

"윤 대인께서 이제 곧 조정에 나가셔야 하니 후일 다시 만납시다."

노인은 벌써 모복(帽服)을 갖추었으며 나를 따라 정사의 방 앞에 이르렀다. 나는 그가 조정에 나가는 것으로만 알았지 나를 따라올 줄은 몰랐다.

정사는 밤낮없이 시달린 나머지 겨우 눈을 붙일 수 있었던 터라 소개하기가 저어되었다. 부사와 서장관을 소개하기도 꺼려졌다. 우리나라 대부들은 자신을 존귀한 체함이 대단하여, 중국 사람을 보면 만인(滿人), 한인(漢人)을 구분치 않고 모두 휩쓸어 되놈으로 취급한다.

노인이 뜰에서 기다리고 있기 때문에 나는 더욱 난처해 정사에게로 들어가 말했다. 정사가 탐탁치 않은 표정으로 말했다.

"나 혼자 만날 수는 없으니 어쩌면 좋을까?"

노인이 뜰에 오래 서 있는 게 미안해서 그에게로 가 말했다.

"정사께서 밤낮을 가리지 않으시고 먼 길을 오시느라 퍽 피곤하시어 삼가 맞이하지 못하니 다른 날 몸소 나아가 사례하려 하옵니다."

"그렇습니까."

노인이 읍을 하고 나가는데 그 기색이 매우 민망해하는 듯했다. 그가 탄 가마 차림이 휘황찬란한 것으로 보아 귀인이 타는 것임이 분명했고 뒤따르는 10여 명의 종자 모두 비단옷 차림이었다.

통관이 당번한 역관에게 묻는다.

"귀국에서도 부처를 존경하나요? 또 절은 얼마나 있습니까?"

수역이 들어와 사신에게 물었다.

"통관의 질문이 그냥 하는 것이 아닌 듯하온데 뭐라 대답하리까?"

삼사가 의논해 수역에게 답할 내용을 일렀다.

"우리나라 습속에는 본디 부처를 숭배치 않았으므로 시골에는 혹 절이 있으나 서울이나 도회에는 없소."

조금 뒤에 군기장경(軍機章京) 소림(素林)이 황제의 조서를 입으로 전했다.

"조선의 정사는 이품 끝의 반열에 서라."

이는 진하(陳賀)하는 날 조정에서의 앉을 자리를 미리 일러주는 것인데, 전에는 없었던 일이라 했다.

또 예부에서도 말을 전했다.

"사신이 우반(右班)에 오름은 전례에 없는 은전(恩典)인즉 의당 황감하옵다는 인사 절차가 있어야 할 것이니, 그 뜻을 예부에 글로 내면 곧 황제께 올리겠소."

사신이 말했다.

"배신(陪臣: 천자에 대한 스스로를 일컬음)이 사신으로 와서 비록 황제의 지극하신 은총을 입사와 황감하기 그지없사오나 사사로이 사례함은 도리어 어긋남일까 하오니 어떠하오리까?"

그러자 예부에서 '무엇이 해롭겠느냐'며 잇달아 독촉이 빗발치듯 했다.

황제는 연세가 높은 데다 재위한 지도 오래되어 권세가 한 손에 있었다. 총명함이 쇠하지 않았고 기혈이 더욱 왕성해졌다. 그러나 시새우고 사납고 가혹하고 엄한 일이 많아서 기쁘고 성냄에 절도가 없어졌다. 그러니까 자연 신하들은 모두 그때그때 잘 둘러대는 것을 상책으로 삼고 오로지 황제 마음을 기쁘게 하는 것만이 시의

(時義)에 맞는 것으로 알았다.

예부에서는 글을 올리라는 독촉도 다 그런 때문이었다. 그러니 예부의 생각일 따름이었다.

당번 역관이 말했다.

"지난해 심양에 사신을 갔을 때도 역시 글월을 올려 사례한 일이 있사오니 이번에도 그렇게 하는 것이 좋겠습니다."

부사와 서장관이 의논해 글월을 만들어 예부에 보내 황제께 바치게 했다.

저녁 식사 후 나는 윤공(후당에서 만났던 노인)을 그의 처소로 찾아 갔다. 윤공은 얌전하고 소탈했다.

"아까는 몹시 바빠 이야기를 마치지 못했으니 빠진 것이나 잘못된 것을 들려주시면 고치고 보충하겠습니다."

내가 말했다.

"우리나라 선비들은 바다 저 구석에서 태어나 늙어죽도록 한곳을 떠나지 못해 반딧불이처럼 날고 버섯처럼 말라 하잘것없는 시편(詩篇)으로써 큰 나라의 책에 실리게 됨은 영광스럽고 다행한 일입니다.

우리나라 선유(先儒) 중에는 이이(李珥)라는 어른이 있으니 그분 호는 율곡(栗谷)입니다. 또 이정귀(李廷龜: 조선 선조 때 문인, 정치가)라는 이가 있는데 호는 월사(月沙)입니다. 그런데 이곳 책, 〈시종詩綜〉에는 이정귀의 호가 율곡이라고 잘못되어 있고, 월산대군(月山大君)은 공자(公子)임에도 그 이름이 '정(婷)'이라 여자로 잘못되었고, 허

274

봉(許篈: 허균의 형)의 누이동생은 호가 난설헌(蘭雪軒)인데 그의 소전(小傳)에는 여관(女冠: 여도사)이라 되어 있습니다. 우리나라에는 원래 도관(道觀)이니 여관이니 하는 것이 없고 또 호를 경번당(景樊堂)이라 한 것은 더욱 잘못된 것입니다."

나의 지적을 듣고 그는 크게 웃었다.

영돌이 찾아왔기에 밖으로 나오니 달빛이 뜰에 가득했다. 상방(上房)에 가보니 하인들이 휘장 밖에서 코를 골았고 정사도 잠들어 있었다. 정사의 머리맡에 있는 술병 둘을 흔들어보니 한 개는 차 있고 한 개는 빈 병이었다. 달빛이 이리 밝은데 어찌 마시지 않으리. 잔을 가득 채워 마시고 나와 뜰 한가운데 서서 달을 쳐다보았다.

담 밖에서 삼경의 두 점을 쳤다. 아, 애석하구나. 이 좋은 달밤에 함께 구경할 사람이 없으니. 나도 방으로 들어와 쓰러지듯 베개에 머리를 얹었다.

10일, 개다.

영돌이 나를 깨웠다. 당번 역관과 통관이 문밖에 모여 연방 늦었다고 재촉한다. 야경 소리가 아직도 들린다.

아침 죽이 머리맡에 놓여 있었다.

억지로 일어나 따라가보니 등불 빛에 좌우 시전이 보이나 연경보다는 어림없고 심양·요동에도 미치지 못했다.

궐 밖에 이르렀으나 그때까지도 날이 새지 않아 통관이 사신을 인도해 큰 묘당에 들어 쉬게 했다. 지난해 새로 세운 관제묘였다. 묘 안에 연경 벼슬아치들이 여기저기 머물고 있었으며 왕자들도 이 안에 많이 와 있다고 했다.

당번 역관이 와서 말했다.

"어제 예부에서 알린 것은 다만 부사와 부사의 사은(謝恩)만을 말했으나 이는 황제가 명을 내려 정사 · 부사만을 우반에 올라 참석케 함이며, 따라서 그 은혜를 사례하는 것이므로 서장관은 사은하는 일이 없을 듯합니다."

그 말에 서장관은 관제묘에 머물고 정사와 부사가 궐 안으로 들어갈 때 나도 따라갔다.

모든 전각에는 단청을 올리지 않았고 '피서산장(避暑山莊)'이라는 편액만 붙였다. 오른편 곁채에 예부 조방(朝房: 조회를 기다리는 방)이 있어서 통관이 그곳으로 인도한다. 한인(漢人) 상서(尙書) 조수선(曹秀先)이 교의에서 내려와 정사의 손을 잡고 매우 반기는 듯 말했다.

"대인(大人)은 앉으시오."

사신은 손을 들어 사양하며 주인이 먼저 앉기를 청했으나 상서는 연신 손을 들어 '대인께서 먼저 앉으시죠' 했다. 정사와 부사가 할 수 없이 먼저 캉(구들)에 올라앉았다. 그제서야 상서가 교의에 걸터앉아 서로 인사를 나누었다.

우리 사신의 의관은 그의 모복에 비기면 풍채로운 선인(仙人)이라 할 수 있겠다.

"서장관의 거취는 어떻게 하오리까?"

정사의 물음에 상서가 답했다.

"오늘 사은에는 함께할 것이 아니고 후일 하반(賀班)에는 함께 나와도 좋습니다."

통관이 알렸다.

"만인(滿人) 상서 덕보(德甫)가 들어옵니다."

사신이 문에 가 맞아 읍하니 덕보도 읍으로 답례하고 멈춰 서더니,

"오시느라 고생하셨지요? 어제 황상께서 내리신 각별한 은총을 잘 아시는지요?"

했다. 사신은 그에 답했다.

"황은(皇恩)이 거룩하와 영광이 그지없소."

덕보가 웃으며 뭐라 했으나 분간키 어려웠다. 그러고는 곧 가버렸다.

내옹관이 찬(饌) 세 그릇을 내왔는데 설기와 돼지고기적 그리고 과일이다. 예부 낭중이 말했다.

"이는 황제의 아침 찬에서 세 그릇을 물려온 것이오."

얼마 후 통관이 사신을 인도해 전문 밖에 나가 삼배(三拜), 구고두(九叩頭: 세 번 무릎을 꿇어 절하고 아홉 번 머리를 조아림)의 예를 행하고 돌아왔다.

"이번 황은이야말로 망극하오이다. 귀국은 의당 예단을 더 보내야 할 것이오. 그러면 사신과 종관(從官)에게도 역시 두 번째로 상

품이 내릴 것이리라.”

말한 사람은 만주인으로 예부 우시랑(右侍郎) 아숙(阿肅)이라는 자
였다.

사신은 조방에 다시 들고 나는 먼저 나왔다. 대궐 밖에는 수레와
말이 빽빽했는데 문밖에서 갑자기 사람들이 좌우로 갈라섰다. 그
리고 조용해졌다. 모두들 “황자(皇子)가 오시는 거요?” 했다.

한 사람이 말 탄 채 궐내로 들어갔고 따르는 자들은 모두 말에
서 내려 걸어갔다. 그가 황육자(皇六子: 황제의 여섯째 아들) 영용(永瑢)
이다. 흰 얼굴에 얽은 자국이 낭자했다. 낮은 콧날에 몹시 넓은 볼,
어깨가 넓고 가슴이 떡 벌어진 건장한 체구였으나 귀티가 나지 않
았다.

관제로 들어가보니 이미 사신이 나와 옷을 갈아입고 있었다. 함
께 관(館)으로 돌아왔다.

11일, 개다.

사신이 새벽에 대궐로 들어갔다. 상서 덕보가 인사 후 말했다.

“내일은 분명, 만나보시겠다는 명령이 내릴 것이나 오늘 그런 명
령을 내리지 않으신다는 것을 확언할 수 없으니 조방에 앉아서 기
다리십시오.”

사신이 조방으로 들어가니 어제와 똑같은 황제의 어찬(御饌)이
내려졌다.

나는 궐문 밖으로 나가 천천히 걸으며 구경했다. 길가의 다방(茶房)과 주점에 수레와 말이 들끓었다.

새로 나온 과일이 수북수북 쌓여 있는 과일점에서 노전(老錢: 중국 엽전) 일 백으로 배 두 개를 샀다. 과일점에서 나오니 맞은편 주점의 깃대가 펄럭이고 있었다. 나는 발길 따라 주점 다락으로 올라갔다. 삼삼오오 짝을 지어 앉은 사람들은 몽고나 회회국 패거리였다.

몽고인들은 우리나라 쟁반 같은 모자를 썼고 회회국 사람들은 붉은옷이나 검정옷을 입고 있었다. 두 오랑캐의 모습이 한결같이 더럽고 사나워, 올라온 것이 후회스러웠으나 이미 술을 청한 뒤라 그냥 교의에 앉았다.

"몇 냥어치 술을 마시렵니까?"

심부름꾼이 와서 물었다. 여기서는 술을 무게로 판다. '넉 냥'이라 말했다. 심부름꾼이 가더니 술을 데우려 하기에 나는 "찬 채로 달아 와" 했다. 심부름꾼이 술과 잔을 탁자에 벌여 놓았으나 나는 담뱃대로 작은 잔을 쓸어 엎고 "큰 술잔을 가져와" 했다. 그리고는 큰 술잔에 전부 부어 단박에 다 들이켰다. 여러 되놈들이 보고 놀라지 않는 자가 없었다. 내가 호쾌하게 마시는 것이 부러운 모양이었다.

중국의 음주법은 매우 차분하다. 한여름이라도 반드시 데워 마시고 소주라도 역시 마찬가지다. 술잔은 작은데 꼭 은행알만 하다. 그럼에도 단번에 쭉 들이켜는 법이 없는 것이다.

내가 찬술을 달래서 넉 냥쭝을 큰 잔에 다 부어 단숨에 들이마신 것은 저들을 두렵게 하기 위해 일부러 대담한 체한 것이다. 그러니 실로 겁쟁이 짓이지 용기가 아니었다. 그러나 찬술을 달랄 때부터 여러 되놈들이 놀랐고 그것을 큰 잔으로 단숨에 마시자 모두들 나를 두려워하는 기색이었다.

나는 8푼을 꺼내 심부름꾼에게 술값을 치르고 나오려 했다. 그때 여러 되놈들이 모두 교의에서 일어나 머리를 조아리며 자기네 자리에 앉기를 청했다. 그중 한 사람은 자기 자리를 비워 나를 앉혔다. 한 되놈이 일어나더니 석 잔을 부어놓고 마시라고 했다. 나는 일어나 찻잔에 남아 있는 차를 쏟아버린 뒤 거기에 석 잔을 다 부어 단숨에 쭉 들이켜고 한 번 읍한 후에 큰 걸음으로 층층대를 내려왔다. 길에서 다락을 올려다보니 웃고 떠드는 소리가 요란했다. 아마도 내 얘기를 하는 모양이었다.

사관에 돌아오니 점심 때가 아직 멀었다.

얼마 후, 창대가 와서 알렸다.

"아까 황제께서 사신을 불러 또 활불(活佛: 살아 있는 부처. 여기서는 라마교 교주 반선을 가리킨다)을 가보라 하셨습니다."

나는 밥을 재촉해 먹고 의주비장(義州裨將)과 함께 궐 안으로 들어가 사신을 찾았다. 그러나 이미 반선(班禪: 라마교 교주)의 처소로 간 뒤였다.

궁성을 끼고 왼쪽으로 돌자 서북쪽 일대에 자리한 궁관(宮觀)과 사찰들이 하나씩 하나씩 눈에 들어온다.

군포(軍鋪)가 있는 곳마다 보초병들이 나와 구경하다가 내가 혼자서 길을 찾는 낌새를 채고 서로 서북쪽 먼 데를 가리켰다. 그제서야 나는 내를 끼고 갔다. 물가에는 흰 군막이 수천이나 되었다. 모두 수자리 사는 몽고병이었다.

강에 거의 1리나 되는 다리가 단청을 올린 난간과 함께 그림 같았다. 내가 그 다리를 건너려고 하자 한 사람이 모래밭을 급히 달려오며 손을 휘젓는다. 건너지 말라는 것이었다.

급한 마음으로 채찍하던 끝에 보니 돌다리가 나타났고 그 위에 우리나라 사람들이 많이 오고 가기에 말에서 내려서 문으로 들어섰다. 기이한 바위와 괴상한 돌들이 층층으로 쌓여 있다.

사신과 당번 역관은 궐내에서 바로 이곳에 왔기 때문에 내게 알리지 못한 것이 못내 애석하던 차에 내가 나타나자 뜻밖이라며 반겼다. 내게 구경 벽(癖)이 심하다고 조롱하기도 했다.

여태까지 금기와로 지붕을 이은 것은 보지 못했다. 지금 이 전(殿)을 덮은 기와가 순금인지 도금인지를 알 수 없었다. 2층 대전이 둘, 다락 하나, 문 셋 그리고 나머지 정각은 여러 빛깔로 된 유리기와이다.

대(臺) 위의 작은 전각 창호는 모두 우리나라 종이로 발랐다. 창틈으로 들여다보니 교의, 탁자, 향로, 화병 등이 모두 운치 있어 보이는데 텅 비어 있었다.

하인들은 문밖에 있게 하고 함부로 들어오지 못하게끔 엄명을 내렸는데도 조금 지나자 모두 기어올라왔다. 역관과 통관이 크게 꾸짖어 나가게 하자 그들이 말했다.

"저희들이 어찌 함부로 들어왔겠습니까? 문지기가 저희들이 들어가지 않을까봐 오히려 인도해서 올려보낸 것입니다."

정사의 얘기는 이러했다.

아침 나절 사찬(賜饌)이 있은 뒤 조금 지나자 인대(引對)하겠다는 명령이 내려 통관 인도하에 정문 앞에 이르렀더니 동쪽 협문에 시위(侍衛)하는 뭇 신하들이 서 있기도 하고 앉아 있기도 했다. 상서 덕보와 낭중 몇이 와서 사신 출입을 주선하는 절차를 지휘하고 갔다. 그리고 곧 군기대신이 황제의 뜻을 받들어 물었다.

"그대 나라에도 사찰이 있으며 또 관제묘도 있는가?"

그 얼마 뒤 정문으로 들어와 벽돌 깔아 놓은 위에 나앉았다. 교의와 탁자도 내오지 않고 다만 평상에 누런 보료를 깔았으며, 좌우의 시위는 모두 누런 옷을 입었다. 그중 칼을 찬 자는 서너 쌍에 불과했고 누런 일산을 받들고 선 자는 두 쌍이었다. 그들 모두 엄숙한 표정으로 침묵을 지켰다. 먼저 회자(回子: 이슬람 국가)의 태자가 앞으로 나와 몇 마디 아뢰고 물러간 뒤 사신과 세 통사를 나오라 했다. 모두 나아가 무릎을 꿇었다.

황제가 물었다.

"국왕은 편안하신가?"

"평안하십니다."

사신이 공손히 대답하자 또 물었다.

"아주 말을 잘하는 자가 있는가?"

상통사(上通事) 윤갑종(尹甲宗)이 만주말로 '약간 안다'고 대답하자 황제가 좌우를 돌아보며 기쁜 웃음을 웃었다. 황제는 모난 얼굴이 희멀겋고 약간 누런 빛을 띠었다. 수염은 반쯤 희고 나이는 예순쯤인 듯싶었다.

사신이 반열에서 물러서자, 무사 예닐곱이 차례로 들어와 활을 쏘았다.

살 하나를 쏜 다음 반드시 무릎을 꿇고 고함을 친다. 과녁을 맞힌 자가 두 명으로 그 과녁은 마치 우리나라의 풀로 만든 것과 같은데 한복판에 짐승 한 마리가 그려져 있다. 활쏘기가 끝나 황제가 돌아갈 때 내시들은 모두 물러가고 사신도 역시 물러갔다. 문을 채 나서지 않았는데 군기가 와서 황제의 전갈을 내렸다.

"사신은 곧장 찰십륜포(札什倫布)로 가서 액이덕니(額爾德尼)를 뵈오라(찰십륜표는 반선이 살고 있는 곳, 액이덕니는 반선의 호이다)."

옛 역사를 들춘다면 서번(西番)은 저 멀리 사천(四川), 운남(雲南) 밖에 있는데 이른바 서장(西藏: 티베트)의 땅이다.

서장 사람들의 옷과 갓은 모두 누렇기 때문에 몽고 사람들이 이를 본떠 누런 빛을 숭상한다.

사신은 할 수 없이 나아가 반선을 보았으나 마음속으로는 불평을 품었으며, 때문에 당번 역관들은 무슨 일이 일어날지 몰라 하다가 이렇게 된 것이 다행스럽다고 여기었다.

태학에 돌아오니 중국 사대부들은 모두 다 내가 반선을 만나보았다는 것을 영광으로 생각하고 있었다. 그리고 그가 도술(道術)에 신통함을 칭찬했다.

학지정의 집에서 잠시 술을 마셨다. 달이 유난히 밝은 밤이었다.

12일, 개다.

새벽에 광대(廣大) 소리를 들었다. 나는 몹시 졸려 누워서 편하게
잤다.

아침 식사가 끝난 뒤에 천천히 걸어 궐 안으로 들어가보니 사신
은 참반한 지 이미 오래였다. 당번 역관 및 모든 비장들은 뒤에 떨
어져 궁문 밖 낮은 언덕에 머물렀으며 통관들도 역시 들어가지 못
하고 이곳에 앉아 있었다.

음악 소리가 담장 안 가까이에서 들려오기에 문틈으로 들여다보
았으나 전혀 보이지 않았다.

담장을 여남은 걸음 돌아가자 작은 일각문이 나왔다. 한쪽은 열
려 있고 다른 쪽은 닫혀 있었다. 내가 조금 들어서서 보려 하자 군
졸들이 막았다.

문밖에서 바라보는 것만 허용했다. 문 안에 있는 사람들은 모두
문을 등지고 서 있다. 빽빽하게 늘어선 사람들은 움직이지도 않았
다. 엿보려고 해도 틈이 없고 다만 사람과 사람의 머리 사이에 간
신히 틈이 있어 바라보니 푸른 산에 소나무와 잣나무가 울창했다.
그런데 별안간 어디론가 사라져버렸다. 물들인 옷에 수놓은 겉옷
을 입은 자가 얼굴에 붉은 연지를 칠하고 허리 위가 사람들 머리

위로 솟았으니 높은 수레를 타고 선 것 같았다. 그리고 그 무대는 멀지 않았으나 그늘지고 깊숙하여 꿈에 본 떡 맛 같았다.

문지기가 담배를 달래서 주었다. 또 다른 사람은 내가 오랫동안 까치발로 있는 것을 보고는 걸상 하나를 가져다 올라서게 했다. 나는 한 손으로 그의 어깨를 짚고 다른 손으로는 문틀을 잡고 섰다.

출연자들은 모두 한인의 옷과 모자로 차렸으며 4, 5백 명이 함께 몰려들었다가 함께 물러서면서 일제히 노래를 부른다. 걸상에 올라선 나는 마치 횃대에 오른 오리 꼴이어서 오래 서 있기 어려웠다. 걸상에서 내려 돌아나온 나는 작은 언덕에 올라 나무 그늘 밑에 앉았다.

몹시 더운 날인데도 구경꾼들이 **빽빽**하게 둘러서 있었다. 수정 꼭지를 단 사람도 많았는데 그들이 어떤 관원(官員)인지 알 수 없었다.

한 청년이 문을 나서자 사람들이 모두 그를 피했다. 그가 잠시 발길을 멈추고 종자에게 뭔가 말했다. 몹시 사나운 인상이었다. 사람들에게 물으니 호부상서(戶部尚書) 화신(和珅)이라고 했다. 이제 서른한 살인 그는 난의사(황제 거둥 때 필요한 사무와 의장을 맡은 부서) 호위 군졸 출신으로 성격이 교활하며 윗사람들 비위를 잘 맞춰 5, 6년 사이에 구문(九門: 황제의 각 성문을 지키는 장수)을 통령하는 제독이 되었고, 언제나 황제 곁에 붙어 있으므로 그 세력이 막강하다고 했다. 그러니까 모든 사람들이 함부로 바라보지도 못하는 것이다. 더구나 황제가 이제 여섯 살밖에 안 되는 딸을 화신의 어린 자식과

약혼시켰으니 그 권력은 짐작하고도 남을 일이다.

황제는 늙어가면서 성격이 조급해졌고 노여움을 잘 타서 좌우에
게 매질하기 일쑤였다. 그래서 황제가 성을 낼 때면 그가 가장 사
랑하는 어린 딸을 궁인들이 안아다 황제 앞에 내려놓곤 하여 노염
을 풀게 했다.

이날 재반(在班)에 차와 음식을 세 차례나 내렸다. 사신도 역시
그들과 마찬가지로 떡 한 그릇을 얻어먹었다. 또 사신에게는 채단
이 다섯 필, 주머니가 여섯 쌍, 담뱃대 하나를 주었다. 부사와 서장
관에게는 각기 조금씩 줄여서 주었다.

이날 저녁에는 구름이 끼어 달빛이 흐렸다.

13일, 새벽에 잠시 비가 내렸으나 이내 쾌청하였다.

사신이 만수절 하반(賀班)에 참가하기 위해 오경(새벽 3시~5시)에
대궐로 들어갔다.

나는 잘 자고 아침에 일어나 천천히 걸어 대궐 밑까지 갔다.

누런 보로 덮은 걸방짐 일곱을 궐문 앞에 두고 쉬는 이들이 있었
다. 짐 속에는 옥으로 만든 그릇과 골동이 담겨 있고 또 사람 키만
한 금부처 하나를 앉혀 놓았는데, 이 모두가 호부상서 화신이 진상
하는 것이라 했다.

이날도 음식을 세 차례 내리고 사신에게는 백자 찻단지, 찻종 그
리고 대까지 갖춘 한 벌을 내렸다. 또 실로 뜬 빈랑 주머니 하나,

칼 하나, 주석 찻단지 하나씩을 내렸다. 또 저녁에는 환관이 와서 모난 주석 항아리 하나를 내렸다.

누런 비단으로 마개를 봉했기 때문에 떼고 보니 빛이 누렇고도 약간 붉은 것이 술 같았다.

"이건 정말 황봉주(黃封酒)야."

서장관이 말했다. 맛이 달고 향내가 풍기지만 술기운은 전혀 없었다. 다 따르자 여지(중국 남부의 과일) 여남은 개가 떠오른다.

"여지로 빚은 술이야."

"참 좋은 술이구료."

모두 한마디씩 했다.

비장과 역관들에게 잔이 돌아가자 마시지 않는 사람도 있고 단숨에 들이켜지 않는 자도 있었다. 너무 취할까봐 그러는 것이었다. 통관들이 목을 빼고 기다리자 수역이 남은 것을 주었다. 그들은 돌려가며 맛보고는 한마디씩 했다.

"아름다운 궁중 술이야."

"어, 취한다, 취해."

그날 밤, 기풍액을 찾아가 한 잔 따라서 보이자 술이 아니라 여지즙이라고 알려주었다. 껄껄 웃지 않을 수 없었다. 여지즙을 마시고 취했다고 하는 것은 매실을 바라보고 갈증을 풀게 하는 것과 다르지 않다는 생각 때문이다.

14일, 개다.

삼사는 새벽에 대궐에 들어갔고 나는 혼자서 실컷 자고 일어났다.

윤형산을 찾아갔다가 없어 왕혹정과 함께 시습재(時習齋)에 가서 악기를 구경했다. 거의 모든 악기들이 두툼한 천이나 비단으로 만든 집(주머니)에 넣어져 있었다. 궤짝에 넣어 자물쇠로 잠근 것들도 있다.

"악기를 보관하는 일은 매우 까다로워서, 습기가 있는 곳을 피해야 하고 또 너무 건조한 것도 좋지 않습니다."

그때 웬 곱상한 청년 하나가 급히 들어오더니 눈을 부라리며 내가 들고 있던 작은 거문고를 빼앗는다. 왕혹정이 내게 나가자는 눈짓을 하기에 나오려는데 청년의 태도가 일변했다. 그는 웃으면서 내게 청심환을 달라고 했다. 나는 없다고 하고 나와버렸다. 실은 내 전대 속에 열 알쯤 있었지만 그 태도가 너무 괘씸해 주지 않은 것이다.

"그 사람 누구요?"

"윤 대인(윤형산)을 따라 북경에서 온 자입니다."

"악기와 무슨 관계가 있나요?"

"아무런 상관도 없고 단순히 조선 청심환을 짜내기 위해 선생께 염치없는 짓을 한 것입니다. 선생은 마음 쓰지 마십시오."

나는 밖으로 나와 그냥 걸었다.

수백 필 말 떼가 지나간다. 목동 하나가 큰 말을 타고 수숫대 하나를 들고 따라가는데 소 3, 40마리가 뒤따른다. 코뚜레도 않고 뿔도 잡아매지 않았다. 뿔은 모두 한 자 남짓 길며 푸른 빛깔이다. 또 당나귀 몇십 마리도 따라간다. 목동이 절굿공이만 한 막대기로 맨 앞에 있는 놈을 때리니까 소가 씩씩대며 달려가고 모든 소가 따른다. 정연한 대오의 행진 같았다. 대개 아침나절 방목하기 위해 끌고 가는 것이다. 가만히 살펴보니 집집마다 대문을 열고 말, 나귀, 소, 양들을 몇십 마리씩 몰아 내놓는다.

내 일찍이 정석치(鄭石癡)와 우리나라 말 값의 비싸고 싼 것을 얘기하다가 이런 얘기를 덧붙였었다.

"불과 몇십 년 안 돼 베갯머리에서 조그만 담배통을 말구유로 삼아 말을 먹이게 될 것이야."

"그게 뭔 말이야?"

"서리 병아리를 여러 번 번갈아 씨를 받아서 너덧 해를 지나면 베개 안에서 울음 우는 꼬마 닭이 되는데 이놈을 침계(枕鷄)라고 한다네. 말도 역시 종자가 작아지기 시작하면 나중에 침마(枕馬)가 되지 말라는 법이 없잖은가."

정석치가 웃고 나서 말했다.

"우리가 앞으로 더 늙으면 새벽잠이 없어질 텐데 그때 베개 속에서 닭 우는 소릴 듣게 되겠군. 또 베개 말을 타고 뒷간을 다녀올 수도 있겠어. 그러나 요즘 말 흘레붙이는 것을 크게 못할 짓으로 알아 기르는 말들이 암·수 가리지 않고 모두 동정으로 늙어 죽거든. 국내에 말들이 몇만 필이나 될 터인데 그놈들에게 흘레를 안 붙이면 말이 어떻게 번식하겠나? 그래서 해마다 말 몇만 필을 잃게 되니 이러다간 몇십 년이 안 돼 베개 말이고 뭐고 다 멸종될 것이네."

사실 내가 연암(燕巖: 황해도 금천군 연암골. 박지원의 호도 이에서 비롯됨)에다 주거를 정한 것은 일찍부터 목축에 뜻을 두었기 때문이다. 연암은 첩첩산중에 양쪽이 편평한 골짜기인데다 수초(水草)가 아주 좋아 마소, 노새, 나귀 등 몇백 마리를 치기에 넉넉했다. 나는 일찍이 다음과 같이 논한 적이 있었다.

"우리나라의 가난은 대체로 목축이 제대로 되지 못한 까닭이다. 나라 안의 목장이라고 해야 탐라(제주)가 있을 따름인데 그곳 말들은 모두 원세조(元世祖)가 방목한 종자로 4, 5백 년을 두고 종자를 한 번도 갈지 않았으니 비록 애초에는 용매(龍媒: 준마), 악와[神馬:신마]와 같은 우수한 종자였을지라도, 마침내는 과하(果下), 관단(款段: 조랑말의 이름)과 같은 것이 되는 것은 당연한 이치다. 이런 과하와 관단을 대궐 지키는 장수들에게까지 내려주니 이런 느림뱅이 꼬마 말을 타고 어찌 적진을 향해 달릴 것인가. 이것이 첫째로 한심한 일이다. 대궐에서 먹이는 말로부터 장수들이 타는 말에 이르기까지 토산종은 하나도 없고 모두 요동, 심양 등지에서 사들이는 말들이다. 그래서 한 해에 새로 생기는 말이라고는 네댓 필에 불과하니 만약 요동, 심양과 길이 끊어진다면 어디서 말을 구할 수 있을 것인가. 이것이 둘째로 한심한 일이다. 또 임금 거둥 때 배종하는 반열에는 백관들이 말을 많이 빌어 타기도 하고 혹은 나귀를 타고 따르게 되는데 이런 꼴로는 위의를 갖출 수 없으니, 이것이 셋째로 한심한 일이다.

무신으로서 초헌(軺軒: 외바퀴 달린 수레)을 탈 수 있는 종이품 이상은 말을 탈 일도 없으려니와 말을 집에서 기르기도 어려워, 탈 것을 없애버리고 걷지 않으려는 자제들은 작은 나귀나 한 마리 먹이게 된다. 옛날에는 강토가 백 리에 불과한 나라라도 대부(大夫)쯤 되면 수레 열 대쯤은 가지는 법이다. 그러나 우리나라는 둘레가 몇천 리나 되는 나라로 경(卿)·상(相) 급쯤 된다면 타는 수레 백 대쯤은 갖추어야 되거늘, 대부의 집에서 열 대는 고사하고라도 단 두 대인들 어디서 나올 것인가. 이것이 넷째로 한심한 일이다.

　삼영(三營: 훈련원, 금위영, 용호영)의 초관(哨官)들은 모두 백 명의 졸병들의 장이 되는데 말 한 필을 가질 형편이 못 되고 보니, 한 달에 세 번씩이나 치르는 훈련 때도 삯말을 타고 출전한다는 소리는 이웃 나라에서 들을까 싶어 창피한 노릇이다. 이것이 다섯째 한심한 일이다. 서울 영문에 있는 장수들이 이럴진대 8도에 나누어 둔 병기들이란 이름뿐이지 사실상 없는 것이나 마찬가지다. 이것이 여섯째 한심한 일이다.

　국내에 있는 역마란 모두가 토산 말로서, 그중에서 좀 낫다는 놈일지라도 한 번 사신(使臣) 손님을 치르고 나면 죽거나 병들고 만다. 왜냐하면 사신 손님들이 타는 쌍가마는 매우 무거운 데다 네 명의 교꾼은 으레 말에다 몸을 싣듯이 양 옆에 붙어서 탄 사람이 흔들리지 않도록 가마채를 붙잡고 간다. 말의 짐이 이토록 무거우니 말은 짐에서 벗어나려는 듯이 빨리 달리고 그럴수록 짐은 더욱 말을 압박해 결국은 병들든지 죽게 되는 것이다. 병든 말, 죽은 말이 많으니 말 값이 오르는 것이다. 이것이 일곱째 한심한 일이다.

　말 등에 짐을 싣는다는 것은 애초 그릇된 노릇이다. 우리나라에서는 수레가 다니지 못하다보니 관청에서든 민간에서든 짐을 말등에 싣지 않으면 안 되는 것으로 알고 있다. 그래서 말이야 죽든 말든 많이 실으려고 욕심을 부리기 때문에 힘을 쓰라고 더운 여물죽을 많이 먹이는 것이다. 그러므로 말 다리가 힘을 못 쓰게 되고 발굽은 물러져 한 번만 흘레를 붙여도 뒤를 못 가누게 된다. 그 때문에 말이 흘레붙어 새끼 낳게 하는 것을 금한다. 그러니 말이 어디서 생길 수 있는가. 이는 말 다루는 법, 말 먹이는 법이 틀린 것이다. 좋은 종자를 받을 줄 모르고 담당 관원이 목마(牧馬)에 무식하다. 그러고도 채찍을 드는 자마다 국내에는 좋은 말이 없다고들한다. 과연 국내에 쓸 만한 말이 없단 말인가. 이렇듯 한심한 일은 이루 헤아릴 수가 없다.

　말을 다루는 법을 모른다는 말은 무엇을 뜻하는가. 모든 생물들의 성질은 사람과 다르지 않다. 고달프면 쉬고 싶고, 더울 때는 시원한 데를 찾고 싶고, 가려우면 긁고 싶어한다. 말들은 비록 사람들이 먹을거리를 주면 먹지만 때로는 제 마음대로 하고 싶은 것이 많은 법이다. 그러므로 말은 가끔씩 고삐와 굴레를 풀고 벗겨 넓은 곳에서 놀게 해 답답증을 해소시켜야 한다. 이런 것이 곧 생물의 성품에 따라 그 뜻을 맞추어주는 것인데 우리나라에서 말을 먹이는 법은, 북띠나 굴레가 느슨한 것을 염려하여 될수록 졸라매는 것이다. 그러니까 빨리 몰 때에도 고통에서 벗어날 수 없고 쉴 때도 긁는 재미나 땅바닥에 뒹구는 쾌감은 느낄 수 없다. 사람과 말 사이에 뜻이 통하지 않아 사람은 툭 하면 욕설이요 말은 늘 사람을 대하면 살기를 느끼는 것이다. 이런 것이 모두 말 다루는 법이 틀렸다는 증거이다.

또 목마른 고통은 배고픈 고통보다 심한 법이다. 우리나라 말들은 찬물을 안 먹이고 있다. 그러나 말의 성질은 오히려 익힌 음식을 제일 싫어해서 더운 것은 병이 된다. 콩이나 여물을 익힐 때 소금을 뿌리는 것은 짜게 먹여 물을 켜도록 하는 것인데, 물을 켜게 하는 것은 오줌을 잘 누도록 하게 함이요, 오줌을 잘 누게 함은 몸에 지닌 열을 내리게 함이다. 그러나 냉수를 마시게 하면 다리를 튼튼하게 하며 발굽을 단단하게 만든다. 삶은 콩이나 끓인 죽을 못 먹어 물을 건너게 되면 몸을 가누지 못해 느림뱅이 걸음을 걸어 낭패 보기 십상이다. 이는 모두가 더운 죽을 먹인 탓이다. 더구나 군마가 되면 더운 죽을 먹인다는 것은 더욱 큰 실책이다. 이런 것들을 일러 말 먹이는 방법이 틀렸다고 말한다.

종자를 잘 받지 못한다는 것은 무엇을 가리킴인가. 말이란 어쨌든 커야지 작은 종자는 못쓰는 법이다. 건강해야지 약해선 못쓰며 준수해야지 노둔해서는 못쓰는 것이다. 말에다 무거운 짐을 싣고 먼 길을 달리게 하지 않는다면 모르지만 만일 그렇게 하지 않을 수 없다면 토산 말로써는 보통 집안일로도 단 하루를 치러내지 못할 것이다. 또한 군사에 대한 장비와 군대의 위용을 생각하지 않는다면 모르겠지만, 만약 그것이 필요하다면 이렇듯 형편없는 토산 말로써는 단 하루도 군사를 치러낼 수 없을 것이다.

　오늘날과 같이 우리와 청나라가 태평으로 지낼 때, 암·수놈 몇 십 필을 청구한다 해서 저 큰 나라에서 그만한 것을 아까워하지는 않을 것이다. 만일 외국에서 말을 구해 들여와 사사로이 기른다는 것이 좀 혐의스럽게 보인다면 해마다 드나드는 사신들 편에 조용히 사들일 수도 있을 것이다. 그리하여 서울 근교에 널찍한 수초 좋은 땅을 골라 10여 년 동안 새끼를 쳐 탐라를 비롯 여러 곳의 목장에 퍼뜨려 종자를 개량해야 할 것이다. 또 새끼를 치게 하는 방법으로는 수놈이 4분의 1을 차지한다는 말을 따름이 좋다.

　'4분의 1'이란 암말 세 마리에 수말 한 마리를 끼운다는 것이다. 전문서적에 따르면, 늦봄 3월쯤 되어 종마(種馬)와 종우(種牛)를 암놈이 있는 목장에 풀어놓는다고 되어 있다. 청나라의 전문가는 말하기를 '말 먹이는 사람이 종마를 교대하여 부리되 그 몸을 너무 피로하지 않게 하여 기운과 혈기를 안정하게 해야 하며 또 말을 맡은 관리는 여름이면 반드시 수놈을 치워 두어야 한다'고 했다. 암말이 새끼를 뱄을 때 수놈이 곁에 가지 못하게 해야 한다는 것이다. 옛 임금들이 때를 맞춰 생물을 길러 그것들의 특성을 살린다는 뜻이다.

　중국에서는 매년 화창한 봄날 풀이 돋을 때 수놈 목에 방울을 달아 내놓아 흘레를 붙이면 수놈의 임자는 그 대가로 닷 돈씩 받는다. 그리하여 말이나 노새가 준수한 수놈을 낳으면 또다시 닷 돈을 받게 된다. 낳은 새끼가 신통치 못하거나 털빛이 좋지 못하고 길들이기도 어려울 때는 그 아비되는 말은 반드시 거세하여 나쁜 종자를 끊어버리는 동시에 종자를 부쩍 크게 하고 길들이기 쉽게 만든다. 그런데 우리나라에서는 목장을 감독하는 관리들이 이런 생각을 못하고 덮어놓고 토산 말로만 종자를 받기 때문에 낳으면 낳을수록 종자는 자꾸만 작아지게 되는 것이다. 그래서 그놈들은 똥통이나 나뭇짐에도 견디지 못할 만큼 열등한 것이다. 그런 말이 어찌 군사에 이바지할 수 있겠는가. 결국은 좋은 종자를 못 받은 때문이다.

또 관직에 있는 자가 목마에 무식하다 함은 무엇을 두고 이르는 말인가. 벼슬하는 우리 양반들은 일반적인 허드렛일은 알려고도 않는 버릇들이 있다. 옛날, 여럿이 모인 자리에서 누가 마부에게 말에게 콩을 좀 더 주자는 말 한마디 했다가 사람이 좀스럽다고 이조(吏曹) 좌랑에게 버림받는 일까지 있었다. 요즘에도 어떤 학사가 말을 사랑하고 말을 잘 고르는 실력이 백락(伯樂: 말을 보는 안목이 뛰어났던 주나라 사람)이나 다름없었는데, 사람들은 그를 가리켜 '옛날에 양고기를 잘 굽는 기술이 있어 도위(都尉) 벼슬에까지 올랐다더니만 요즘 세상에는 말을 잘 다루는 학사가 다 있네' 하고 비방했다는 얘기도 나돈다.

한 나라의 정책으로 이를 고려하지 않고 오히려 수치로 삼아 하인들의 손에만 맡겨두고 있으니 소위 직책이 감목(監牧)임에도 목마에 대한 지식은 조금도 없다. 이는 능력이 안 되는 게 아니라 배우기를 꺼리기 때문이다. 이래서 관원들이 목마에 무식하다는 질책이 나오는 것이다.

옛날 당나라 초기에 암·수컷이 섞인 말 3천 필은 적수(赤水)의 언덕에서 몰아내어 감숙성 서쪽 농우라는 곳으로 옮기고는 목축을 맡은 고관 장만세(張萬歲)에게 감독하게끔 했다. 그리하여 그 말이 70만 필로 번식했고 그 뒤에 많이 줄어들기는 했으나 24만 필은 유지되었다고 한다. 그리하여 당나라 현종은 그것을 다시 왕모중(王毛仲), 장경순(張景順) 등에게 맡겨 10여 년 동안 먹인 결과 43만 필로 불었다. 현종은 동쪽으로 가 태산(泰山)에 제사할 때 말 몇만 필을 털빛에 따라 대열을 지어놓게 했다. 그러자 마치 그 말 떼가 비단 필처럼 보였다는 것이다. 이것은 담당 관직에 적합한 사람을 등용했기 때문이다. 참으로 말을 좋아하고 잘 먹일 줄 아는 자를 얻어 목마 행정을 맡긴다면 비록 말 잘 치는 학사라는 놀림은 받을망정 태복(太僕: 목축 담당 고관) 벼슬 감으로서는 적합하다고 할 수 있을 것이다.'

어떤 사람이 와서 '연암 박 선생이 누구냐?'고 물었다. 심부름하는 이가 나를 가리키자 그는 곧 내게로 와 읍하면서 몹시 기뻐하는 낯으로 말했다.

"저는 광동(廣東) 안찰사 왕노야(汪老爺)의 청지기인데 노야께옵서 그저께 선생님을 뵙고는 퍽 기뻐하시어 내일 정오쯤 꼭 찾아뵙겠다고 하십니다. 그리고 절강에서 만든 부채에다 금칠 서화 그린 것을 올리시겠답니다."

"전일 왕공(汪公)의 과분한 사랑을 입고서도 아무런 대접도 못 했

296

는데 먼저 귀한 선물까지 받는다는 것은 당치 않은가 하오."

"제가 이번에 갖고 온 게 아니라 노야께서 오실 때 몸소 지니고 오시겠다고 하셨습니다. 명일 정오 선생님께서는 부디 다른 데에 출입치 말아주셨으면 합니다."

"약속하겠소."

내가 말하자 그는 차를 다 마신 뒤 다시 한 번 내일 약속을 거듭 확인하고 공손히 읍하고 가버렸다.

오후에는 세 분의 사신이 대성전(大成殿)에 참배했다. 주자(朱子)의 석차를 높여 십철(十哲: 공자의 제자 중 뛰어난 열 사람)의 아랫자리에 모셔두었다.

저녁을 먹은 뒤, 왕혹정이 학생 아이를 시켜 편지 한 통을 보내왔다. '이 천은(天銀) 두 냥을 보내오니 청심환 한 알만 보내주시면 감사한다'는 내용이었다. 나는 은을 돌려보내면서 청심환 두 알을 보냈다.

저녁 늦게 황제로부터 사신은 황성(皇城)으로 돌아가라는 명령이 내려졌다.

환연도중록還燕道中錄

8월 15일에 시작해 20일에 그쳤다. 모두 6일 동안
이다.

15일, 개었으나 잠깐 쌀쌀했다.

아침을 먹은 뒤 바로 길을 떠났다. 돌이켜보니 절에서 사흘 묵
은 일, 공자님을 모시고 엿새 밤을 지난 일 등이 추억에 남았다. 나
는 일찍감치 과거를 볼 생각도 없어 하찮은 진사(進士)도 되지 않은
몸이다. 그런데 이렇듯 나라를 떠나 머나먼 만 리 북방 변두리까지
와서 여러 날 노닐게 되었으니 이 어찌 우연한 일로만 생각할 수
있을 것인가.

우리나라 선비 중에 이 먼 중국 한복판에 와서 놀아본 이는 신
라의 최치원, 고려의 이제현이다. 그러나 그들은 서촉(西蜀) 강남의
땅을 두루 밟았으나 북방 변두리까지는 밟아보지 못했다.

이제부터 천백 년 후일지라도 과연 몇 사람이나 이곳에 와 머물러볼지 알 수 없으나 나의 이번 걸음과는 사뭇 다를 것이다.

광인점(廣仁店), 삼분구를 거쳐 쌍탑산(雙塔山)에 이르렀다. 말을 멈추고 바라보니 참으로 기묘하고 절묘하기 짝이 없다. 바위들의 결과 빛은 마치 우리나라 황해도 동선령(洞仙嶺)의 사인암(舍人巖)과 같고, 높이 솟은 탑의 모양은 금강산의 증명탑(證明塔)과 같이 둘이 뾰족하게 마주 서 있는데, 아래 위의 넓이가 똑같아 남에게 의지할 생각이 전혀 없는 듯, 조금도 기울어져 있지 않았고 정직 단엄하다. 햇빛과 구름 기운이 마치 비단처럼 찬란할 따름이다.

난하를 건너 하둔(河屯)으로 가 묵었다. 이날 40리를 왔다.

16일, 개다.

아침 일찍 길을 떠나 왕가영(王家營)에 이르러 점심을 먹었다.

황포령(黃鋪嶺)을 지날 때였다. 나이 스물쯤 됨직한 한 귀족 청년이 붉은 보석과 푸른 깃으로 장식된 모자에 검은 말을 타고 달렸다. 그 앞에 한 사람이 가고 기병 30여 명이 뒤따랐다. 모두 다 금안장을 얹은 준마에 의관이 화려했다. 어떤 사람은 화살통을 졌고 또 어떤 사람은 조총을 메고 있었다. 찻그릇을 받든 사람, 화로를 든 사람도 있었다. 그 구종 병사에게 물었더니 '예왕(豫王), 즉 황제의 친조카'라고 대답했다. 그 뒤에 태평차가 따르고 있었다. 힘 센 노새 세 필이 끄는데 초록 천으로 겉을 가리고 사면에 유리를 붙여

창을 내었다. 대개 귀족의 가마나 수레는 이렇게 꾸며 그 계급을 나타냈다.

수레 안은 보일 듯했으나 뵈지 않고 여인의 목소리만 흘러나온다. 얼마 뒤 노새가 멈추더니 오줌을 흘리자 내 말도 오줌을 눈다. 수레 안에서 여자들이 북쪽 창으로 얼굴을 내밀었다. 구름이 얽힌 듯한 뭉친 머리와 노란 꽃과 구슬이 꿰어진 귀고리가 별인 양 흔들렸다. 창이 닫히더니 수레가 가버렸다. 그들 세 여자는 예왕을 모시는 궁녀라고 했다.

마권자(馬圈子)에 이르러 묵게 됐다. 이날 80리를 왔다.

17일, 개고 따뜻했다.

새벽길을 떠나 청석령(靑石嶺)에 이르자 길이 막혔다. 황제가 계주(薊州)에 있는 동릉(東陵: 청나라 능묘가 모인 곳)에 거둥하기 때문에 도로와 교량을 닦고 있는 것이었다.

고북구(古北口)에 들렀다. 두루 구경하던 끝에 한 쓸쓸한 절에 들러 쉬었다. 중은 겨우 둘뿐이고 난간 밑에 오미자 두 섬쯤 말리려고 펴놓았다.

나는 그 오미자를 두어 알 집어 입에 넣었다. 그것을 바라보고 있던 중이 갑자기 눈을 부릅뜨며 호통을 쳤다. 그 행동이 참으로 사나웠다. 나는 곧 일어나 난간 가로 비켜섰다.

마두(馬頭: 말 관리자) 춘택(春宅)이 그 꼴을 보고 화를 내며 중에게로 다가가 꾸짖기 시작했다.

"날이 더워 찬물 생각이 나신 우리 영감께서 이 가득 널린 오미자 중에서 한두 알을 씹어 침이 나오게 해 갈증을 풀려고 하셨다. 그런데 너같이 양심 없는 중놈이 어디 있느냐. 하늘에도 높은 하늘이 있고 물에도 깊은 물이 있음을 모르는 이 무례한 놈아. 이 무슨 버릇없는 짓이냐?"

중은 모자를 벗어던졌다.

"너희들 영감은 내게 무슨 감정이 있느냐. 하늘이 높다 하나 너나 두려워할 일이다. 나는 두려울 게 없어."

춘택이 중의 뺨을 한 대 치고 우리말로 쌍욕을 해댔다. 그제서야 중은 맞은 뺨을 어루만지며 비틀비틀 들어가버렸다.

나는 춘택에게 더 이상 일을 크게 벌이지 말라고 했으나 그는 분을 삭이지 못해 씨근거렸다. 부엌문에서 웃음을 짓고 있던 다른 중이 있었다. 춘택은 또 한주먹으로 때려눕히고 호통을 쳤다.

"우리 영감께서 이 일을 만세야(萬世爺: 황제를 높이는 말)에게 여쭙는다면 네놈 대가리를 쪼개버리든지 아니면 이 절을 소탕해 평지로 만들 것이다, 이놈!"

쓰러졌던 중이 일어나 옷을 털며 말했다.

"너희 영감은 오미자 훔쳐 먹고 또 네놈에게 그 사발처럼 큰 주먹으로 매질을 시키니 그건 무슨 도리냐?"

말은 이렇게 했지만 풀이 죽은 기색이었다. 춘택이 다시 폭언을 퍼부었다.

"훔치다니? 한 말이냐? 한 되냐? 눈곱만한 그까짓 두어 알 때문에 우리 영감의 높으신 위신을 깎았으니 만세야께서 만약에 이 일을 아시게 된다면 너희 까까중놈의 대가리를 당장에 두 쪽을 내실 게다. 만약 우리 영감께서 이 일을 만세야께 여쭙는다면 네놈이 우리 영감을 두려워 않듯 만세야도 두렵지 않단 말이냐?"

그제야 중은 '만세야'라는 석 자에 마치 뇌성이나 귀신의 소리를 들은 것처럼 떨었다. 춘택이 벽돌 하나를 뽑아 중에게 던지려 했다. 그 바람에 도망쳤던 두 중이 웃음 띤 얼굴로 나타나더니 산사(아가위 열매) 두 알을 내밀며 청심환을 달라고 했다. 그러고보니 애초부터 청심환을 얻기 위한 수작이었다. 실로 나쁜 짓이었지만 나는 말없이 청심환 한 알을 주었다. 중들은 무수히 머리를 조아렸다.

옛 성인은 '만일 옳은 일이 아니면 그게 비록 지푸라기 한 가닥일지라도 함부로 남에게 주지 않을뿐더러, 남에게 받지도 않는 것이다'라고 했다.

오미자 두어 알은 실로 한 가닥의 지푸라기와 같은 것이었건만 버릇없고 거칠기까지 한 중이 나에게 무례한 짓을 한 것은 당연히 이치에 어긋난 짓이다.

만일 그 일이 커져 큰 싸움으로 번져 생사가 걸린 문제로 변했다면 두 알의 오미자는 산더미 같은 재화가 아닌가.

춘추전국 시대에 종리(鐘離)에 살고 있던 한 여인이 초나라 여인과 뽕 따기를 다투다가 종말에 두 나라의 전쟁을 일으키게 되었다는 일이 연상됐다.

내 일찍이 학문이 추솔하고도 얕아서 애초에 갓을 바로잡고 짚신 끈을 매는 행위를 삼가지 못하여 오미자를 훔쳐 먹었다는 모욕을 당했으니 이 어찌 부끄럽고도 두려운 일이라 하지 않을 수가 있겠는가?

이날 간 길은 80리였다.

18일, 아침에 개더니 늦게 가랑비가 내리다가 곧 멎었다. 그러나 오후에는 바람과 우레가 크게 일며 소나기를 퍼부었다.

아침에 길을 떠나 차화장(車花莊), 사자교(獅子橋)를 지나 목가곡(穆家谷)에 이르러 점심을 먹었다.

점심 후 떠나 석자령(石者嶺), 밀운(密雲)을 거쳐 백하(白河)에 이르렀다. 나루에 모인 사람들이 서로 먼저 건너려고 소란스럽다.

지난번 열하로 갈 때는 군기(軍機)가 나와 맞이하고 낭중은 건너는 일을 감독했었다. 그리고 제독과 통관들은 기세가 당당하게 채찍을 들어 친히 지휘했었다. 그런데 지금 연경으로 돌아가는 길에는 근신(近臣)의 호송도 없거니와 황제 역시 한마디 위로의 말도 없었다. 분명 사신들이 부처님(활불, 반선을 가리킨다) 뵙기를 꺼려 한 까닭으로 이런 푸대접을 받는 것이었다. 갈 때와 올 때의 대우가 너무나 달랐다. 같은 백하요, 같은 언덕임에도 제독의 입은 굳게 다물려 있었고 통관마저도 머리를 숙인 채 별 반응이 없다. 염량세

태(炎凉世態: 힘이 있고 없고에 따라 달라지는 세상인심)가 슬프구나.

갑자기 4, 50필의 기병이 질풍처럼 달려왔다. 그 기세가 어찌나 사나운지 우리와 우리 말이 앞에 있는 것조차도 보이지 않는 듯했다. 기병들은 한꺼번에 배에 올랐다. 맨 뒤에 붙어 오던 기병은 팔에 파란 매 한 마리를 끼고 배에 오르려다 말 뒷발굽이 미끌어져 안장채를 맨 채로 물에 빠지고 말았다. 몇 번 허우적거리다 힘없이 몸을 굴려 지친 몸으로 배에 올랐다. 매는 기름통에 빠진 듯했고 말은 말대로 오줌 구덩이에 빠진 쥐 같았다. 안하무인 격으로 뽐낸 결과였다.

물을 다 건넌 뒤 한 기병에게 물에 빠졌던 사람이 누구냐고 묻자 그는 말 등에서 몸을 굽혀 진흙 위에 채찍으로 '사천장군(四川將軍)인데 늙어 용맹을 잃었다'고 썼다.

부마장(駙馬莊)에 닿아 묵었다. 이날은 65리를 왔다.

19일, 개었다가 가끔 비를 뿌렸고, 늦게 개었으나 몹시 더웠다.

새벽에 길을 떠나 남석교(南石橋)에 이르러 점심을 먹었다. 홍시를 맛보게 됐다. 네 골이 지고 생긴 턱으로 보아 우리나라에서 반시(盤柿)라고 하는 품종과 같았다. 단물이 많고 아주 연했다. 계주가 산지라 한다.

임구(林溝)를 지나 청하(青河)에 이르러 묵게 되었다.

이곳에서는 연경으로 돌아가는 관원들이 부쩍 늘었다. 빈 수레는 열하로 밤낮없이 향했다.

마부와 역군들 중에 일찍이 서산(西山)에 가본 사람들은 멀리 서남쪽에 둘려 있는 돌산을 가리키며 "저게 서산이야" 한다. 구름 속에서 나타났다가 다시 숨는 천백의 봉우리가 보일 듯 말 듯한다. 산 위에는 흰 탑이 뾰죽뾰죽 솟았고 병풍처럼 둘린 산들은 푸른 기운이 감돌고 있다. 그들 중에서 누가 말했다.

"수정궁, 봉황대, 황학루 등에 걸려 있는 그림들이 모두 저걸 모방해서 그린 것이야."

강 남쪽으로 펼쳐져 있는 호수에 흰 돌을 깎아 만든 다리, 수기(繡綺), 어대(魚帶), 십칠(十七) 등은 모두 너비가 수십 보며 그 길이는 백여 길이나 되었다. 그 다리들 밑으로 용을 그린 배, 비단으로 꾸민 돛이 흘러간다. 40리도 더 되는 먼 곳에서 물을 끌어다 호수를 만들었고 폭포가 쏟아지고 물이 솟는다. 이 솟는 물을 옥천(玉泉)이라 한다. 황제가 강남에 거둥할 때나 북방 변새에 머물 때, 꼭 이곳에 들러 이 샘물을 마신다고 한다. 물맛이 천하제일이다. '연경 8경' 중에 '옥천수홍(玉泉垂紅)'이 그것이다.

마부 취만은 벌써 다섯 번이나 왔으며 역졸 산이는 두 번째 하는 구경이라고 했다. 그래서 나는 그 둘과 서산에 가보기로 했다.

20일, 개다.

새벽에는 잠깐 비, 곧 멎자 날씨가 좀 싸늘해졌다.

아침에 떠나 덕승문(德勝門)까지 20리를 갔다. 조양 · 정양 등 아홉 문에 비해 손색이 없다. 그러나 한 번 빠지면 나올 수 없을 것 같이 흙탕이 심했다.

양 수천 마리를 단 몇 명의 목동이 앞에서 이끈다.

덕승문은 원나라 때의 건덕문(建德門)을 명나라 때 고친 이름이라 했다.

관(關)에서 묵었다.

역관, 비장과 하인들이 모두 길에 나와 대기하고 있다가 말에서 내리는 둥, 누가 먼저랄 것도 없게 서로 손을 잡고 그간의 노고를 위로했다. 내원이 보이지 않았는데 먼저 맞이하겠다고 멀리까지 나갔는데 동문으로 잘못 나가 길이 어긋났던 것이다.

"너 별상금(別賞金) 얼마나 탔니?"

창대가 장복에게 말했다. 장복 역시 맞받았다.

"넌 상금이 몇 냥이든?"

"천 냥이다. 의당 너랑 반으로 나눠야지."

"넌 황제를 뵀니?"

"뵀고 말고! 황제는 말이다, 그 눈은 호랑이, 코는 화롯덩이, 옷을 벗고 발가숭이로 앉아 있더라."

"머리엔 뭘 썼던?"

"황금투구더라. 그리고 나를 부르시더니 커다란 잔에 술을 부어

주며 너는 서방님을 모시고 험한 길을 꺼리지도 않고 잘 왔다니 참으로 기특하다고 하시더라. 그리고 상사님껜 일품각로(一品閣老), 부사껜 병부상서를 높여 주시더라."

창대의 말이 어느 것도 거짓말이 아닌 것이 없으나 장복은 잘도 속았다. 하인들 중에 제법 사리를 안다는 자들도 의심하는 자가 없었다.

변군과 조 판사는 서로 이끌며 길 옆 주루(酒樓)에 올랐다.

중국의 명사와 대부들은 거의 기생집과 술집에 출입하는 것을 협의롭게 여기지 않았으므로 송나라의 유명한 학자 여조겸(呂祖謙)의 가훈 중에 술집이나 찻집에 드나드는 것을 경계한 것이 있다.

지금 우리나라에서 술 마시는 것을 연상하면 그 어느 나라 사람들도 그렇지 않은 독음(毒飮)이라 할 수 있다. 우리나라 사람들의 술배는 너무나 커서 큰 사발에 술을 따라 이마를 찌푸리며 한꺼번에 마시곤 한다. 이는 무작정 술을 뱃속에 붓는 것이지 취미를 돋우기 위한 것이 아니다. 그러니까 그들이 한번 술을 마셨다 하면 반드시 취하게 마련이고 또 취하면 주정을 하게 되고 주정하다 격투가 시작되며 끝내 술집 항아리, 사발 등을 다 깨뜨리고 마는 것이다.

이런 지경에 이르면 풍류(風流), 문아(文雅)의 모임이라는 참된 취지는 완전히 무시되는 것이다.

지금 압록강 동쪽 술집들에서는 하룻밤이 멀다 하고 값진 그릇과 보배로운 골동을 두들겨 깨고, 아름다운 화초를 꺾고 밟는 안타까운 일들이 벌어질 것이다. 그 실례 하나를 들어보면, 내 친구 이주민(李朱民)은 풍류, 문아를 지닌 선비로서 한평생 중국을 기갈 들린 듯 연모했는데 술 마심에 있어서만은 중국의 예법을 기뻐하지 않아 술잔의 대소와 술의 청탁을 헤아리지 않고, 손에 닿기 바쁘게 입을 벌리고 한꺼번에 들이붓는다. 친구들은 그것을 '술 엎음'이라 했다.

이번 길에 그와 함께 참여하기로 했으나 어떤 이가 '그는 주정을 부려 가까이 할 수 없겠다'고 고자질하였다. 그러나 내가 그와 10년 동안이나 마셨으나 얼굴에 단풍 빛이 오른 적이나 입에 게거품을 문 적이 한 번도 없었다. 마실수록 더욱 얌전해졌다. 다만 그의 '술 엎음'에 결점이 있을 따름이었다.

이주민은 늘 "옛날 두자미(杜子美: 두보)도 술을 엎었다오. 그의 시에 '아이야, 이리 오너라. 장중배(掌中杯: 손에 든 술잔)를 엎으련다'라는 구절이 있으니 그건 입을 벌리고 누워 아이들로 하여금 술을 입에다 엎는 게 아니겠어?" 하고 증거를 댄다. 그 말에 옆에 있던 사람들이 허리를 꺾곤 했다.

지금 만리타향에서 문득 친구와의 옛일이 떠오른다. 알 수 없지만 이주민이 오늘 이 시간에 어느 술집에 앉아 왼손에 술잔을 들고 오른손으로 따르면서 이 만리타향에서 노니는 나를 생각하고 있는지.

열하로 갈 때 들렀던 객관을 다시 찾았다. 벽에 붙어 있던 몇 폭의 주련과 좌우에 놔 두었던 생황·철금 등이 모두 그대로였다. 가도(賈島: 당나라 시인)의 시에 '병주(幷州)를 바라보고서 내 고향이 이 곳이오'라고 한 구절(타향인 병주에 살다가 또 다른 곳에 옮겨 살게 되니 타향인 병주가 이제 고향으로 여겨진다는 뜻의 구절)은 곧 이런 경우를 두고 읊은 것이다.

저녁 식사가 끝난 뒤 주부 조명위가 자기 방에 기이한 것이 있으니 구경하라고 해서 그와 함께 가보았다.

문 앞에 이름 모를 화초 10분(盆)이 진열되어 있다. 흰 유리 항아리 높이는 두 자쯤이며, 침향(沈香: 상록 교목)으로 만든 가산(假山: 관상용으로 조그맣게 만든 산) 역시 두 자쯤의 높이다. 석웅황(石雄黃: 광석의 일종)으로 만든 필산(筆山: 붓꽂이의 일종)의 높이는 한 자가 넘는다. 이 밖의 모든 물건들이 값비싼 것이었다.

조군은 20여 차나 연경에 드나들었으므로 북경이 제집처럼 되어 있고 또 한어(漢語)에 능숙하다. 게다가 물건을 매매할 때도 심하게 에누리를 하지 않기 때문에 단골손님이 많아 그가 거처하는 방에 그런 물건들을 진열해 청상(淸賞)에 이바지함이 예사였다.

밤에 태학관에서 묵었다. 여러 역관이 모두 내 방에 모였다. 약간의 주찬이 있었으나 여행의 피곤 때문에 입맛이 없었다. 여러 사람이 내 옆에 놓인 봇짐을 힐끗거렸다. 그 속에 뭔가 먹을 만한 것이 들어 있지 않을까 하는 눈치였다.

나는 창대에게 봇짐을 끌러 헤쳐 보게끔 했다. 별다른 물건은 없고 가지고 온 붓과 벼루, 필담을 나눌 때 쓴 것과 유람할 때의 일기, 그리고 잊지 않기 위해 몇 자씩 적어둔 잡기장 등이 모여 꽤 두

툼했다. 그제야 여러 사람이 허탈한 웃음을 지었다. 그중 누군가
말했다.

"난 괴이하게 여겼었어. 갈 때는 아무런 행장도 없더니만 이번
돌아올 때는 짐이 그렇게 부풀어 있으니······."

장복 역시 창대에게 말했다.

"별상금은 어디다 뒀어?"

이러고는 몹시 섭섭한 표정을 짓는 것이었다.

부록

근대를 일깨운 선각자
연암 박지원

박지원(朴趾源, 1737~1805)은 18세기에 활동한 조선의 실학자이자 문필가로, 자는 중미(仲美) 호는 연암(燕巖)이다.

연암은 영조(英祖) 13년(1737년)에 한성 선비 박사유의 2남 2녀 중 막내로 태어났다. 양반가인 노론 집안의 반남박씨(潘南朴氏)였지만 조부 박필균은 부사 벼슬까지 지낸 바 있으나 워낙 청렴해 재산을 모으지 못했고, 아버지 박사유는 벼슬을 하지 못해 집안이 가난했다.

어려운 집안 형편 때문에 체계적인 공부를 못했던 연암은 열여섯 살 되던 해에 전주 이씨 집안의 딸과 혼인을 한 이후에야 그의 영민함과 재주를 알아본 장인 이보천의 지도로 본격적인 글공부를 시작했다. 또한 장인의 동생이자 처숙부인 홍문관 교리 이양천에게 깊이 있는 학문적 가르침을 받았으며, 처남 이재성(李材盛)과 함께 유학을 비롯한 여러 학문과 관련된 책들을 두루 섭렵했다.

그러나 연암은 적극적으로 벼슬길에 나서지는 않았다. 1765년에 한 번 과거에 응시해 낙방한 후 다시는 시험에 뜻을 두지 않았다. 당쟁으로 얼룩져 있던 당시 조선의 분위기와 세도가들에 대해 비판적이었던 그는 고래의 전통을 답습하는 유교 학문보다 이용후생(利用厚生: 기구를 편리하게 쓰고 먹을 것과 입을 것을 넉넉하게 하여, 백성들의 생활을 나아지게 함)을 꾀하는 새로운 학문에 열중했으며, 입신양명에는 별다른 뜻을 품지 않았다. 또한 정조가 외척을 등용하지 않으려 했던 것도 연암이 일찍부터 벼슬에 뜻을 두지 않았던 한 가지 이유가 되었다. 그는 선조(宣祖)의 부마였던 금양위 박미(朴瀰)의 5대손이었던 것이다. 대신 그는 열세 살 아래인 박제가와 격의 없이 의견을 나누었으며, 여섯 살 연상인 홍대용을 비롯한 이덕무, 정철조 등과 교류하면서 청나라로부터 새로운 문물을 적극적으로 받아들여야 한다는 북학사상과 서학에 몰두했다.

그러나 풍요로운 정신세계와 실사구시의 학문을 추구했으면서도, 벼슬도 경제적 기반도 없었던 연암의 생활은 언제나 궁핍할 수밖에 없었다.

가족들은 광주로 내려보내고 홀로 지내면서 그는 상황이 닿는 대로 격의 없이 살았다. 사흘간 밥을 굶는가 하면, 사흘 동안 술만 마시기도 했으며, 며칠간 책만 읽기도 했다. 그러다가 주변의 문사들이 찾아오면 시와 문장에 대해 논하고 세상 돌아가는 이야기를 나누며 현실의 모순을 지적하고 사회 개혁을 논하느라 밤을 새기도 했다. 먹을 것 없는 살림에 여종이 도망을 해버리자 행랑아범이 남의 집 일을 해주고 얻어온 쌀로 밥을 지어 먹기도 했다. 손님 오면 차 끓이는 주전자에 밥을 지어 맨바닥에서 먹으면서도 몇 날 며칠간 담소를 즐기고 새로운 학문에 심취했다.

정조 등극 초기, 세도를 휘두르던 홍국영에게 벽파(僻派: 조선 영조 때 사도세자를 무고하여 비방한 당파)로 몰리게 되자 신변의 위협을 느낀 그는, 가족들과 함께 황해도 금천 연암(燕巖) 골짜기로 이주했다. 그의 호는 바로 이곳의 지명에서 따온 것이다. 이곳에서 연암은 양반의 신분으로는 처음으로 직접 농사를 지으며 살았다.

홍국영이 실각하자 연암은 다시 한성으로 돌아왔다.

44세이던 1780년(정조 4년), 삼종형인 영조의 부마 금성위(金星尉) 박명원(朴明元)이 청나라 건륭제 고종(高宗)의 칠순을 축하하는 진하 사절로 선발되었고, 박명원의 권유로 그는 군관의 직함으로 사절을 따라나서게 되었다.

음력 5월 25일에 한양을 떠난 사절단은 6월 24일에 압록강을 건너 8월 1일 북경에 도착했다. 그러나 황제가 피서를 위해 열하의 별궁에 머물고 있었으므로 일행은 서둘러 열하를 향해 길을 떠나 8월 11일에 피서산장의 궁문에서 황제를 알현하고, 황명에 따라 티베트 승려 판첸라마를 예방했다. 사신 일행은 8월 15일 열하를 떠나 20일에 북경에 돌아왔으며, 9월 17일 그곳을 출발하여 10월 27

일에 한양에 도착했고, 이후 박지원은 3년이라는 시간 동안 공을 들여 〈열하일기熱河日記〉를 정리해 세상에 내놓았다.

　〈열하일기〉는 세상에 나오자마자 열광적인 반응을 불러일으켰고, 연암은 유명인사가 되었다. 〈열하일기〉는 이제껏 볼 수 없었던 새로운 스타일과 문체로 인해 같은 사대부 계층에서도 극단적인 평가를 받았다. 신진 사대부들에게는 호감을 산 반면, 기존의 사대부들에게는 극도의 반감을 일으켰던 것이다. 그의 진보적인 사상과 파격적인 문체는 젊은 선비들 사이에서 유행이 되기도 했지만, 얼마 후에는 이러한 실용 문체에 대한 정치적 반감이 커져 '문체반정(文體反正)'의 도화선이 되기도 했다.

　연암은 1786년에 종9품에 해당하는 선공감 감역이라는 관직에 등용되었다. 연암학파 이덕무(李德懋), 박제가(朴齊家), 유득공(柳得恭), 성해응(成海應) 등과 연암의 제자인 이서구 등이 규장각에서 세력을 형성하며 힘을 쓴 덕분이었다. 그 뒤로 사복시 주부, 사헌부 감찰, 제능령을 거쳐 한성부 판관을 역임한 후, 안의 현감, 면천 군수, 양양 부사를 지냈다.

　그가 맡은 관직들은 거의 외직이었고 이권이 오가는 벼슬과는 거리가 멀었으며, 중상주의를 추구했지만 평생 '사대부는 물질로써 사람을 기쁘게 해서는 안 된다'는 원칙을 지키며 살았다. 그는 공무를 집행함에 있어 강직하고 청렴했다. 명예 또한 욕심 내지 않아, 안의에서 현감의 임기를 마치고 한성으로 돌아와 있을 때, 그의 선정을 치하하기 위해 현민(縣民)들이 송덕비(頌德碑)를 세우려 하자, '비문을 세운다면 내가 앞장서 그것을 깨버리고 주모자는 벌 주도록 하겠다'며 강경하게 저지하기도 했다.

그러나 개혁적이었던 정조가 죽고 순조(純祖)가 즉위하면서 전반 적으로 보수적인 분위기로 회귀하자 더 이상 관직에 미련을 두지 않고 물러나 있다가 1805년(순조 5년) 10월 20일에 69세의 나이로 세상을 떠났다. 1910년(순종 4년)에 좌찬성에 추증되고, 문도공(文度 公)의 시호를 받았다.

대표적인 저서로는 〈열하일기〉, 작품으로는 '허생전'·'민옹전閔 翁傳'·'광문자전廣文者傳'·'양반전'·'김신선전金神仙傳'·'역학대도 전易學大盜傳'·'봉산학자전鳳山學者傳' 등이 있으며, 그의 저술은 모 두 〈연암집燕巖集〉에 수록되어 있다.

연암의 사상과 문학 ─────────────────────

연암은 경직되고 고착화된 생각을 싫어하여 사대주의에 얽매인 형식주의와 보수 성향을 거부했으며 실용적인 이용후생의 학문을 중시했다. 그의 실용주의적 성향은 북학사상을 주창하고 서학(西 學: 동학과 반대되는 개념. 16세기 이후 조선에 전개된 서양의 학문과 종교. 좁 은 의미로 천주교를 의미)을 적극적으로 연구한 것에서 잘 드러난다.

당시 조선의 정가와 사대부들은 청(淸)을 오랑캐로 취급하고 얕 보는 풍조가 강해 북벌론이 대두되고 있는 때였으나, 연암은 청의 발전된 문물을 적극적으로 받아들여야 한다고 생각했다. 명(明)을 무너뜨리고 들어선 청은 당시 한족(漢族) 문화를 적극 수용하는 한편 서양 문물까지 도입하여, 18세기 즈음에는 찬란한 문화의 전성기를 맞이하고 있었다. 따라서 비록 청의 정통성을 인정할 수 없다 해도 우리의 현실이 개혁되고 풍요로워진다면 그들의 선진화된 문명을 과감하게 받아들여야 한다는 것이 바로 북학(北學)사상이다.

그는 또한 서학에도 관심을 가졌는데, 이는 자연과학적 지식의 근원을 이해하려는 노력이었다. 특히 천문학에 관한 그의 지식과 사유는 중국 학자들도 놀라게 했을 정도였다.

연암의 사상에서 또 하나 주목할 점은 토지개혁법인 '한전법(限田法)'을 주장한 것이다. 한전법은 일종의 토지 소유 상한제로, 일정 한도 이상의 토지 소유를 금지하고 토지를 효율적으로 배분하고 생산을 최대화하여 보다 고른 분배를 실현하자는 방안이었다.

또한 그는 반상에 따라 인간의 층위를 구분하는 데 반대했다. 조선사회의 전통적인 사농공상의 계층 구분에 따른 신분과 상관없이 시대의 변화에 따라 상공법의 발달과 유통경제에 적응할 수 있는 기업가적 인간을 바람직한 인간상으로 보았다. 그 자신이 양반이었음에도 유득공, 이서구 등 서자 출신의 인재들과 어울리며 북학파를 이루어 이러한 생각을 실천했다. 이것이 바로 실사구시를 주창하는 실학사상(實學思想)의 요체이기도 하다.

그의 문학작품들 속에서도 이러한 생각이 잘 나타나 있다. 당시 주조를 이루던 복고 풍조와 고정관념에서 벗어나 당대에 맞는 문체 개혁, 즉 법고창신(法古創新: 옛것을 거울삼아 새로운 것을 창조함)을 주장하고 실현하고자 했다.

그는 표현의 절제와 문장 조직 방법 등에 있어 당대의 현실과 문학을 연결짓는 사실주의를 주장했다. 그리고 문장이란 누구든지 자신이 품고 있는 생각을 그대로 표현하면 된다는 것을 가장 기본적인 원칙으로 보았다.

따라서 그의 문학작품들은 적절한 비유와 속어적 표현 등을 활용하여 강한 풍자성을 드러내고 있다. 붕괴되어 가고 있는 조선의 봉건의식과 양반계급의 허세를 꼬집은 '양반전'과 '허생전許生傳' '호질虎叱' 등이 대표적인 예라 할 수 있다. 특히 '허생전'은 중상주의적 사상과 함께 이상향을 추구하는 내용을 담고 있어 당시 사회가 안고 있던 문제점을 제대로 간파한 수작으로 평가받고 있다.

문체와 사상의 혁명을 일으킨 문제작
〈열하일기〉

〈열하일기〉는 연암 박지원이 쓴 중국 기행문집으로 26권 10책으로 구성되어 있다. 앞에서 밝힌 것처럼 연암이 1780년(정조 4년) 그의 종형인 금성위(錦城尉) 박명원(朴明源)을 따라 청(淸)나라 고종의 칠순연에 가는 길에 보고 듣고 생각한 것들을 적은 글이다. 이해 6월 24일 압록강 국경을 건너는 데서부터 시작하여 요동(遼東)·성경(盛京)·산해관(山海關)을 거쳐 연경[燕京:북경]에 도착했다가 다시, 고종 황제가 피서산장이 있는 열하로 떠난 것을 알고 그곳까지 갔다가 8월 20일 다시 연경에 돌아오기까지 약 2개월 동안 겪은 일을 날짜 순서에 따라 항목별로 적었다.

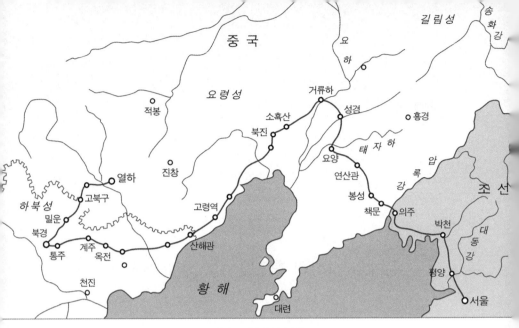

연암 박지원의 열하기행도

　〈열하일기〉는 새롭고 신선한 문체로 중국의 신문물(新文物)과 실
학사상을 소개해 연암을 당대의 사상을 신선한 문체에 담아내는
새로운 문풍의 기수로 떠오르게 만들었다. 고상한 말과 경구 등을
인용한 고전적 문풍이 강하던 당시의 경향을 깨뜨리고 자신이 직
접 보고 느낀 것을 솔직하게 담아내는 데 주력했으며, 이를 위해
속담·민요·소설 등을 적극적으로 활용했다. 특히 여기에 기술된
'호질' '허생전'은 문학작품으로서도 빼어나다.

　이 책에는 중국의 역사·지리·풍속·토목·건축·선박·의
학·인물·정치·경제·사회·문화·종교·문학·예술·천문·
병사 등에 걸쳐 수록되지 않은 분야가 없을 만큼 광범위하고 상세
히 기술되었는데, 경치나 풍물 등을 단순히 묘사한 데 그치지 않고

이용후생 면에 중점을 두어 실용적인 측면에서 기술했다.

연암은 청을 오랑캐라고 낮추어 보며 그들의 문화를 무조건 배격하고 북벌 운운했던 당시의 조선 사대부들의 풍조와 달리, '진실로 오랑캐를 물리치려면 중화의 법을 모두 배워 조선의 유치한 문화와 풍속을 고쳐야 한다'고 생각했다. 천하를 위해 일하는 자는 진실로 백성에게 이롭고 나라에 도움이 되는 일이라면 그것이 오랑캐의 문화이든 서구의 과학이든 본받아 마땅하다는 것이 그의 지론이었다. 그래서 기행문을 쓰면서도 청에서 사용하고 있는 수레의 편리함과 바퀴 구조의 과학성, 벽돌을 찍어 집을 짓고 온돌을 놓는 방법, 말을 기르는 방법 등을 조목조목 상세하게 기술하고 그런 방법들을 배워야 하는 이유들을 논리적으로 서술하였다.

또한 조선의 선비들이 우리의 옛 강토를 당시의 국경에 한정하는 것을 비판하고 중국의 고서들을 근거로 '요동이 원래 우리 조상의 땅이었으며, 고조선과 고구려의 지경을 알려면 우선 여진(女眞)을 우리 국경 안에 넣고 그 다음 요동에 가서 패수(浿水: 고조선 때 요동과 경계를 이루던 강)를 찾아야 옳다'고 강변한다. 이는 그가 무조건적인 사대주의 사상에 물들지 않고 근거를 면밀히 따져 실제적으로 사고하는 면모를 명쾌하게 드러내 보이는 대목이다.

한편으로 연암은 자신의 실수담이나 부끄러운 면모 역시 감추지 않고 그대로 드러낸다. 여자들이 사용하는 장신구를 파는 상점 주인과 전당포 주인이 휘호를 써 달라고 하자 연암은 거리의 상점에서 자주 보았던 '기상새설(欺霜賽雪)'이란 글자를 멋을 부려 써주었다. 흰 눈처럼 마음에 거리낌이 없이 양심껏 물건을 판다는 뜻이라고 생각했기 때문이었다. 그러나 정작 두 상점의 주인들은 떨떠름한 표정을 지었다. 나중에 알고보니 그것은 국숫집을 나타내는 편액이었다. 일국의 사절로 온 선비로서 낯 뜨거운 일이었지만 연암은 그 일을 숨김없이 그대로 적어 두었다. 뿐만 아니라 한 음식점에서 식사를 하다가 고운 목소리가 들리자 얼굴은 얼마나 예쁠까 싶어 담뱃불을 핑계로 부엌으로 갔다가 여자의 얼굴을 보고 실망하는 모습이나, 중국인들의 위세에 눌리지 않기 위해 여러 잔의 술을 큰 잔에 부어 단숨에 들이켜는 것으로 허세를 부린 속마음을 스스로 꼬집는다.

이처럼 〈열하일기〉에는 자신이 보고 들은 것들을 충실하게 적으면서도 실용주의자의 눈으로 우리 백성들에게 이로운 것을 전하고자 하는 실학자의 사상과 대국의 위세와 기풍에 눌리지 않으려는 마음자세와 그런 가운데서도 유머와 솔직함을 잃지 않으려는 연암의 인간적인 면모가 고스란히 드러나 있다.

연암의 글쓰기는 그 문장의 호쾌함과 표현의 섬세함, 다른 여러 장르를 자유자재로 넘나들며 자신의 생각을 담아내기에 가장 좋은 형식을 선택하는 자유로움과 기발함 등, 글쓰기의 형식 면에 있어서 오늘날의 글쓰기 전범으로 삼아도 손색이 없을 만큼 신선하고 전위적이다. 이것이 바로 새로운 시대의 정신을 일깨운 그의 사상과 함께 그의 글이 200년을 훌쩍 넘은 지금도 새롭고 경이롭게 읽히는 이유일 것이다.

〈열하일기〉는 연행에서 돌아온 후 약 3년에 걸쳐 씌어졌는데, 한 편, 한 편 나올 때마다 선비들 사이에서 큰 인기를 얻었고, 여러 권이 필사되어 세간에 읽혔다.

하지만 〈열하일기〉는 당초부터 명확한 정본(正本)이나 판본(版本) 도 없었고, 여러 사본이 유행되어 이본(異本)에 따라 그 편제(編制)의 이동이 심하다.

충남대학교 도서관에 소장되어 있는 연암 수택본(手澤本) 26권의 내용은 다음과 같다.

권1_〈열하일기서熱河日記序〉〈도강록渡江錄〉: 서문은 필자 미상이 나, 풍습 및 관습이 치란(治亂)에 관계되고, 이용후생에 관계되는 일체의 방법을 거짓 없이 기술하였다고 설명하고 있다. '도강록'은 압록강에서 요양(遼陽)까지 15일간(1780.6.24~7.9)의 기록이다.

권2_〈성경잡지盛京雜識〉: 십리하(十里河)에서 소흑산(小黑山)까지 5 일간의 기록으로, '속재필담粟齋筆譚' '상루필담商樓筆譚' '고동록古董 錄' 등이 들어있다.

권3_〈일신수필馹迅隨筆〉: 신광녕(新廣寧)에서 산해관까지 9일간의 기록으로, 그 서문 중의 이용후생학에 대한 논술이 독특하다.

권4_〈관내정사關内程史〉: 산해관에서 연경까지 11일간의 기록으 로, 여기 수록된 한문 소설 '호질虎叱'은 호랑이의 입을 빌어 양반들 의 위선을 질책한 것으로 연암의 소설 중에서도 가장 독특한 작품 중 하나이다.

권5_〈막북행정록漢北行程錄〉: 연경에서 열하까지 5일간의 기록으로, 열하에 대하여 소상히 기록하였고, 그곳을 떠날 때의 아쉬운 심경을 그렸다.

권6_〈태학유관록太學留館錄〉: 열하에 있는 태학(太學)에서 6일간 지낸 기록으로 당시 중국의 명망 있는 학자들과 더불어 나눈 한·중 두 나라 문물제도에 관한 논평 및 지동설(地動說)·달세계 등에 관한 토론이다.

권7_〈구외이문口外異聞〉: 고북구(古北口: 만리장성의 요새) 지역 밖의 기이한 이야기로 60여 종의 이야기가 있다.

권8_〈환연도중록還燕道中錄〉: 열하에서 다시 연경으로 돌아오는 도중 6일간의 기록으로, 대개 교량·도로·방호(防湖)·방하(防河)·선제(船制) 등에 관한 논평이다.

권9_〈금료소초金蓼小鈔〉: 주로 의술(醫術)에 관한 기록이다.

권10_〈옥갑야화玉匣夜話〉: '진덕재야화進德齋夜話'로 된 것도 있다. 여기 수록된 '허생전許生傳'은 연암 소설뿐만 아니라 한국소설 문학사에서도 중요한 자리를 차지하는 작품이다.

권11_〈황도기략黃圖紀略〉: 황성(皇城)의 구문(九門)에서 화조포(花鳥鋪)까지 38종의 문관(門館)·전각(殿閣)·도지(島池)·점포(店鋪)·기물(器物) 등에 관한 기록이다.

권12_〈알성퇴술謁聖退述〉: 순천부학(順天府學)으로부터 조선관(朝鮮館)에 이르기까지 역람한 기록이다.

권13_〈앙엽기盎葉記〉: 홍인사(弘仁寺)에서 이마두총(利瑪竇塚)에 이르는 20개의 명소(名所)를 두루 구경한 기록이다.

권14_〈경개록傾蓋錄〉: 열하의 태학(太學)에서 6일간 머물며, 그곳 학자들과 응수한 기록이다.

권15_〈황교문답黃教問答〉: 황교(黃教: 티베트 불교)와 서학자(西學者)의 지옥(地獄)에 관한 논평이다. 끝에는 세계의 이민종(異民種)을 열거하는 가운데 특히 몽골과 아라사 종족의 강맹(強猛)함에 주의를 환기시킨다.

권16_〈행재잡록行在雜錄〉: 청나라 황제의 행재소(行在所)에서의 자세한 견문록이다. 여기서 특히 청나라의 친선정책(親鮮政策)의 연유를 밝혔다.

권17_〈반선시말班禪始末〉: 청 황제의 반선(班禪)에 대한 정책을 논하고, 또 황교와 불교가 근본적으로 같지 않다는 것을 밝히고 있다.

권18_〈희본명목戲本名目〉: 다른 본에서는 '산장잡기' 끝부분에 있는 것으로 청나라 고종의 만수절(萬壽節)에 행하는 연극놀이의 대본과 종류를 기록한 것이다.

권19_〈찰십륜포札什倫布〉: 찰십륜포란 티베트 어로 '대승(大僧)이 살고 있는 곳'이라는 뜻으로, 열하에 있을 때 라마승 반선에 대한 기록이다.

권20_〈망양록忘羊錄〉: 음악에 관하여 중국 학자들과 서로의 견해를 피력한 기록이다.

권21_〈심세편審勢編〉: 당시 조선 사람의 오망(五妄)과 중국 사람

의 삼난(三難)을 역설한 기록이다. 북학(北學)에 대한 예리한 이론을
펼쳤다.

권22_〈곡정필담鵠汀筆譚〉: 중국 학자 윤가전(尹嘉銓)과 더불어 전
날 태학(太學)에서 미진하였던 토론을 계속한 기록이다. 즉 월세
계 · 지전(地轉) · 역법(曆法) · 천주(天主) 등에 대한 논술이다.

권23_〈동란섭필銅蘭涉筆〉: 동란재(銅蘭齋)에 머물 때 쓴 수필이다.
주로 가사 · 향시(鄕試) · 서적 · 언해(諺解) · 양금(洋琴) 등에 대하여
쓴 것이다.

권24_〈산장잡기山莊雜記〉: 열하산장에서의 여러 가지 견문기이
다.

권25_〈환희기幻戲記〉: 광피사표패루(光被四表牌樓) 아래서 중국 요
술쟁이의 여러 가지 연기를 구경한 소감을 적은 이야기이다.

권26_〈피서록避暑錄〉: 열하의 피서산장에서 지낸 기록이다. 주로
조선과 중국 두 나라의 시문(詩文)에 대한 논평이다.

〈열하일기〉에서 연암이 강조한 것은 당시 중국 중심의 세계관
속에서 청나라의 번창한 문물을 받아들여 낙후한 조선의 현실을
개혁하는 일이었다. 이때 조선은 명(明)에 대한 의리와 결부해 청
(淸)나라를 배격하는 풍조가 만연하던 시기였다. 따라서 그의 주장
은 현실적 수용력이 부족했으나 당시의 위정자나 지식인들에게 강
한 자극을 불러일으켰다.

2006년 일본 도쿄(東京)대에서 〈열하일기〉의 유일한 한글 번역본

으로 알려졌던 명지대 소장본의 17배 분량의 필사본이 발견되기도
했다.